Menschen im Nahverkehr

Pitt

Menschen im Nahverkehr

ÖPNV-Reportagen

Ein Projekt der Agentur am Aspersort
August-Krogmann-Straße 174, 22159 Hamburg
Telefon 040-64551454, E-Mail: peter-aspersort@t-online.de
www.agentur-aspersort.hamburg
© Armin Peter, 2022
Gestaltung und Satz:
Christian Wöhrl, Hoisdorf, feingedrucktes.de
Bibliografische Information der Deutschen Nationalbibliothek:
Die Deutsche Nationalbibliothek verzeichnet diese Publikation
in der Deutschen Nationalbibliografie; detaillierte bibliografische
Daten sind im Internet über dnb.dnb.de abrufbar.
Herstellung und Verlag:
BoD – Books on Demand, Norderstedt.
ISBN: 9783755767879

Inhaltsverzeichnis

Der Zugvogel

Der Junge mit dem Vogelgesicht war Pitt schon am Hauptbahnhof aufgefallen, vor der Fahrplantafel. Er hatte den schmalen Kopf weit in den Nacken zurückgelegt, ja, seine Schnabelnase, sein ramponierter Rucksack, seine zerfetzten Jeans, erinnerten an eine Amsel, die ihr Kleid geplustert hat. Da die S 1 eingelaufen war, hatte Pitt seinen Impuls, dem jungen Mann seine Informationshilfe anzubieten, unterdrücken müssen. Er war eingestiegen, und der junge Mann war ihm gefolgt, hatte sich jedoch, umkehrend, gegen die Traube der Einsteigenden auf den Bahnsteig am Gleis 2 gedrängt, war ein paar Schritte unschlüssig hin und her gehastet und, wie von blitzartiger Eingebung erhellt, zwischen die zusammenschnappenden Türflügel in den Waggon gesprungen. Sein Rucksack hatte sich verklemmt, doch der Gefesselte hatte sich erfolgreich losgerissen und den zwei hilfreichen Fahrgästen, die sich an den Türgriffen zu schaffen gemacht hatten, mit einem verwirrten Lächeln gedankt.

Wirklich, ein Vogelgesicht. Ein dunkler, zum Hahnenkamm getrimmter Schopf mit spröden Seitenfedern und gespreizter Halskrause, eng zusammenstehende, von schweren, wimpernlos wirkenden Lidern beladene schwarze Augen, der schmallippige Mund in tiefen Wangenkerben und schwarzen Bartstoppeln eingesunken. Die Figur schmal zierlich, schier ohne Hüften, die Flamingobeine in Jeansröhren, die über den Eulenspiegelschuhen wie das Beingefieder eines Mäusebussards ausfransten.

Die vogelartige Erscheinung in seinem Blickfeld faszinierte Pitt. Sie bestätigte seine Erfahrung, dass der Mensch in seiner körperlichen Erscheinung Ausdruck eines inneren seelischen Formprinzips sei, das allen Einzelzügen vom Scheitel bis zur Sohle eine zusammenklingende, in ästhetischer Logik zusammenpassende Prägung gibt, in der kein Detail anders geformt sein könnte, ohne die Erscheinung zu stören.

Der Junge spähte zum Fenster hinaus, blickte Fahrgästen fragend fordernd und doch ausweichend ins Gesicht, schaute zur Decke und zum Boden und studierte grimassierend den Netzplan an der Decke. Hinter dem Berliner Tor holte er schließlich einen zur Losgröße gerollten Zettel aus der Brusttasche, entfaltete ihn, glättete ihn zwischen der langknochigen Hand und dem kantigen Oberschenkel und hielt ihn dem neben ihm stehenden Fahrgast vors Gesicht. Pitt konnte nicht hören, was er sagte. Der angesprochene Fahrgast schüttelte bedauernd den Kopf.

Vielleicht ein gerade eingetroffener Wanderarbeiter aus dem Ausland? Man trifft sie ja nicht selten im Nahverkehr: Sie haben einen Zettel mit einer oft unleserlichen Adresse in der Hand, hingeschmiert mit einem Bleistiftstummel, die Schrift verwischt durch häufiges Betasten. Selten finden sich Fahrgäste, die auf Anhieb einen Straßennamen mit einer S-, U- oder Busstation in Verbindung bringen können. Sie beugen sich über den Zettel, rätseln beratschlagend. Ist der Fragende im falschen Zug: wie ihm erklären, wo er aus- und umsteigen, zurückfahren, welche Linie er zu suchen oder zu erfragen habe. Das wird konfus, wenn eine Fremdsprache ins Spiel kommt. Nie erleben Menschen es schmerzlicher, keine gemeinsame Sprache zu haben, als wenn sie in die Rolle eines Fremdenführers gedrängt werden, der sie kommunikativ nicht gewachsen sind.

Auch Pitt sah sich zur Orientierungshilfe aufgerufen, hoffte aber, ein anderer Fahrgast möge sich des jungen Mannes annehmen, so wie man Ausschau hält nach einem Jüngeren, der vielleicht so sportlich ist, einem älteren Menschen den Platz anzubieten, den man selbst nicht so gern preisgeben möchte. Er fühlte sich erleichtert, als er sah, dass sich der Junge mit seinem Zettel an eine ältere Dame wandte, die, während sie in der Handtasche nach der Brille suchte, mehrere Male laut und etwas erregt fragte: „Parlez-vous français?" Die glückstrahlende Antwort als jubelnder Vogellaut: „Oui, oui, Madame, je suis français!" Er beugte sich zu der Dame, die sich den Anschein der Ortskunde gegeben hatte, in erwartungsvoller Haltung hinab, streifte mit seinem Hahnenkamm fast die Krempe ihres Hutes und wurde von einer leichten Bewegung der Hand, in der jetzt eine Brille lag, zurückgescheucht. Die Dame studierte den Zettel und ihre Brauen schoben sich hoch hinauf in den Hut. „Vous", sagte sie, „vous", noch einmal „vous", suchte mit mahlenden, sich pressenden Lippen ein passendes Wort, suchte es irgendwo am Fensterrahmen, lächelte hilflos und unternahm laut einen neuen Anlauf in einem Geprassel platzender Silben: „vous, vous, vous ..." Vielleicht machte sie zum ersten Mal in ihrem Leben von Schulkenntnissen Gebrauch, vielleicht traute sie sich nicht, ihre in acht Semestern in intim-geselliger Runde an der Volkshochschule erworbene Geläufigkeit in der französischen Sprache auf öffentlicher Bühne zur Schau zu stellen, leider, die Hemmung blieb unüberwindbar. Angstvoll spähte der Junge mit dem Vogelgesicht in das Gesicht der Dame, die ihre Brille jetzt beschämt abweisend in die Handtasche zurückschnappen ließ. Er zog sich, rückwärts gehend, zurück: ein Vogel, vielleicht eine Ente, die vor dem Gebell eines gutmütigen Hundes unsicher das Weite sucht. Er zog sich weit aus der Gefahrenzone zurück und kam erst neben Pitts Platz zum Stehen. Stumm hielt er Pitt seinen Zettel hin. In großen Buchstaben: BALE, nichts als BALE. Was heißt BALE?

Pitt legte den krumpeligen Zettel wie ein Lesezeichen in sein Buch und grübelte. Ein Firmenname? Eine Straße eher, ja. Der karierte Zettel war ein Ausriss: sollte sich die Bedeutung von BALE aus einer verlorenen Zettelhälfte erklären? Vielleicht ein verballhorntes Blankenese, ein Ballindamm, oder? „Bale", sagte Pitt, und er zog die Luft tief ein, als wollte er das Aroma dieses seltsamen Wortes voll auskosten. „Oui, bale", antwortete der Junge freudig erwartungsvoll. Ein einsilbiges Wort.

„Geben Sie mal her", sagte die Dame, die neben Pitt am Fenster saß. Sie hatte ihm ihren grauen Bubikopf, der so konzentriert in den großformatigen ZEIT-Blättern gesteckt hatte, schon während seiner Grübelei in belustigtem Lächeln zugewandt. Sie nahm den Zettel aus Pitts Buch und warf einen streng prüfenden Blick darauf.

„Bâle, le nom d'un hôtel, n'est-ce pas?" und, halb Pitt zugewandt, „Basler Hof, an der Esplanade". Der Junge mit dem Vogelgesicht, der die findige Dame anstrahlte, protestierte entgegenkommend: „Non, Madame, Bâle, Suisse!" Die Dame nahm die Korrektur so gelassen hin, als sei sie zwischen Hasselbrook und Landwehr nach dem Weg zum Bahnhof, nicht dem nach Basel gefragt worden.

Die ZEIT-Leserin griff über Pitt hinweg, packte den jungen Mann am Handgelenk, zog ihn zu sich herüber und drückte ihn auf den ihr gegenüberliegenden Sitz. Sie überschüttete ihn mit Fragen in einem leicht hinfließenden Französisch, dem ihr offensichtliches Amüsement noch mehr Schwung verlieh. Wie beneidete Pitt seine Nachbarin! Die Antworten des Jungen, die aus seinem kaum bewegten Schnabelmund kamen, verstand Pitt nicht, nur wenn seine Nachbarin die Antworten fragend nachdenklich wiederholte oder in neuen Fragen aufnahm, konnte er dem Frage-und-Antwort-Spiel folgen. Er verstand, der Junge, ein achtzehnjähriger Koch aus Reims, sei auf dem Weg zu einem Freund in Basel, der ihm eine verheißungsvolle Stelle in der berühmten Schweizer Gastronomie in Aussicht gestellt habe. Auto-stop, hörte er. Auch wenn er sich vorstellen konnte, dass man als Anhalter – er hatte es nie ausprobiert – nicht immer die freie Wahl der Route, der Zeit, des Fahrzeugs hatte: warum jemand per Autostop von Reims nach Basel über Hamburg-Hasselbrook fährt, fand er nicht leicht begreifbar.

„Sagen Sie, der junge Mann stellt sich wohl am besten an die Autobahn, wie?" Wahrscheinlich. Aber wo? Dass es so viele leichte Fragen gibt, die so schwer zu beantworten sind! Richtig, Autobahn. An der Auffahrt soll die Anhalterei verboten sein, hatte Pitt gehört. „Die meisten Anhalter stehen an der Raststätte Stillhorn", sagte er, „meine ich." „So. Meinen Sie? Stillhorn? Wie soll er da hinkommen?" Und laut fragte sie in den Waggon hinein: „Wie kommt man nach Stillhorn, zur Raststätte?"

Es ist in allen Großstädten, die über ein gut ausgebautes, verzweigtes, subtil verflochtenes Nahverkehrsnetz verfügen, ein beliebtes Gesellschaftsspiel an der Kaffeetafel, seltener am Stammtisch oder an der Kegelbahn, über zeitlich, räumlich und wirtschaftlich optimale Bahn- und Busverbindungen zu diskutieren. Viel Hilfsbereitschaft, viel Besserwisserei, viel Schadenfreude spielen mit, wenn es darum geht, jemandem zu beweisen, dass er das Labyrinth der Linien nicht souverän über- und durchschaut habe und der Netzlogik nicht auf die Schliche gekommen sei. Und wenn einer sich verspätete! – „hättest du doch den Bus X genommen, wärst du doch in Y umgestiegen, warum den langen Tunnel am Z?" Zu diesem spontanen Spiel versammelten sich jetzt ein paar Fahrgäste um die Dame, den jungen Mann und Pitt und fanden nach einem nicht eben langwierigen Diskurs die beste Verbindung heraus. „Haben Sie einen Zettel?", fragte die Dame Pitt. Der konnte sich nicht entschließen, ein leeres Blatt aus seinem Buch herauszureißen. „Also nicht." Sie riss aus einer der Anzeigen ihrer Zeitung einen großen Fetzen heraus, nahm Pitts Buch als Schreibunterlage zur Hand und malte groß: „Anhalter nach Basel. In die S-Bahn nach Wilhelmsburg setzen, in den Bus Nr. 13 nach Kirchdorf, Raststätte Stillhorn." Sie machte dem jungen Mann klar, dass er zurückfahren müsse zum Hauptbahnhof und dort seinen Wegweiser zeigen solle. Ob er eine Fahrkarte habe?

„Non, Madame, pas de billet." Ob er denn überhaupt Geld habe? „Non, Madame, pas d'argent". Braucht man Geld, fragte sein Lächeln. Pitts Nachbarin hatte nur größere Scheine in ihrer Handtasche, und so kramte Pitt ein paar Geldstücke aus seinem Portemonnaie, die der Junge mit einem fröhlichen „merci" in seine Brusttasche klingeln ließ.

Das letzte Markstück betrachtete er aufmerksam, und seine Augen verrieten schon wieder die Ratlosigkeit, die sie über seinem kryptischen Zettel gezeigt hatten. Die Szene, die Pitt erlebte, spielte im letzten Jahr der grandiosen D-Mark-Epoche, im ersten Jahr des neuen Jahrhunderts, das in Weltwährungsblöcken denkt; hätte er dem Vogelmann einen Euro in die Hand gedrückt, wäre ihm eine Überraschung entgangen.

„O Madame", kam es verwundert aus einem runden ungläubigen Mund, „Deutschland?"

„Mehr braucht der doch nicht, oder?", fragte Madame X.

„Est-ce que je ne suis pas Danemark donc?" Wie gesagt, Pitt hatte gewisse Schwierigkeiten, die Gründe für die Odyssee des Jungen mit dem Vogelgesicht zu erfassen. Seine Verblüffung über die schlafwandlerische Ahnungslosigkeit, die den Jungen durch Europa führte, wich einer neuen Verblüffung: der über das unbändige Lachen seiner Nachbarin, die mit geschlossenen, wie im Schmerz zusammengekniffenen Augen die ZEIT in ihren Händen zerknüllte. Mit einem Ruck erhob sie sich: „Ich muss den jungen Mann in den richtigen Zug setzen. Erst glaubt er, er ist in Dänemark, dann landet er mir noch am Nordpol." Wandsbeker Chaussee. Bitte, bleiben Sie doch, wollte Pitt rufen, wie kommt der Junge in die S-Bahn nach Poppenbüttel, wenn er nach Basel will, und wie kommt er auf die Idee, dass er eigentlich in Dänemark sein müsse? Pitts Nachbarin stopfte die ZEIT in einen Kaufhof-Beutel und fasste den Jungen am Arm. „Oiseau de passage, mon petit", sagte sie. Der Zug hielt.

„Bitte!" Pitt war auch aufgestanden: „Was für ein Vogel, bitte?"

„Ein Zugvogel. Er hat sich verirrt. Kommt von Reims, will nach Basel, ist in Wandsbek und glaubt, er sei in Dänemark. Er hat sich verflogen." Im Nahverkehr erleben wir es oft, dass Menschen in dem Augenblick, in dem das Interesse an ihnen einen Höhepunkt erreicht, den Zug verlassen.

Pitt sah noch ein paar Augenblicke Madame X und dem jungen Mann, dessen Gang jetzt etwas Flatterndes hatte, auf dem Bahnsteig nach. In sein Buch fand er nicht mehr zurück. Nicht nur die äußere Erscheinung in ihren Einzelheiten, nicht nur Mimik, Gesten und Haltung, auch das Verhalten scheinen in der geheimnisvollen phänomenologischen Einheit der Person gebunden zu sein.

Die Warnung

Das Mitteilungsbedürfnis des älteren, leicht fettleibigen, etwas kurzatmigen Mannes war unverkennbar. Pitt späht bei der Suche nach einem Sitzplatz immer nach Anzeichen eines latenten kommunikativen Dranges bei den Fahrgästen: mal schreckt er ihn, mal verspricht er sich von ihm eine kurzweilige halbe Stunde. Der Mann sah Pitt offen an, nicht starrend, nicht ungeniert, in einer erwartungsvollen Versonnenheit, seine leicht tränenden Augen schimmerten in einem kontaktsuchenden Lächeln. Er musste zum Sprechen ermuntert werden, in dieser Augensprache, die Gesprächsbereitschaft signalisiert.

Der Mann beugte sich vor, schob seinen haltlos wirkenden Körper in einem Moment der Anspannung auf den Rand seines Sitzes, so dass sein Knie fast Pitts berührte, und teilte mit, eindringlich, beschwörend, vor der Wichtigkeit seiner Botschaft die Stimme zu einem Flüstern gesenkt: „Die Schutzpolizei wird abgeschafft."

Es muss Unglauben in Pitts Blick gelegen haben, denn der Mann wiederholte, noch eindringlicher, sorgfältig und betont artikulierend, den Triumph in der Stimme, zu dem jede wirklich überraschende und wichtige Botschaft berechtigt, dass die Schutzpolizei abgeschafft werden solle.

„Davon habe ich noch nichts gehört", sagte Pitt mit dem gutmütigen Ton in der Stimme, den man wählt, wenn man vermuten muss, ein Gesprächspartner sei nicht recht ernst zu nehmen. Der Mann blickte ihn unverwandt an. In der Gewissheit der Wahrheit und Dringlichkeit seiner Botschaft wartete er auf Wirkungen, die ihn noch nicht zu befriedigen schienen. Er wusste schon, dass er einen Köder an der Angel hatte, nach dem sein noch gleichgültiges Gegenüber schnappen würde.

„Wer will denn die Schutzpolizei abschaffen?"

„Der Senat. Ein schrecklicher Senat. Der schlechteste, den es gibt. Die Schutzpolizei will er abschaffen!"

„Vielleicht haben wir ja wirklich zu viele Polizisten?" Pitt ist ein unverbesserlicher Parteibürger und wollte eine Maßnahme des Senats rechtfertigen, von der er noch gar nichts wusste.

Der Mann warf sich in dramaturgisch geschickter Entrüstung gegen die Rückenlehne. Aus seinen wässerigen Augen rann ein Tropfen Nasses über die lilageäderte Wange hinab zum Mundwinkel, in der sich eine leicht schaumige Feuchtigkeit gesammelt hatte. „Polizisten zuviel? Mörder, Räuber, Mädchenschänder – davon haben wir zuviel! Viel zu wenige Polizisten. Und jetzt wird die Schutzpolizei abgeschafft. Dieser Senat!" Eine große Neigung, die Sorge des Mannes zu zerstreuen, verspürte Pitt nicht. In seinem parteilichen Engagement hatte er oft genug an den Infoständen in den Einkaufspassagen und auf den Marktplätzen das halb beleidigte, halb verschwörerische Perorieren von Weltverbesserern, von Kassandren aller Art, von Monomanen, die zum Gespräch unfähig sind, ertragen müssen. Er hatte sich schon auf seine Zeitung konzentriert und sagte in gespielter Geistesabwesenheit: „Niemand will die Schutzpolizei abschaffen." Wirkungsvolle Abwehr: der Mann blieb still.

In Hoheneichen setzte sich ein junger Mann neben den alten mit seinem brodelnden Wissen. Der Ankömmling wurde mit dem Verlangen eines Mitteilsamen von der Seite gemustert, doch er bot keine Chance für einen Blickkontakt. Pitt sah, wie sich der ältere Mann langsam an den jüngeren heranschob. Die Grenze – die Körper berührten sich fast – wurde respektiert. Der Mann mit der Botschaft zog eine stramm gefaltete Zeitung aus der Innentasche seines Blousons. Er hielt sie, als wolle er seinen Nachbarn mit ihr in die Rippen stupsen. Der junge Mann warf einen schrägen Blick auf ihn. „Die Schutzpolizei wird abgeschafft. Wussten Sie das schon?" Er fächerte mit der sich entrollenden Zeitung vor dem Gesicht des jungen Mannes, der den lästigen Arm unbeeindruckt beiseite schob. „Das ist ja großartig!" Der Arm mit der Zeitung sank in einer Geste der Mutlosigkeit. Der Mann drückte seinen Körper an die Fensterlehne. Pitt hatte mit dem jungen Mann kurzen, verständnisinnigen Blickkontakt.

Eine Frau, die schwer an ihrer Tasche trug, setzte sich ab Ohlsdorf neben Pitt. Sie wollte die Tasche unter dem Sitz verstauen, was sich als unmöglich erwies. Der Mann nahm die Tasche, stellte sie ans Fenster und sagte strahlend: „Hier ist Platz!" Die Frau dankte ihm mit einem herzlichen Lächeln. „Die Schutzpolizei wird abgeschafft. Wussten Sie das schon?" Der Mann genoss die Wirkung seiner Worte. „Nein?" Große, ungespielte Überraschung. „Abgeschafft. Die Polizei?"

Der Mann lehnte sich befriedigt, mit hoheitsvoll gerecktem Rücken zurück. „Der Senat! Der schlechteste, den es gibt. Er schafft die Schutzpolizei ab."

„Ja, wo gibt es denn so was! Die Polizei kann doch nicht abgeschafft werden." Der Mann sah seine aufnahmebereite Gesprächspartnerin wohlwollend an. „Nicht die Polizei", sagte er nachsichtig, „die Polizei wird nicht abgeschafft. Nur die Schutzpolizei." „Nur die Schutzpolizei?" „Nur? Nur? Denken Sie an die Mörder, die Räuber, die Mädchenschänder! Natürlich, die Verkehrspolizei – die brauchen sie noch, die wird nicht abgeschafft."

„Nicht. Gott sei Dank! Mein Schwiegersohn ist bei der Verkehrspolizei. Das wäre ja schrecklich, wenn die abgeschafft würde." Die Frau sah den Informanten dankbar herzlich an. „Die sichere Arbeit, die schöne Pension! Das hätte ich meiner Tochter ja gar nicht erzählen können." Bis Barmbek versuchte die Frau wiederholt, den Mann über die Vorteile aufzuklären, die einer hat, wenn er bei der Verkehrspolizei und nicht bei der Schutzpolizei ist. In verzweiflungsvoller Stummheit blickte der Mann über sie hinweg, wohl hoffend, der Platz würde bald für einen neuen Gesprächspartner geräumt werden. Pitt dachte über den Begriff der Schutzpolizei nach, mit dem er nichts anzufangen wusste. Aus seiner Kindheit konnte er sich an die Schupos mit den hohen, schwarzglänzenden, den Hinterkopf so bizarr auswölbenden Tschakos erinnern, aber die hatten doch auch den Verkehr geregelt? Der Mann nickte ein paar Mal ergeben, doch

es interessierte ihn nicht, dass der Arbeitsplatz eines Schwiegersohns sicher sei.

In Barmbek Fahrgastwechsel. Neben Pitt saß nun ein jüngerer Postbeamter, in ein Kreuzworträtsel vertieft. Der mitteilsame Mann starrte auf die Rätselzeitung. Seine Erfahrung schien ihn belehrt zu haben, man könne jedermanns Aufmerksamkeit erzwingen, wenn man auf seine Zeitung oder auf sein Buch blickt; diese magische Nötigung wirke stärker als der Laserblick im Nacken. Doch der Postbeamte hielt das aus. Er heftete seine Augen gelegentlich auf ein Plakat, als suchte er dort eines vier- oder fünfbuchstabigen Rätsels Lösung. Wenn Pitt sogar in die Versuchung geriet, ihm seine Unterstützung anzubieten – wie mochte es dann dem Mann zumute sein, der immer unruhiger wurde, schweratmend seufzte und schließlich, etwa ab Friedrichsberg, Unverständliches murmelte. Auch damit rief er nicht die Zuwendung des Postbeamten hervor. Die Spannung wurde lastend, ja lästig, und Pitt erwog, seinerseits dem Postbeamten mitzuteilen, dass die Schutzpolizei – offenbar – abgeschafft werden solle.

Ab Hasselbrook fand der Mann einen neuen Sitznachbarn, der die gleiche Zeitung aufschlug, die unter seinem unförmigen Blouson knitterte. Als der Neue umständlich seine Zeitung zur Lektüre handlich machte, sprang ihm der Mann ins Blatt: „Die Schutzpolizei wird abgeschafft. Da."

„Wie? Wo?"

„Da oben. Links. Darüber wird schon lange verhandelt."

Gemeinsam lasen die Nachbarn die Nachricht über die Abschaffung der Schutzpolizei, die nur kurz zu sein schien, auf keinen Fall der Bedeutung der verhängnisvollen Entscheidung angemessen. „Rationalisiert", sagte der Mann mit der Zeitung, „nicht abgeschafft."

„Da lacht doch jeder!" Tatsächlich lachte der alte Mann, schüttelte dabei, betroffen von so viel Ahnungslosigkeit, heftig seinen Kopf. Rötete sich das Gesicht nicht bedenklich in seiner wabernden Erregung? Erstickt, prustend: „Rationalisiert, ja, so nennt man das. Der Senat. Dieser Senator. Kennen Sie den?"

„Ja, denk' ich doch – "

„Das ist ein Sozi. Die brauchen Geld für ihre Propaganda. Sie holen es sich bei den Wachen, schaffen die Wachen ab. Rationalisiert! Lachhaft. Glauben Sie das?"

„Ich glaube gar nichts." Das kam knapp und abweisend, das war das Fallbeil aufs kommunikative Band. Entspannt, friedlich, sanft erklärte der Zurückgewiesene: „Der Senator lässt sich beraten bei seiner so genannten Rationalisierung. Von wem? Na, von wem? Lesen Sie genau!"

Blickte der stumme Leser noch einmal auf die Nachricht oben links? Er brauchte es nicht. „Er lässt sich beraten von Amerikanern und Juden!" Der Mann mit der Zeitung wehrte unwirsch ab. Doch jetzt sah der alte Mann, dass sein erster Gesprächspartner wieder auf ihn aufmerksam geworden war. Es klang jetzt wie eine Ansprache an eine große Allgemeinheit: „Beraten lässt er sich von Amerikanern und Juden. Knight Wegenstein. Unternehmensberatung, dass ich nicht lache. Die schwatzen den dummen Sozis die Revierwachen ab, die versprechen ihnen Geld für ihre Propaganda und dann machen sie uns fertig." Die leicht ruckelnden, schuckelnden Schultern sollten das unbändige Lachen symbolisieren, mit denen man solche Rosstäuschermethoden zurückweisen müsste.

„Die Sozis machen uns fertig?"

„Die Mörder, die Räuber, die Mädchenschänder. Fertig machen die uns. Wenn sich keiner mehr auf die Straßen traut, dann ..." Der Mann befeuchtete aus dem Reservoir der Mundwinkel noch einmal die Lippen, die er in einer furchteinflößenden Grimasse gegeneinander wetzte – „dann kommen die Russen."

Doch der Mann mit der sensationellen Nachricht schien die Russen gar nicht zu fürchten. Kein Wort über die Folgen ihrer Invasion. Kein Versuch mehr, die beiden Gesprächspartner durch unerhörte Nachrichten weiter zu erschrecken. Das Aufklärungswerk war getan. Der Mann hatte die Arme über den Blouson verschränkt, als wolle er der Kommunikation ein Ende setzen. Der Kopf bewegte sich

leicht nicht nur im Fahrtrhythmus, das Gesicht wirkte hell und bewegt nicht nur wegen der durch die Baumkronen am Bahndamm gesprenkelt hereinfallenden Sonnenstrahlen. Er wirkte zufrieden. Pitt blickte ihn forschend an, in der Hoffnung, noch mehr Phantastisches über die mörderische Allianz zu erfahren. Kein Wort mehr, die Wahrheit war am Licht. Der Mann stieg am Berliner Tor aus. Ohne eine letzte Warnung, ohne einen Appell an die öffentliche Wachsamkeit, stieg einfach aus, grußlos.

Pitt sah die blechfarbene Fassade des Polizeihochhauses in seiner drohenden Gitterarchitektur und bedauerte, dass dieser Anblick den Mann, der sich um die Schutzpolizei sorgte, nicht mehr beruhigen konnte. Vielleicht war er ja auch ausgestiegen, um hier in der Bannmeile dieser unübersehbaren Schutz- und Trutzburg gegen die Mörder, Räuber und Mädchenschänder seine verdienstvolle Aufklärungsarbeit fortzusetzen. Eine Bahnfahrt lang hatte er das Glück, die Qual, die Befriedigung der Meinungsfreiheit erlebt, wieder einmal, wie gewiss schon oft. Wieder einmal hatte er sich von Ahnungslosen und Gleichgültigen belächeln lassen, war er abgewiesen, war er zurückgestoßen worden. Sprechen die modernen Philosophen nicht vom kommunikativen Handeln? Er hatte es versucht. Dass seine Mitreisenden sich auf die Warnungen nicht eingelassen haben – so ist das eben, die werden schon sehen.

Eine Schuldfrage

Deutschland einig Vaterland lag noch in der Ferne, es ereignete sich gelegentlich auf Bahnsteigen, auf denen Wiedersehen gefeiert wurden. Zwei Frauen, Rentnerinnen, in ein Schwarz gekleidet, das ihre vollen weichen, knitterigen Gesichter nonnenbleich erscheinen ließ, offenbar Schwestern, hatten sich nach langer Zeit wiedergesehen aus dem Anlass, der das Schwarz verlangt. Um 17 Uhr 35 war auf Gleis 4 der D-Zug aus Dresden eingelaufen, um 17 Uhr 45 war die S-Bahn von Gleis 3 ausgelaufen. Pitt hatte den Koffer der Dresdner Schwester auf den Gepäckhalter gehoben, und die beiden Frauen saßen ihm gegenüber, erleichtert, erschöpft, erregt von der Begegnung auf dem Bahnsteig, von der Spannung des Ankommens. Auch hatte es wohl ein Missverständnis über den Treffpunkt gegeben. Sie lächelten Pitt zu, weil er ihnen geholfen hatte, aus dem Gedränge des Bahnsteigs sicher in das imaginär abgeschirmte Stübchen der S-Bahn zu gelangen.

Ein Todesfall hatte die Schwestern nach drei Jahren wieder einmal zusammengeführt. Der Mann der Hamburger Schwester war gestorben, schon am übernächsten Tag, 12 Uhr, war die Beerdigung auf dem Ohlsdorfer Friedhof. Da die Witwe das Hamburger Abendblatt vom Vortag aus der Tasche nahm und mit ihrem Finger auf die beiden Anzeigen unten rechts wies, konnte Pitt zuhause den Namen und den Beruf des Verstorbenen, der nur 64 Jahre alt geworden war, recherchieren. Kapelle 13 – das machte Pitt hellhörig. Dieses Areal des angeblich größten Friedhofs der Welt würde auch für das Pittpaar einmal die Endstation sein. Die Dresdner Schwester war in der Anzeige auf zwei Namen in der Liste der Trauernden gestoßen, die ihr nicht vertraut waren, und so gewann Pitt an seinem halben Ohr auch Einblick in genealogische Bewandtnisse.

„Aber Wilma, den musst du doch kennen, weißt du noch, auf der Silberhochzeit von Gretel, der Kleine, der immer so lustig ist. Karl und Ewald waren abends noch da gewesen, die spielen freitags immer Skat, und Lotti kommt dann auch immer mit, damit ich nicht so allein dasitze. Wir haben ferngesehen. Um elf habe ich gesagt, dass sie aufhören sollen, die können nie ein Ende finden, um halb zwölf haben sie aufgehört, und Henry, der ist so abgespannt gewesen, das hat mich so beunruhigt, das ist sogar Ewald aufgefallen. Ich bin richtig ärgerlich geworden, weil Henry nicht ins Bett wollte, und dann hat er sich noch vor den Fernseher gesetzt. Ich bin ins Bett gegangen, ich habe ihn immer gerufen, zweimal bin ich noch aufgestanden, und dann habe ich noch gehört, wie er sich ein Bier aus dem Kühlschrank geholt hat, der schließt nicht richtig, weißt du, den hört man in allen Zimmern, so knallt der, dann bin ich richtig wütend geworden, so abgespannt und dann so unvernünftig. Aber er muss es wohl geahnt haben. Er wollte nicht ins Bett, das kenne ich gar nicht von ihm, der kuckt nie fern so spät, auch wenn gute Filme laufen. Ich muss wohl eingeschlafen sein, ich weiß auch nicht, ich kann sonst nicht schlafen, wenn Henry in der Stube sitzt, ich hatte sogar noch das Licht brennen. Dann bin ich aufgewacht, um zwei. Ich habe eine richtige Wut gekriegt, weil Henry immer noch nicht im Bett war. Ich bin in die Stube, und da hat Henry im Sessel gesessen, und der Fernseher war noch an, der flimmerte nur so, na, ich habe gedacht, Henry ist eingeschlafen, ich habe ‚Henry‘ gerufen, ‚kommst du wohl endlich‘, und dann habe ich ihn an der Schulter geschüttelt. Da habe ich gleich gemerkt, dass was nicht stimmt, er hat so komisch dagesessen, das kann ich dir gar nicht beschreiben, und dann habe ich gesehen, dass er die Augen offen hatte. Henry, habe ich gesagt, du, und er hat nichts gesagt, nur so ein bisschen, wie soll ich sagen, geseufzt, das hat er noch nie gemacht. Er hat sich überhaupt nicht bewegt, nur die Hand ist hochgekommen, als wenn er sich bei mir festhalten wollte, und die Augen haben sich bewegt. Ich habe so einen Schreck gekriegt. Ich habe gleich gewusst – Wilma, das war so furchtbar, der große, starke Mann, und kommt nicht hoch aus dem Sessel und kuckt immer so. Ich habe meine Arme um seinen Rücken gelegt, ich wollte ihn hochziehen, aber das ging nicht, und da hatte ich das Gefühl, dass ich ihm weh tue dabei. Wilma, du kannst dir das nicht vorstellen. Ich allein mit Henry, in der Wohnung, mitten in der Nacht, ich wusste gar nicht, was ich tun sollte. Ich komm gleich wieder, Henry, habe ich gesagt, mach dir keine Gedanken, dann habe ich den Morgenmantel angezogen, ich habe noch gedacht, ob er mich überhaupt noch hören kann, und bin runter zu Wiebkings, die wohnen unter uns, weißt du, die kennst du doch, er ist immer so freundlich, wir haben doch kein Telefon. Ich konnte gar nichts sagen, da ist er mit raufgekommen, er hat nur gesagt ‚schnell einen Arzt‘, aber er hat gleich den Rettungswagen gerufen. Ich habe Henry immer gestreichelt, ich wusste gar nicht, was ich einpacken sollte, aber Herr Wiebking hat gesagt, das ist nicht so wichtig. Ich glaube, hat er gesagt, Ihr Mann hat einen Schlaganfall, haben Sie nur keine Angst, das ist alles nicht so schlimm heute, er muss nur gleich ins Krankenhaus, die kriegen das wieder hin. Sein Vater hat auch einen Schlaganfall gehabt und nachher sogar wieder im Garten gearbeitet. Ich habe immer nur leise Henry, Henry gerufen, und einmal habe ich gefühlt, dass er mich gehört hat. Seine Augen, Wilma, seine Augen! Ob er wohl gewusst hat, was passiert ist? Herr Wiebking sagt, nein, der Arzt sagt auch nein. Der Arzt vom Rettungswagen hat gar nichts gemacht, nur so gekuckt. Ich habe immer die Hand von Henry festgehalten, ich wollte ja mit, aber der Arzt hat gesagt, das hat keinen Zweck, ich sollte morgen früh kommen und sollte mir keine Sorgen machen. Ich habe kein Auge zugekriegt, und als der Wagen weggefahren war, habe ich nur gedacht, ob ich ihn wohl noch einmal zu sehen kriege. Herr Wiebking hat Gerti angerufen, aber die hat sich nicht gemeldet. Wilma, das war eine schreckliche Nacht, so was wünsche ich keinem. Ich habe immer gedacht, wärst du doch bloß nicht ins Bett gegangen. Henry ganz allein in der Stube, so abgespannt wie der war, und ich im Bett, und dann passiert das, und Henry sitzt da ganz allein und kann sich nicht bewegen.“

Im Nahverkehr gibt es den Zwang zum Zuhören, nicht erst seit dem Anbruch der Smartphone-Ära. Soll man aufstehen und sich einen anderen Platz suchen? Man kann sich noch so stark auf die

Zeitung konzentrieren und sie hochhalten, als errichtete man eine akustische Schutzwand, auch ein Buch kann noch so fesselnd sein, das Gespräch, das man mit seinem inneren Selbst oder mit einem anderen führt, mag noch so anregend sein: du wirst in das Gespräch der Fremden hineingezogen. Laute, Lärm und Stimmen sind die aufdringlichsten Eindrücke, die unsere Sinne treffen, nichts gibt es, um sie vor ihnen zu schützen. Wo artikuliert gesprochen wird, wo eine Melodie oder ein Rhythmus sich akzentuiert zur Stelle meldet, kannst du die tönenden Elemente nicht durcheinanderschütteln wie Scrabble-Lettern im Beutel, denn im Synapsenwirbel unseres Hirns gewönnen sie blitzschnell ihre Gestalt zurück und würden dich heimsuchen in ihrer grellen Unmissverständlichkeit. Ist das unfreiwillig Gehörte gar der Monolog einer verzweifelten Stimme und hat er ein Thema, das in seiner Menschlichkeit tief vertraut ist, bist du zum Zuhören verurteilt. Vielleicht überschreitest du die Grenze zur Taktlosigkeit nur dann, wenn du ihn oder ein Gespräch im Geiste protokollierst. Doch aufdringlich kann ein zufälliges Dabeisitzen nicht sein. Du musst nicht fliehen, wenn du im öffentlichen Raum, der nirgendwo Wände hat, in den privaten Kreis hineingezogen wirst und sich plötzlich eine Intimsphäre vor dir auftut wie die Seitenkapelle des Doms mit den betenden Menschen, die der Tourist in seiner profanen Ahnungslosigkeit auf seinem Rundgang unversehens betritt.

Pitt will aber gestehen, dass seine Aufmerksamkeit – oder war es Neugier? – hochgradig war. Während die Witwe mit ihrem Taschentuch die Nasenflügel betupfte und dabei weitersprach, sah sie ihn an. Sie musste sehen, dass er ihrem Gespräch lauschte, ob unwillentlich oder nicht. Hatte sie die Stimme gesenkt, das Gesicht etwas näher an das Ohr der Schwester geführt, um das Zuhören der Anderen zu erschweren oder zu signalisieren, sie wünsche, in ihrer privaten Kommunikation allein gelassen zu werden? Dass sie den Lauscher an der unsichtbaren Wand verurteile? Sie sah nicht nur Pitt an, während sie das Tüchlein in die Tasche steckte, auch andere Fahrgäste, die hinübersahen zu den schwarzgekleideten Frauen mit Blicken und

Mienen, die verrieten, auch sie seien teilnehmende Zuhörer. In den Bussen und Bahnen des Nahverkehrs kann man oft beobachten, vor allem bei den Schülerinnen, die sich Wochenenderlebnisse oder Aufregendes aus der Disco- und Partywelt erzählen, dass der Zuhörerkreis zielstrebig über die zufälligen Gesprächspartner hinaus ausgeweitet wird.

Die Witwe hatte erzählt, wie sie nach vergeblichen Versuchen, ihre Tochter in der Nacht zu erreichen, am frühen Morgen ins Krankenhaus Barmbek gefahren war, wie es ihr, nach langem Warten und empörenden Zurechtweisungen doch schließlich gelungen sei, mit Hilfe eines Arztes zu ihrem Mann vorzudringen. „Er hat noch genau so gekuckt wie in der Nacht. Die Augen haben sich bewegt und die Hand. Ich habe ihm die Hand gestreichelt, ich habe geglaubt, er hat mich erkannt. Er hat immer so gekuckt. Seine Stirn war ganz feucht. Ich habe ein Handtuch gesucht, dann habe ich mein Taschentuch genommen, ganz vorsichtig. Henry hat immer nur so gekuckt, einmal habe ich geglaubt, dass er seinen Mund bewegen wollte, aber ich weiß nicht. Wenn ich nur wüsste, ob er mich erkannt hat. Ich habe gesagt, dass es mir so leid tut, dass ich so ärgerlich war und wenn ich gewartet hätte, wenn ich nicht gleich eingeschlafen wäre, wenn ich in der Stube geblieben wäre, das habe ich ihm alles gesagt, aber ich weiß wirklich nicht, ob er mich gehört hat. Der Arzt sagt ja, er wäre bei vollem Bewusstsein, nur Sprechen, das geht nicht, aber das könnte besser werden, er hätte schon viele Fälle gehabt, wo's besser geworden ist, auch wenn das jetzt gar nicht gut aussieht. Henry, habe ich gesagt, Henry, kannst du mich hören, Gerti kommt auch, sie war nicht zu Hause. Soll ich dir was mitbringen, Henry, brauchst du was? Ich habe immer seine Hand gestreichelt, und Henry hat immer so gekuckt, genauso wie im Sessel. Wilma, du kannst dir das nicht vorstellen, nicht zu wissen, ob dein Mann dich versteht. Vierzig Jahre, im Mai sind wir vierzig Jahre verheiratet, am zehnten, er ist nie krank gewesen, nur einmal mit dem Blinddarm, und als das mit dem Arm war, und jetzt, wo's so schlimm ist, sitze ich rum und weiß nicht, was ich machen soll.

 Eine Schuldfrage

Weiß nicht, ob er mich hört. Ich habe ihm immer die Stirn abgetrocknet. Bis die Schwester kam, ich wollte aber noch nicht weg. Wenn er mir doch gezeigt hätte, dass er mich erkennt. Wir haben uns nie gestritten, das weißt du doch, Wilma, ausgerechnet Freitag, wo er schon krank war, er sagt, abgespannt, aber das war schon der Anfang, ich hab's nicht wissen können. Ich wäre doch nicht ins Bett gegangen, ich hätte doch nicht mit ihm geschimpft. Vielleicht war er wütend, dass ich so ärgerlich war, aus Trotz ist er sitzengeblieben, wo er doch sonst nie fernsieht so spät. Den Fernseher kann ich gar nicht mehr sehen in der Stube, der soll da weg, da stelle ich die Blumenbank hin. Gerti habe ich noch gar nichts gesagt, von unserem Streit, was würde sie denken, ich habe es doch nur gut gemeint, ich kann doch nicht wissen, dass Henry so krank ist. Der Arzt sagt, das kommt ganz plötzlich, das weiß man nie vorher, aber er war auch schon so abgespannt. Ewald hat gesagt, Henry war ganz normal beim Skat, er hat sogar gewonnen, Gott, war der versessen auf Skat, davon konnte er nie genug kriegen. Vielleicht wenn sie weitergespielt hätten, wenn ich nichts gesagt hätte vom Aufhören. Das macht doch nichts, wenn sie bis zwölf spielen, aber Henry war doch so abgespannt, er musste doch seine Ruhe haben. Die Schwester hat dann gesagt, ich müsste jetzt gehen. Ich habe Henry noch einen Kuss gegeben, er hat das wohl gar nicht gemerkt."

Die Witwe sprach weiter, die Schwester hörte zu, ohne viel zu sagen, nickend, kopfschüttelnd, Überraschung oder Bekümmerung auf dem Gesicht. Es hatte Schwierigkeiten mit der Krankenkasse gegeben, es war von Rente die Rede, es ging um das Dekor der Beisetzungsfeier, auch um gewisse Differenzen, die sich daraus zwischen Mutter und Tochter ergeben hatten und durch die Einmischung des Schwiegersohns verschärft worden waren.

Der Schuldvorwurf blieb allgegenwärtig, lugte aus jedem dritten Satz, drängte sich in Andeutungen in jede Sequenz der gleichförmig sprudelnden Erzählung, hielt alle Ereignisse in feinster Spur zusammen wie der rote Faden in den dicken Schiffstauen der britischen Marine. Der ließ sich auch durch beschwichtigende Einwendungen der Schwester nicht durchschneiden. Im Verhältnis zu denen, die wir lieben und für die wir Verantwortung tragen, fühlen wir uns wie kleine Götter: wir meinen, dass unser Tun und Unterlassen, unsere Gefühle und unsere Wünsche in mächtiger Ursächlichkeit auf das Leben der uns anvertrauten Menschen wirken, ihren Weg beeinflussen, und in der Zufallskette der Gründe, die einen unserer Lieben in eine katastrophale Situation zerrt, meinen wir, in unserem Tun ein besonders wichtiges, gewichtiges Glied sehen zu müssen, ohne das sich die Dinge ganz anders entwickelt hätten. Wir glauben immer, reichlich größenwahnsinnig, der schwere Tropfen zu sein, der das Fass zum Überlaufen bringt. Wir sind es nicht. Wir sind Elemente in der Welle der Wirkungen, die eine Existenz umfließen. Sofern wir guten Willens sind.

Da war dieser Gewissensbiss: diese nicht aus dem Sinn zu bannende Tatsache, dass die Frau nach vierzigjähriger Ehe unter Verletzung aller Gewohnheitsgesetze, verstimmt darüber, dass der Mann ihr nicht ins Bett gefolgt war, ihn allein in der Stube hatte sitzen lassen, schlimmer noch, eingeschlafen war, ohne sich um den Mann zu kümmern, ihn, dessen Abgespanntheit ihr hätte zu denken geben müssen, vor der nahenden Katastrophe im Stich gelassen hatte, wobei nicht auszuschließen war – auch diesen Verdacht deutete die Witwe an und sie würde ihn in zwei, drei Tagen oder auch nach einem Jahr gewiss krass aussprechen –, dass die Verärgerung des Mannes über die Verärgerung der Frau eine Ursache des Zusammenbruchs gewesen sei, vielleicht die Ursache überhaupt, wenigstens ein den natürlichen Prozess negativ beeinflussender Faktor, denn man darf ja in Herz und Hirn keine kleinen Maschinen sehen, sondern sie sind empfindliche Gefäße der Seele, in denen Wirbel nie ohne Wirkung, ja Strafe entfacht werden.

Indem die Witwe unablässig ihr als schmerzlich empfundenes Versagen in entscheidender Stunde vergegenwärtigte, wuchs der Gedanke der Schuld, und der stille Selbstvorwurf hatte längst den Grad offener Selbstbezichtigung vor einem öffentlichen Tribunal erreicht.

Vielleicht hatte er schon die Trauer verdrängt. Uns fehlt der Begriff für die Trauer, die sich mit Schuldvorwürfen mischt. Sie ist die traurigste Trauer, die sich am längsten das Labsal des Vergessens versagt. Nicht der Tod des Mannes, die Trauernde selbst war zum Problem geworden. Pitt zweifelte nicht, in ihrer Schilderung des Todesweges vom Sessel in der Stube bis in den Sarg Zeuge einer Selbstanklage geworden zu sein, die alle Welt einlud zu urteilen, zu richten und – diese Hoffnung blieb – zu verstehen und zu verzeihen.

In Ohlsdorf wurden die Reisenden in diesem verkürzten Zug aus Richtung Altona durch den Lautsprecher aufgefordert, den Zug zu verlassen, um am gegenüberliegenden Gleis auf den Zug nach Poppenbüttel zu warten. Pitt hob den Dresdner Koffer aus der Ablage und trug ihn hinaus. Die meisten Fahrgäste, die in Ohlsdorf den Zug wechseln müssen, bewegen sich auf dem Bahnsteig nicht von der Stelle – das hastige quirlige Wechseln der Waggons gibt es erst seit der Eröffnung der Strecke zum Flughafen Fuhlsbüttel. Auch Pitt blieb stehen, obwohl er gewöhnlich bis zur Litfaßsäule geht, weil dort der letzte Waggon hält, von dem aus es an der Endstation Poppenbüttel nur ein paar Schritte zum Treppenaufgang sind. Er trug den Koffer aus Dresden wieder in den Wagen und verstaute ihn über den Sitzen, auf denen er zwanglos in der Nähe der alten Damen Platz nehmen und seine Zeitung als Tarnmaske aufschlagen konnte.

Herr Wiebking hatte Gerti gegenüber seiner Verwunderung Ausdruck gegeben, den Vater noch mitten in der Nacht im Sessel vor dem Fernseher gefunden zu haben, und auch Ewald hatte sich erstaunt darüber gezeigt, denn die Skatrunde hatte doch schon, wegen des Unwohlseins des Hausherrn, gegen 11 Uhr ihr frühes Ende gefunden. Der Zug war ausgelaufen und rollte nun am hohen Zaun des Ohlsdorfer Friedhofs entlang, wo der Blick in seine Rumpelkammer fällt, auf Gartengeräte, Schuppen, Fahrzeuge, den Steinbruch der abgelegten Grabmale, die Gärtnerei, die Komposthaufen der welken Kränze, wo er aber auch über die Baumkronen hinweg auf den Turmgiebel des Krematoriums trifft, und, vor allem bei Sonnenschein, angezogen wird von den goldglänzenden Ziffern der Uhr, auf der der Zeiger zweimal täglich über ein schimmerndes Memento mori läuft, das die Phantasie jedes Vorüberfahrenden in Bewegung setzt. EINE VON DIESEN – sind Stunden gemeint, Minuten, Sekunden? Jeder Tod ist ein Sekundentod. Der Zeiger ruckt, ruckt, ruckt, bewegt im Ineinander von drängenden Federn und hemmender Unruh, und plötzlich steht er. Der Zeitbegriff in seinem beklemmenden Ausdruck: eine von diesen. Es könnte, wenn das große Ziffernblatt genug Platz bieten würde, auch heißen: du kannst nicht entrinnen, deine Stunde ist dir bestimmt.

Das ist – trotz allen späten Sonnenglanzes, der an diesem Nachmittag auf Ziffern und Zeiger fiel – keine Sonnenuhr, die zwischen einem statischen Zeiger und dem wandernden Schatten einen Raum der Unbestimmtheit lässt oder die Mahnung der drei prägnanten Worte unter einem bewölkten Himmel unhörbar und unanschaulich machen könnte. Das ist eine präzise Prognose. Die Uhr dient nicht den Toten, die in das Klinkerhaus, das man nicht ohne Schaudern – zweimal am Tage! – betrachten kann, zur Kremierung einziehen. Sie dient den Lebenden, denn sie sollen wissen, dass es für den Zug ihres Lebens eine Endstation gibt, hinter der die gleichzeitig bestimmteste und unbestimmteste Ankunftszeit angegeben ist: EINE VON DIESEN. Das heißt: es gibt kein Zufrüh und kein Zuspät.

Pitt schaute demonstrativ in die Richtung des goldenen Memento und hoffte, dass die Augen der Witwe, diese ins Leere hineinkullernden geröteten Augen, seinem Blick zur Uhr folgen würden, die auch für sie ersonnen worden war. Die Uhr hätte ihre Selbstvorwürfe entkräften können in der Kraft ihrer Aussage: der Tod duldet keinen Komplizen.

Beunruhigt über den Gedanken, dass Ewald mit seinem Auto am Montag um halb zwölf nicht pünktlich sein könnte, verließ die Witwe mit ihrer Schwester am Bahnhof Kornweg den Zug.

Ein Frauenfeind

(auch ein Nachruf auf eine wunderbare Buslinie)

Die Hamburger Buslinie 36, die mit dem Fahrplan 2020/21 eingestellt wurde, war die Favoritin des Pittpaars. Der 36er war ein Schnellbus, das heißt: die Linie überspringt im Zeitraffer viele Stationen der Metrobuslinien und verlangt dafür nur ein geringes Aufgeld. Der Bus fuhr – wie die Berliner Busse 100 und 200, die Berlins Westen und Osten verbinden – auf einer Ost-West-Achse von dem schlichten Walddörfervorort Farmsen-Berne quer durch die Stadt über Altona nach Blankenese, und reizvoll wie die Linden- und Tiergartenstrecke der Berliner Achsenbusse war die Tour über die Elbchaussee, auf der man auf den hohen Sitzen des Busses sehr gut über die hohen Mauern und Heckenwälle auf die stilvollen Villen schauen konnte und Durchblicke auf den Strom genoss. Wenn man eine Sternstunde erwischt hatte, stiegen bei Teufelsbrück berühmte Dichterinnen oder Dichter zu, vielleicht Brigitte Kronauer oder Peter Rühmkorf. Ach, warum müssen die guten Dinge sterben?

Auf jener Nachmittagstour, von der Pitt berichten will, fuhr er allein. Wäre er mit seiner Frau gefahren, vielleicht zum Elbwanderweg, wäre ihm die Fallstudie einer krassen Misogynie wohl nicht vor Augen und Ohren gekommen.

Das Paar – beide hoch in den Sechzigern, wohl ein Ehepaar – war an einem Vormittag vor der Rentenversicherung Nord, ihrem neuen Domizil im eleganten gläsernen Kubus, in den Bus eingestiegen. Er war schwach besetzt, und Pitt musste sich wundern, den Mann die Vierersitzgruppe, in der er saß, ansteuern, seine Frau auf den Sitz neben ihm bugsieren und sich ihm gegenüber setzen zu sehen. Die eigenartig schiefe Sitzordnung ließ Pitt doch daran zweifeln, es mit einem Ehepaar zu tun zu haben: er legt immer großen Wert darauf, im Bus neben seiner Frau zu sitzen.

Da man davon spricht, die jahrzehntelange eheliche Gemeinschaft in der seelischen Solidarität gegenüber den vielfältigen existentiellen Fährnissen stifte auch physiognomische Gemeinsamkeiten, ja sogar eine augenfällige Ähnlichkeit, blieb Pitt bei seiner ursprünglichen Annahme, es handele sich um ein Ehepaar. Bestätigt wurde sein Eindruck durch die schonungsvolle Stummheit, in der sich die beiden, in der entfremdenden Diagonale, gegenübersaßen.

Gut, Pitt entdeckte keine Eheringe, meinte jedoch, derlei Symbolik werde durch bewährte Lebenseintracht wohl überflüssig. Das hervorstechende Merkmal der Ähnlichkeit der beiden in Nase, Mund und Kinn scharf geschnittenen Gesichter war die faltige, fast gefaltete Haut der Wangen und unteren Kinnpartie, die beider Gesicht grämlich und gallig erscheinen ließ. Ein auffallender Unterschied lag in den Augen: unruhig, beweglich spähten die männlichen, die weiblichen erschienen weggesunken, verloschen. Auch die Körperhaltung signalisierte Wesensunterschiede: während die Frau in eckiger Gebrechlichkeit in ihren Sessel zusammengefallen war, saß der Mann angespannt-elastisch aufrecht auf dem Polster und berührte nicht die Rückenlehne. Der Mann saß auf dem Sprung, sie in einem Versteck. Ein Rentnerpaar. Wahrscheinlich hatte es in Farmsen unerfreuliche Rentenangelegenheiten klären müssen und saß nun, weil Erwartungen von Rentnern immer enttäuscht werden, etwas griesgrämig in einem Bus, den es vermutlich am S-Bahnhof Friedrichsberg – Pitt stellt oft solche Vermutungen mit einer gewissen Trefferquote an – verlassen würde.

Schon am Friedrich-Ebert-Damm kam eine junge Frau durch den engen Gang. Sie berührte mit einer Einkaufstüte des Mediamarkts – „ich bin doch nicht blöd" – den auf der Sitzlehne gelagerten Arm des Mannes am Ellenbogen, fliegenleicht. Dennoch entschuldigte sie sich. „Dumme Gans", antwortete der Mann. Den erstaunten Blick der Frau, die ihren Schritt einen Moment verhielt, quittierte er mit einem lauten „Zicke". Die Frau war klüger als Pitt, sie hörte nicht hin. Es war an Pitt, den Mann erstaunt anzublicken,

ja anzublitzen, gar nicht mal kritisch, ohne Einmischungsdrang, einfach verblüfft und auch ein bisschen neugierig. „Dumme Gans", wiederholte der Mann, „Zicke. Natürlich ist die blöd." Musste Pitt nicht etwas sagen? „Alle sind Gänse", sagte der Mann mit äußerster Bestimmtheit in einer heiseren, krächzenden Stimme, „kleines Hirn, kurze Beine. Entschuldigung! Dass ich nicht lache! Keine Augen im Kopf. Tüten, alles vollgestopft. Die fressen ihren Männern die Haare vom Kopf. Einkaufen, rumschnüffeln, immer gierig, gierig und geil. Die machen die Männer fertig." Der Mann sprach weiter, er sah Pitt nicht an: der war für ihn wohl nur der auslösende Reiz gewesen für eine Selbstgesprächigkeit, die ihn offenbar mit Lust erfüllte. Pitt registrierte erleichtert, dass seine Frau ihm offenbar nicht zuhörte.

„Ich hatte einen Freund, prima Kerl. Der lebte mit seiner Frau, drei Töchtern – drei! –, seiner Mutter und einer Tante zusammen. Wissen Sie, wo der ist?" Er brauchte keine Antwort: „In Ohlsdorf. Kapelle 8. Die Weiber schlappen hin und heulen sich die Augen aus dem Kopp. Die haben ihn umgebracht, aber das kapieren die nicht. Zu doof. Alles Gänse, widerlicher Weiberstall. Da kann man nur mit dem Besen reinhauen. Immer rauf auf die blöden Puderköppe." Fast erlag Pitt der Versuchung zu fragen, warum gerade ein Besen – „Können Sie sich so ein Leben vorstellen? In so einem Weiberstall?" Pitt konnte es nicht, denn er war, sieht er von seiner Mutter ab, in einem ausgesprochenen Männerstall aufgewachsen. „Das ist die Hölle. Der musste zu mir kommen, wenn er sich besaufen wollte. Wissen Sie, was ich zu ihm gesagt habe? Hau ab, lass die sausen. Hat selber Schuld, dass er nicht auf mich gehört hat. Der brauchte das Weibsbild, Sie verstehen schon, und die Töchter, die haben ihn beschmust und bekichert und beleckt, die haben den glatt um den Verstand gebracht. Prima Kerl, die Weiber haben ihn versaut. Eine Uhr!" Der Mann lachte scharf verächtlich, was nicht voll gelang. „Eine Uhr haben sie ihm geschenkt, teures Ding, ja, aber der Esel hat nicht daran gedacht, dass er sie selber bezahlt hat. Na, er ist jedenfalls tot, jammerschade."

Er verstummte. Er sollte weiterreden! „Na", sagte Pitt, „sechs Frauen, das ist nicht einfach." Hatte er richtig gezählt?

„Die Weiber leben acht Jahre länger, statistisch, kein Wunder, gucken Sie sich um, überall nur Weiber. Die leben länger, die sind zäh, fressen und schlafen den ganzen Tag." Pitt drehte sich um, tatsächlich, im ganzen Wagen fast nur Frauen, Gott sei Dank kaum in Hörweite. Pitt hätte sich sonst der Kavalierspflichten erinnern und den Mann harsch und barsch zurechtweisen müssen. „Vorsichtig", warnte der Mann, „nicht hinkucken. Die fangen Sie ein. Wie die unverschämt grinsen!" Jetzt sprach er aber doch sehr laut. „Die fangen Sie ein, die schleppen Sie ins Bett und dann sind Sie fertig, fix und fertig, aus, Ohlsdorf, Schluss."

Wieder kam eine jüngere Frau und setzte sich in das Blickfeld des Mannes. Seine Augen saugten sich an ihr fest. „Blond", stellte er fest, „alle Blonden sind Schlampen. Wissen Sie, was die Weiber sind? Geborene Nutten. Gucken Sie sich das an, wie die's mit ihren Beinen macht. Schamlos. Aber so ist das, wenn man nichts im Gehirn hat. Blöde Gans." Die Frau starrte entgeistert in das fauchende Gesicht. Sie machte einen Fehler, sie sagte: „Sie spinnen wohl!"

„Haben Sie das gehört? So sind sie. Die Wahrheit wollen sie nicht hören. Süßholzraspeln, ja, aber die Wahrheit, direkt vors Maul, da werden sie frech. Die Weiber sind solche – solche – "

„Halt!", rief Pitt. Jäh war ihm klar geworden, dass er als sprachloser Zeuge einer krassen Frauenfeindschaft tatsächlich seine Kavalierspflichten, nein, seine humane Pflicht vergessen hatte. Konnte er durch eine entschlossene Intervention die angegriffene Ehre der jetzt ebenfalls gespannt lauschenden Reisegefährtinnen schützen, musste er es, erwartete man das von ihm? Er ist harmoniesüchtig, das heißt ein bisschen feige. Dennoch versuchte er einen Protest. „Entschuldigung", sagte er, „nicht so krass. Ihre Frau – "

„Nicht was Sie denken. Mit uns ist das ganz anders. Wir sind gute Kameraden, nichts weiter." Also nichts von Ohlsdorf, kein Weiberstall? „Wo denken Sie hin! Ich habe die Schnauze voll, wissen Sie,

 Ein Frauenfeind

ich hatte zwei Schwestern, du meine Güte, ich habe Bescheid gewusst, von Anfang an, ich habe mir mein Leben nicht durch die Weiber ruinieren lassen, ich nicht. Die Weiber sind ja solche Miststücke, solche – " Und er redete weiter, die Augen liefen spähend um, als musterten sie vor einem Rubens'schen Kolossalgemälde alle anatomischen Details des massenhaften Leibersturzes.

Die Frau war aus ihrer Versunkenheit erwacht, sie wendete ihren Kopf Pitt zu, und die kleinen verlorenen Augen begegneten Pitt blick- und glanzlos. Die arme Frau. Auch als Kameradin ist sie an der Seite dieses Frauenhassers in keiner beneidenswerten Situation. „Sind Sie verlobt?", fragte sie Pitt. Der verstand ihre Frage nicht. „Da, der Ring!" Er trägt ihn an der linken Hand. Er hatte keine Neigung, vielmehr ein instinktives Grauen davor, ihr und dem Misogyn zu erklären, dass er seine silberne Hochzeit weit hinter sich habe, und er sagte: „Ja."

„Hoffentlich werden Sie nicht enttäuscht." Pitt sah eine Gelegenheit, sein allzu langes duldendes, als Billigung auslegbares Schweigen zu den hassvollen Tiraden ihres Kameraden wiedergutzumachen. Er strahlte die Frau an und sagte laut: „Ich glaube nicht, dass es eine Frau gibt, die mich enttäuschen könnte."

Die Frau riss ihre kleinen Augen auf, der Mann sah Pitt mit höchstem, ja feindseligem Misstrauen an. Sprach jetzt die Frau? ja, es war ihre piepsig greinende Stimme: „Täuschen Sie sich nicht. Die Weiber sind ja solche Miststücke, solche Nutten, solche Lügnerinnen …" Das alles hatte Pitt schon gehört. Jede Invektive aus dem verfalteten Frauenmund, zu der der Mann befriedigt, manchmal voller Anerkennung nickte, traf ihn mit weitaus grässlicherer Wirkung als das, was er aus dem Männermund schon gehört hatte. Hilflos blickte er zu den weiblichen Fahrgästen, und es half ihm wenig, dass zwei von ihnen sich an die Stirn tippten. Eine von ihnen, die sich aufs Aussteigen vorbereitete, rettete ihn vor dem sprudelnden Hass, der das seltsame Pärchen, Gnom und Hexe, verband. Sie war aufgestanden, griff mit beiden Händen fest nach der breiten Krempe des spitzen, schwarzen Hutes, unter dem die Injurien gegen das weibliche Geschlecht wie Gasblasen aus einem modernen Tümpel emporstiegen, und zog ihn der Frau mit einem Ruck über die Stirn.

Nie wird Pitt das erstickte Geschrei, das Ächzen und Stöhnen der vom Schock gelähmten Frau vergessen, nie wird er das Feuer eines irren Hasses in den Augen des Mannes, die zwischen der enteilenden Angreiferin und der vermummten Kameradin hin und her flackerten, vergessen. Er suchte sich einen anderen Platz. Während der weiteren Fahrt lauschte er noch etliche Male zu dem Paar hinüber. Es saß stumm und starr da, von seiner Unflätigkeit erschöpft. Erst am Jungfernstieg stiegen die beiden aus. Pitt beobachtete, dass der Mann der Frau über die Stufen des Busses half und ihr mit behutsamer, fast zärtlicher Bewegung eine Haarsträhne unter den Hut strich, ihr in schonungsvollem Schwung den Arm reichte und sie Richtung Alsterpavillon führte.

Von der Anmut des Empfangens

In den Bahnen und Bussen des Nahverkehrs wird jedermann – oder soll Pitt sagen: jedem Mann – die Chance geboten, sich als Kavalier zu erweisen. Er kann Koffer tragen, Kinderwagen über Stufen heben, die aus den Zeitungen zu Boden rutschenden Prospekte aufsammeln, Auskunft über Verkehrsverbindungen geben, Gespräche nicht verweigern, Vergessliche und Zerstreute vor Verlusten bewahren oder Gefundenes in Verwahrung geben, Schlummernde wecken oder Schwerhörigen die akustisch oft verzerrten Hinweise aus dem Lautsprecher dolmetschen, Raum schaffen für Taschen und Tüten, durch Platzwechsel die Familienzusammenführung fördern oder Fahrgästen die Angst vor dem Rückwärtsfahren nehmen, hüftsteifen Fahr-

gästen auf den Barrierestufen mancher Regional- oder Straßenbahnen die stützende Hand bieten, Fenster öffnen oder schließen, Geld wechseln und, sich selbst zum Ritter schlagend, seinen Platz anbieten. Natürlich kann jede Frau das auch – als Engel. Das Platzanbieten: das ist die Höflichkeit des Überwinders. Wer in den Bussen und Bahnen des Nahverkehrs gern liest oder in die Suchtiefen des Smartphones versinken möchte, träumt, seine Reise auch im Gedränge unangestoßen genießen möchte, bürdet sich ein Opfer auf, wenn er einem Mitmenschen seinen Sitzplatz abtritt. Das Platzanbieten ist ein Ausdruck gelungener Erziehung oder Selbsterziehung. Die Mutter hatte Pitt in der Linie 5 der hannoverschen Straßenbahn– von Kirchrode nach Stöcken, wo der Vater auf dem Soldatenfriedhof liegt – beigebracht aufzustehen, wenn Ältere oder Frauen ungeachtet ihrer mehr oder minder ausgeprägten Bedürftigkeit nahten, und sie hatte ihre Erziehungsregel, rigoros wie Immanuel Kant, so stark betont, dass Pitt sich erst gar nicht zu setzen traute. Dafür hat er in altertümlich rumpelnden, schwankenden Straßenbahnen früh die Virtuosität des freihändigen Stehens gelernt (den Berufswunsch, ein Schaffner mit dieser wunderbaren, auf Daumendruck reagierenden Bauchkasse zu werden, hat er sich nicht erfüllt).

Pitt will nicht über die Vernunft der in Wolfram von Eschenbachs „Parzival" vermittelten Erziehungsregeln – „so lehrte mich's die Mutter mein'" – rechten: aber solche Regeln sitzen. In den antiautoritären Summerhill-Zeiten hat das Pittpaar die Regel dem eigenen Kind gegenüber relativiert. Als Zehnjähriger fuhr Pitt im Winter mit der Straßenbahn zur Schule und beachtete die Meinung seines ältesten Bruders, ein Gentleman sei ein Mann, der eine Frau mit einem Kind sitzen lässt; die hat er aber erst verstanden, als er schon dazu neigte, sich ostentativ in sein Buch zu vertiefen, wenn es in der Bahn enger wurde. Er gibt zu, seinen Platz manchmal zu lange verteidigt zu haben, doch immer mit schlechtem Gewissen wie einer, dem der Hunger in der Welt den Appetit verschlägt. Mittlerweile gibt ihm ein biblisches Alter einen Dispens.

Er will nicht räsonieren, ob ein pädagogisches Defizit bei Jung und Alt, insbesondere bei den Jungen, gewachsen sei. Er schätzt die chevalereske Geste des Platzanbietens, die natürlich nicht an das Geschlecht gebunden ist. Doch er fragt: Wie ist es mit dem Charme des Platzannehmens bestellt? Muss nicht der Großzügigkeit des Gebens eine Großzügigkeit des Nehmens entsprechen?

Sie bieten Ihren Sitzplatz einer Frau mittleren Alters an, deren Körperfülle und -haltung verraten, dass ihr das Stehen schwerfällt. „Wollen Sie sich nicht setzen, bitte?"

„Och nein."

„Bitte, nehmen Sie doch Platz!"

„Das ist nicht nötig. Ich steige gleich aus."

Die Freundlichkeit der Stimme eine Spur nachdrücklicher: „Aber so setzen Sie sich doch!"

„Meinen Sie? Aber das ist doch Ihr Platz. Also – besten Dank auch."

Sie setzt sich und ihr fülliger Körper gibt sich, Sie sehen es, befreit und dankbar der Schwerkraft hin. Nach vier Stationen steigt die Frau aus. Sie empfangen noch ein verlegenes Lächeln, das für die Umstände um Entschuldigung zu bitten scheint. Sie sind betroffen: Ihre Kavaliersgeste war das erste Glied einer Kette von Peinlichkeiten. Sie haben sich auf einen Disput über diese Geste, die unauffällig sein sollte, einlassen müssen. Vielleicht lag auch ein Fehler auf Ihrer Seite: Sie haben Ihre erste Offerte fragend formuliert, wie ein Mann, der in einem Restaurant die Frage des Rosenverkäufers, ob eine Rose gefällig sei, an seine Dame weiterreicht. Sie haben die Aufmerksamkeit der Mitfahrenden erregt, die sich ihre Gedanken über Ihre Geste machen, nicht nur wohlwollende, auch kritische, denn Sie haben Ihren Platz anbieten müssen wie ein Zeitungsabonnement durch den Spalt einer durch eine Kette gesicherten Tür. Die Hartnäckigkeit, zu der Sie gezwungen wurden, musste bei der beschenkten Frau den Eindruck erwecken, Sie sähen es ihr an, einen Sitzplatz nötig zu haben. Sie haben die Frau zu einer klei-

nen Lüge genötigt und sie gleichzeitig dieser Lüge öffentlich über-
führt, denn alle haben gesehen, dass sie durchaus nicht „gleich", sondern erst an der vierten Station ausgestiegen ist. Sie stehen als ein
aufdringlicher Mensch da, der sich nach der ersten ablehnenden
Antwort nicht stumm-resigniert wieder gesetzt hat, sondern einen
Anderen fast doktrinär, aus welchen persönlichen, man möchte sagen: charakterlichen Gründen auch immer gezwungen hat, etwas zu
tun, was diesem offenbar unangenehm war, aus welchen Gründen
auch immer.

Pitt bietet seinen Platz einer jüngeren Frau an. „Danke", sagt
sie, „ich möchte mich nicht setzen." Er könnte sich ohrfeigen, aber
er sagt: „Warum nicht?" Es geht ihn nichts an, aber er fragt so –
vielleicht ist er perplex. Er muss dankbar sein, dass die Frau ihm
eine friedliche Antwort gibt: „Ich sitze den ganzen Tag, da möchte
ich gern mal ein bisschen stehen." Verzeihung! Pitt duckt sich zurück auf die Bank. Umgekehrt: Pitt, mittlerweile knitterig und er-
graut, wird von einer jungen, wirklich außergewöhnlich schönen
Frau ein Platz angeboten. Er lehnt ab, töricht wortreich. Vielleicht
ist er beleidigt. Ist es nicht kränkend, von einer jungen Frau als hin-
fällig wahrgenommen zu werden?

Es wird immer schwieriger, in lässiger, von Spontaneität und
Leichtigkeit geprägter Haltung einen Platz anzubieten. Beobachten
Sie einmal, wie oft im Nahverkehr Plätze offeriert werden. Sie werden feststellen, dass das selten geschieht gemessen an der Zahl der
Gelegenheiten, in denen Erziehung, Artigkeit und Vernunft den Unterschied des Lebensalters, der Geschlechtskonstitution, der körperlichen Stabilität durch eine Platzofferte ausgleichen müssten, eigentlich. Und dazu noch das gender mainstreaming: Fixiere ich in unan-
gemessener Form die soziale Rolle diskriminierter Weiblichkeit, wenn
ich als Mann (oder als Herr) akzeptiere, dass eine Frau (oder eine
Dame) ein natürliches Vorrecht habe, sitzen zu dürfen? („Frauen und
Kinder zuerst"). Oder untermauere ich dadurch in arroganter, patri-
archalisch leutseliger Weise männliche Dominanz?

Stellen Sie sich einen U-Bahn-Wagen vor, in dem alle Sitzplätze besetzt sind. Nur ein Fahrgast hat keinen Platz gefunden. Sie sitzen etwas entfernt von dem stehenden Fahrgast, eingezwängt zwischen einem korpulenten Mann mit langen massigen Oberschenkeln, die Sie beim Aufstehen in Bewegung setzen müssten, und einer Frau, die zwischen ihren Beinen zwei am Boden stehende Einkaufstüten festhält, die sie hochheben müsste, wenn Sie aufstehen wollten. Der stehende Fahrgast sei eine alte Frau. Sie erheben sich, bitten Ihre Sitznachbarn um Entschuldigung für die Umstände, die Sie bereiten, gehen zu der Greisin, bieten Ihren Platz an, zeigen ihr den Platz, führen sie hin, bugsieren sie zwischen den Schenkeln und Tüten hindurch, hören ihren wortreichen Dank, den auch die anderen sitzenden Fahrgäste hören, von denen mindestens fünf dank ihrer Lebenslage und Platzierung geeignete Platzanbieter wären. Jetzt stehen Sie da: im Mittelpunkt der Aufmerksamkeit der Sitzenden, von denen Sie, das mag Ihnen peinlich sein oder mag Sie erheben, wahrgenommen werden, von einigen anerkennend, von einigen erstaunt, von wenigen mit einer gewissen Feindseligkeit, die immer der Beschämung entspringt. Was sind Sie? Ein Held, eine unglückliche Figur, ein Ritter von der traurigen Gestalt. Wenn Sie sich im Augenblick des Entschlusses, der alten Frau ihren Platz anzubieten, der folgenden Unruhe voll bewusst gewesen wären, hätten Sie dann Ihren Platz angeboten? Oder hätten Sie aus dem Fenster geguckt?

Der einzige, in der Nähe stehende Fahrgast sei eine schwangere Frau. Der andere Umstand ist unter dem Faltenmantel nicht zweifelsfrei zu erkennen: doch die leidende Strapaziertheit des weich gedunsenen Gesichts verrät, dass der jungen Frau das Stehen aus naheliegenden Gründen nicht eben leicht fällt. Pitt bietet ihr – unter den oben geschilderten erschwerten Bedingungen – seinen Sitzplatz an. Sie ziert sich ein wenig, aber akzeptiert, und ihre Verlegenheit wächst, als der massige Mann, der seinen Körper nicht auf den freigemachten Fensterplatz wuchten mag, spöttisch bemerkt: „Jung und hübsch müsste man sein", und seine Säulen einzieht, um der Frau die

Möglichkeit zu geben, sich zwischen ihnen und den am Boden stehenden Tüten hindurchzwängen zu können. Hätte Pitt der Frau seinen Platz auch angeboten, wenn sie wirklich nur jung und hübsch gewesen wäre – wie es der Kavalierspflicht entspricht. Da fällt ihm das Witzblatt aus dem Paul-Simmel-Album der zwanziger Jahre ein, das er im Bücherschrank des Vaters gefunden hat: Ein Herr macht in einer Berliner Straßenbahn einer eleganten schlanken Dame, die sich in gesegneten Umständen befindet, Platz, und auf ihn setzt sich blitzschnell eine andere rundherum beleibte Frau. „Aber liebe Frau, meinen Platz hatte ich dieser Dame zugedacht, die immerhin …" – „Na, dachten Sie, mein's is'n Mückenstich?"

Man wird es sich bald nicht mehr leisten können, einem anderen seinen Platz anzubieten. Auf dem Markenzeichen des Teebeutels, den Pitt gerade aus seinem Glase zieht, steht, als fernöstliche Weisheit deklariert: „Die Gnade ist überraschend wie ein Schreck". Wenn man Menschen durch eine selbstverständliche, unreflektierte Geste der Höflichkeit oder der aufmerksamen Zuwendung erschreckt, wird Höflichkeit eine Verletzung des Menschenrechts, in Ruhe gelassen zu werden. Reflexion auf der Seite des Gebenden: soll ich? Reflexion auf der Seite des Nehmenden: warum bietet der mir seinen Platz an? Reflexion hemmt. Humanität hat etwas mit Dummheit zu tun.

Eine Frau mit einem Kinderwagen bereitet sich im Bus am Farmsener U-Bahnhof aufs Aussteigen vor. Pitt zwängt sich am Kinderwagen vorbei zur Tür, steigt aus, stellt seine schwere Tasche auf den Radweg, lässt sich von einem klingelnden Radfahrer nicht stören, wendet sich zu den Stufen des Busses, um der Frau zu helfen, ihren Wagen aus dem Bus zu heben. Ein Mann springt die Stufen hinab, drängt Pitt heftig zur Seite, so dass er über seine Tasche stolpert, und sagt: „Lassen Sie das! Das mache ich." Der barsche Helfer ist der Ehemann (oder Gefährte). Wenn Pitt Frauen mit Kinderwagen oder -karren in Bussen, Bahnen oder vor den Treppen von Bahnhöfen sieht, die immer noch keinen Fahrstuhl bieten, hält er Ausschau nach der zum Helfen berechtigten Begleitperson: wer greift gern in anderer Menschen Rechte ein? Oft zaudert er zu lange in seiner Rechtsbetrachtung, und ein anderer kommt ihm zuvor. Ich würde ja gern, aber die Sache ist so kompliziert …

Die meisten Eltern dürften auch heute noch befangen sein im Glauben an die Zeitlosigkeit humaner Umgangsregeln. Sie halten ihre Kinder an, älteren oder gebrechlichen Personen, wenn schon nicht unbedingt den Frauen, ihren Platz anzubieten. Sie sehen darin immer noch einen Schlüssel zum guten Ton. In der Bremer Straßenbahn – die Stadtmusikanten haben sie den guten Ton gelehrt – hat Pitt Plakate gesehen, die auf diesen „guten Ton" hinweisen. Natürlich beruht die kindliche Platzofferte auf einer Dressur: denn Kinder sitzen so gern wie die Erwachsenen, insbesondere wenn sie ein paar Stunden mit der Mutter durch Kaufhäuser gelaufen sind, wenn sie einen Fensterplatz oder einen Sitz auf den Achsen oder hinter dem Fahrer haben, und natürlich haben sie auch keinen Blick für die physische Bedürftigkeit von Erwachsenen.

Ein vielleicht fünfjähriger Junge sitzt neben seiner Mutter. Mehrere Erwachsene steigen zu, stehen. Der Junge wird unruhig, blickt fragend, überlegend, zur Mutter und zu den Erwachsenen empor, schließlich flüstert er seiner Mutter zu: „Soll ich aufstehen, Mammi?" Die Mutter nickt erfreut. Der Junge steht auf. „Du musst es dem Herrn sagen!" Der Junge geht auf einen älteren Mann zu und sagt: „Da ist ein Platz." Der ältere Mann hört den Jungen nicht. Der Junge kehrt zur Mutter zurück. „Du musst es dem Herrn laut und deutlich sagen. Du musst sagen: Entschuldigen Sie bitte, darf ich Ihnen meinen Platz anbieten?" Der Junge geht zu dem älteren Mann. Da steht er nun neben einem fremden Riesen, dessen Augen gleichgültig in irgendeine Ferne gerichtet sind. Der Junge ist aufgeregt, und seine Stimme ist belegt, als er sagt: „Entschuldigen Sie bitte – " und dann noch etwas lauter: „entschuldigen Sie bitte, da ist ein Platz." Der Riese schaut erstaunt auf das Kind, ein ernster strenger Blick unter buschigen grauen Brauen fällt aus der Höhe auf den Jungen, und der hört ein Grummeln: „Setz dich man wieder, mir macht das Stehen nichts aus." Der Junge geht zur Mutter zurück, er hat rote Ohren, und die Mutter sagt: „Da ist noch ein anderer Herr." Aber der Junge schüttelt heftig den Kopf. Beim Einüben des guten Tons ist ihm der Klavierdeckel auf die Finger gefallen, und das tut weh, ein Leben lang wahrscheinlich. Er hat ein kommunikatives Trauma erlitten.

Pitt rät Besuchern Frankfurts, auf ihrer S-Bahnfahrt vom Flughafen oder vom Hauptbahnhof in die Innenstadt schon an der Taunusanlage auszusteigen und ein paar Schritte durch den schönen Park zum Opernplatz zu laufen. Sie kommen dann am Marshall-Brunnen mit den drei liegenden Grazien vorbei, die das Dankeschön Deutschlands für die Marshallplan-Hilfe nach dem Kriege symbolisieren. Es sind die Grazien aus Faust II. Aglaia fordert: „Leget Anmut in das Geben", und Hegemone antwortet klüger: „Leget Anmut ins Empfangen." Noch anmutiger, meint Euphrosyne, sei das Danken.

Pitt beobachtet einen kleinen Jungen, der ohne mütterlichen Ansporn aufsteht, sich durch eine Reihe stehender Fahrgäste drängelt und ein Mädchen, das ihm mit einem belustigten Lächeln folgt, an seiner Hand zu seinem Platz führt. Nach wenigen Stationen verlässt das Mädchen den Zug. Die Mutter fragt ihren Jungen, warum er denn gerade dem Mädchen seinen Platz angeboten habe, es hätten doch noch ältere Menschen da gestanden, und der Junge antwortet fröhlich: „Die war aber so nett." Pitt hat versucht, dem Jungen durch ein anerkennendes Lächeln seinen Respekt vor so viel ritterlicher Spontaneität auszudrücken, und er hofft sehr, dass es seine Wirkung nicht verfehlt hat. Gegen Erziehungsdogmen und zeitgeistige Restriktionen lächeln Götter selbst vergebens.

Wir müssen lernen, den uns angebotenen Sitzplatz anzunehmen. Der geschenkte Platz ist der, der uns gebührt. Wir müssen die aristokratischen Empfehlungen des Freiherrn von Knigge für den Umgang mit Menschen in der spätfeudalen Kutschenepoche übertragen auf den Umgang mit Menschen im demokratischen Nahverkehr. In ihm gibt es noch zu viel muffige Kleinbürgerlichkeit. Unser kleinbürgerliches Wesen ist darin zu erkennen, dass wir uns nichts schenken lassen wollen. Das verletzt unseren Stolz. Der Kleinbürger in uns – das ist der Bürger, der an sein Bürger- und Menschenrecht noch nicht ganz glaubt – fragt ständig: wie kommt der dazu, mir etwas schenken zu wollen? Darf ich ein Geschenk annehmen, ohne ein Gegengeschenk zu haben? Lehren Sie uns, bitte, Herr Baron, die Sitzordnung der solidarischen Gesellschaft. Sitzen soll, auf unserem Platz, wen wir am meisten achten.

Auf dem Bahnsteig der schmalen U-Bahn-Röhre der Linie U 2 am Hauptbahnhof Nord ist ein sehr alter, sehr gebrechlicher Mann tief in die Drahtbank gesunken. Der Zug läuft ein, und mit ruckenden Bewegungen, mit Armstößen eines Schwimmers, versucht der Alte, in die Höhe zu kommen, Zentimeter für Zentimeter auf den Rand der Bank vordringend. Ein junger Mann fasst ihn unter den Arm. „Lassen Sie da man die Finger von weg!" Das ist ein richtiger ärgerlicher Befehl, der sich eine Belästigung verbittet. Der Mann ist wirklich sehr, sehr alt. Am Berliner Tor steigt er aus. Pitt sieht ihn auf dem Bahnsteig nicht mehr. Er hört nur seine empörte Stimme: „Lassen Sie da man die Finger von weg!" Manchmal ist es ein Akt der Selbstverteidigung und der Selbstbewahrung, die Hilfe des Nächsten abzulehnen. Doch wie soll einer das unterscheiden können?

Die Galgenpredigt

Manche der frappierenden Zufälle, die wir nicht vergessen, ereignen sich auf Bahnfahrten. Wir lesen ein Buch, in dem ein Autor von einem Erlebnis in einem bestimmten Ort erzählt, wir schauen aus dem Fenster und sehen, dass wir gerade durch diesen Ort fahren. Natürlich ist das nicht einer der 1000-Jahre-Zufälle, der André Gide entzückte, als er für eine Dollarnote 1264,50 Franc erhielt und sie auf

sein Konto Nr. 12645 einzahlte. Pitt hat ein Zufall auf dem Mannheimer Hauptbahnhof den Atem verschlagen: Beim Umsteigen in den Zug nach Saarbrücken hatte er sich gerade in der Bahnhofsbuchhandlung Agatha Christies „Mord im Orientexpress" gekauft. Er kam auf den Bahnsteig 3 und stand überwältigt vor der Pullman-Pracht des nostalgisch rekonstruierten Orient-Express' auf seiner Reise nach Kaliningrad. Auch an den Rändern der Alltagsroute unserer S-Bahnen warten hübsche Zufälle auf uns.

Pitt las – im Zug, doch nicht in einem Zug – in Arthur Schopenhauers *Welt als Wille und Vorstellung*, in jenem zweiten Teil, in dem der Philosoph aus tausend Quellen der Jahrhunderte und des Alltags die Wahrheitsbeweise für sein märchenhaftes Weltmodell sammelt. Er besitzt die kleinformatige Großherzog-Wilhelm-Ernst-Ausgabe, die in ihrer leichten, zierlichen Handlichkeit wie für die S-Bahn-Lektüre geschaffen ist. Zur Beschwichtigung aller, die in philosophischen Büchern keine geeignete Lektüre für Bahnfahrten sehen: er suchte nur nach ein paar Zitaten, mit denen er seinen Vortrag in einer Taunusakademie aufpeppen zu können hoffte.

Seit Schopenhauer als angehender Hamburger Kaufmannslehrling auf seiner Europareise – mit der sein Vater ihn bestochen hatte, damit er sich die Flausen mit dem Gymnasium aus dem Kopf schlage – die Länder des Kontinents kennengelernt hatte, war er ein eifriger Leser ihrer Zeitungen, insbesondere der englischen. In seinem großen Werk zitiert er die Galgenpredigt, die der Schwiegermuttermörder Bartlett am 15. April 1837 zu Gloucester gehalten hatte: „Hierum also flehe ich euch an, als ein Sterbender, als Einer, für den das Todeswerkzeug jetzt bereit steht. Und diese wenigen Worte sind: macht euch los von der Liebe zu dieser sterbenden Welt und ihren eitlen Freuden." Das hatte den Philosophen fasziniert: als hätte da einer, kriminell aber doch klug, sein philosophisches Großwerk über unsere leidvolle Gefangenheit in Lug und Trug der Zeitlichkeit gelesen, ja, er erkennt in dem Philosophen unterm Galgen, der doch ein Mörder ist, einen kongenialen Wahrheitszeugen für alle seine

Einsichten in die normale Form unseres Irreseins, in unsere Verfallenheit an den blinden Willen, der unser Leben ist.

Pitt konnte Wirklichkeit und Buchwelt nicht gleich unterscheiden, als beim sinnenden Aufblicken von den Blättern das Gesicht eines Mädchens vor seinen Augen stand. Es war schön. Er will das Gesicht des Mädchens nicht beschreiben. Es war schön. Es war ein Ereignis in der Zeitlosigkeit. Vor Pitts Augen war die Schönheit aus dem Sein getreten. Die platonische Idee, die Schopenhauer auf vielen Seiten verzückt beschreibt, hatte sich in der unwandelbaren Reinheit eines Mädchengesichts offenbart, und Pitt hielt den Atem an in der Furcht, ein Hauch könne die Erscheinung vernichten.

„Starren Sie meine Tochter nicht so an! Unglaublich, so etwas Zudringliches." Pitt hörte die Stimme. Aber meinte sie ihn? Während er sich nach dem Sinn dieser Worte fragte, hörte er: „Schrecklich, diese unerzogenen Männer. Lass nur, Kind, das ist mir auch oft passiert, als ich so jung war wie du." Offenbar ein altes Me-Too-Erlebnis.

Neben dem Mädchen saß eine Frau, die Mutter. Als Pitt begriffen hatte, dass sein staunend-ergriffener Schönheitsblick zu impertinenter Anmache umgedeutet worden war und ihm die Peinlichkeit seiner im schönsten Sein versunkenen naiven Anschauung klargeworden war, sah er verwirrt und beschämt aus dem Fenster, obwohl dort eine schwarze Tunnelwand vorübersauste, und es dauert eine Weile, bis seine Augen, die sich wieder an die Wirklichkeit gewöhnt hatten, aus dem Winkel zu Mutter und Tochter, Frau und Mädchen, zurückkehrten.

Es mochte dreißig Jahre her sein, dass die Mutter so alt, so jung wie die Tochter gewesen war. Pitt konnte die dreißig Jahre in der kosmetischen Alterslosigkeit der Mutter entdecken. Die Schönheit der Tochter war in der Mutter maskenhaft konserviert. Die Ähnlichkeit, ja die Abbildhaftigkeit, war geblieben, als hätte ein Maler das Gesicht zweimal geschaffen: einmal gefangen in Sein und Fülle, das andere Mal in Form und Struktur. Alles im Gesicht der Mutter war

bestimmter, schärfer, strenger konturiert. Kaum eine Falte, kein Erschlaffen der Haut, die gleiche Frische, doch das Gesicht war eine mathematische Komposition: zusammengesetzt aus hochschmal gewölbter Stirn, modellierten Brauen, der perfekten Plastizität der Nase, dem gedrechselten Kinn. Pitts Daumen lag noch auf der Seite, auf der Schopenhauer die Zeit als die „vertheilte und zerstückelte Ansicht" bezeichnet, die wir von dem ewigen ideellen Bild haben.

Wenn das Gesicht ruhig geblieben wäre, wenn die Frau nicht gesprochen hätte, dann wäre die Verwandlung des Gesichts unter dem Meißel der dreißig Jahre vielleicht verborgen geblieben. Doch die Frau sprach, redete unentwegt in das schöne und sanft schweigende Gesicht der Tochter hinein, in die Erscheinung dieses Antlitzes, das unter dem entrückten Auge seines Schöpfers schlummert, unaufhörlich war der Redefluss der hartklingenden Stimme. Der Konstrukteur dieses älteren Gesichts, das Pitts aus dem Winkel spähendes Auge nur im Schrägprofil erfassen konnte, hatte der Stimme eine Tonlage geben, die zur Stirn oder zur Nase oder zum Kinn, aber nicht zum Gesicht passte.

In Bad Homburg verabschiedete sich die Mutter von der Tochter, beide standen auf, und Pitt sah, dass der Meißel der dreißig Jahre auch die Identität der Figuren zerstört hatte – wie auch nicht. Er hatte in den mütterlichen Körper Kanten geschlagen und die Elastizität in eine geometrische Spannung verwandelt. Die Mutter umarmte die Tochter und küsste sie auf die Wange, und Pitt erschrak zutiefst, als er die Frauen, die der Meißel der dreißig Jahre getrennt hatte, zusammenstehen sah. Wie konnte es Verwandtschaft zwischen den beiden Frauen geben? Gab es eine Zusammengehörigkeit der Gestalten, die doch unter grundverschiedenen Gesetzen standen, gab es eine Verbindung, eine verkettende Beziehung zwischen den beiden Wesen, von denen das eine die verklärte Epiphanie des Seins, das Zentrum des unwandelbaren Raums in seiner unaufhörlichen Gegenwart war, das andere die leidende Gefangene im hart- und strengmachenden Gefängnis der Zeit?

Der Judaskuss! Es war ein Kuss, der den unsterblichen schönsten Menschen der Sterblichkeit der Zeit auslieferte, nicht zufällig mit dreißig Silberlingen bezahlt, ein Bruderkuss, der Verwandtschaft simulierte, wo keine Verwandtschaft sein durfte. Und der Küssende ging hin und erhängte sich, um zu zeigen, dass er dem Gesetz von Sterblichkeit und Zeitlichkeit rettungslos unterworfen war.

Das Mädchen setzte sich, und Pitt sah das Gift des Kusses wirken. Vielleicht hatten die Abschiedsworte der Mutter die Tochter verärgert. Pitt sah Wolken über der Stirn, die Zähne die Unterlippe pressen. Das Gesicht des Mädchens sprach, Brauen und Nasenflügel, Mundwinkel und Kinn verrieten innere Bewegung, und das Haar schien spröde geworden zu sein und den warmen Blondglanz verloren zu haben. Der Schatten der Zeitlichkeit war auf das Antlitz gefallen. Wer, wie Schopenhauer, die Gesetze des Seins kennt, weiß, dass die Dinge in ihrer wandelbaren Erscheinung „eitel" sind. Das ist das Grausen auch, das den barocken Menschen erfasste, für den die Künstler die Frau Venus in der Doppelgestalt schufen: vorn die liebliche Gestalt, hinten Wurmfraß und Gerippe. Das Grauen erfasst auch den Leser des Philosophen mit seinem Wissen über den sich selbst im ewigen Kampf auffressenden Willen, der auf den zierlich bedruckten Seiten nach seiner Erlösung schreit.

Da wird am 15. April 1837 der Mörder Bartlett hingerichtet. Er hat seine Schwiegermutter ermordet. Unterm Galgen – der nach Schopenhauer „ein Ort besonderer Offenbarungen" ist – sagt er: „Macht euch los von der Liebe zu dieser sterbenden Welt und ihren eitlen Freuden."

Pitt hat sich nicht die Mühe gemacht, in jener *Times* vom 18. April 1837, die die Wahrheit der Galgenpredigt jenseits aller „Paragraphen der rationalen Psychologie und Theologie" verbürgt, die Umstände und das Motiv des Mordes zu erforschen. Ein philosophischer Kopf hängt in der Schlinge: er hat eine Erkenntnis gehabt und die falsche Schlussfolgerung aus ihr gezogen. Das kommt bei Philosophen nicht selten vor. Er hat die Mutter des Mädchens, der schö-

nen Gesandten aus dem „Gefilde der Säligkeit", das die Heimat der Ideen ist, getötet, als er zum ersten Mal mit Grauen das elysäische Geschöpf mit der Stimme der Schwiegermutter sprechen hörte. Als er sich vor dem Nebeneinander von Idee und Erscheinung, in dem sich die Zeit in die Gegenwart schleicht, der Unzuverlässigkeit des schönen Scheins bewusst wurde, hat er die Zeit getötet, um das Sein zu retten. Vielleicht wäre ihm der Galgen – dieser „passport zum Himmel", wie ein anderer, von Schopenhauer mit Beifall zitierter Mörder sagt – erspart geblieben, hätte es in England ein Gesetz gegeben, das es Mädchen bei Strafe ewiger Jungfernschaft verbietet, dem Geliebten in der Begleitung der Mutter zu erscheinen.

Als altem Mann ist Pitt jetzt das schöne Gesicht wiederbegegnet, in einer Freundschaftsanfrage auf Facebook (er weiß wirklich nicht, warum er solche Anfragen erhält, denn an seiner Attraktivität kann es nicht liegen). Die wirklich überirdisch schöne Ragatto Bazhaev lädt ihn ein, einer (natürlich exklusiven) WhatsApp-Dating-Gruppe für Erwachsene, die „Liebesstil brauchen", beizutreten. Die Epiphanie dieses Gesichtes kann ein Phänomen wie die so genannten sozialen Medien rechtfertigen.

In Friedrichsdorf verließen die Schöne und (unerlaubtes Bindewort!) Pitt die S 5. Am Bahnsteig wurde die junge Frau von einem jungen Mann erwartet, dessen äußerliche Verwahrlosung sogar für den toleranten Beobachter in allzu starkem Kontrast zu ihrer zarten Eleganz stand. Pitt ging an dem Paar vorbei, und er hörte das Mädchen sagen: „Sie ist wütend, sie will nicht, dass du kommst." Aber sie sagte das nicht zornig, sondern fröhlich, irgendwie befreit von einem Druck, als wüsste sie, dass Mesalliancen ein Mittel sein können, Motive zu schlimmen Taten nicht aufkommen zu lassen.

Menschen im Raum

Der Wunsch nach Gespräch wächst mit der Enge des Raums, in dem Menschen zusammentreffen. Auf eine Formel gebracht: Kommunikation ist eine Funktion des Raums. Dieser Raum kann auch digital hergestellt werden, was wir in der Corona-Epoche massenhaft erlebt haben.

Da ist die Weite einer Straßenschlucht, zwar von Häuserwänden begrenzt, doch nach oben offen, ein Raum als ummauerte Fläche, auf der die Menschen schlendern oder auf der sie aneinander vorüberhasten: die unbegleiteten Menschen haben nicht das Bedürfnis, miteinander zu sprechen. Auf einer Dorfstraße im heimatlichen Raum hätten sie es wahrscheinlich.

Oder: ein freier Platz, auf dem sich eine große Zahl von Menschen versammelt, zum Beispiel eine Kundgebung oder die tausendköpfige Belagerung eines Fußballfeldes. Die physische Nähe und die verschwisternde Emotion schaffen ein Raumgefühl. Die Neigung zu verbalem Kontakt steigt. Das vielstimmige Rufen oder Schreien gilt nur vordergründig den Akteuren auf der Tribüne oder auf dem Rasen, in Wahrheit dem Mitmenschen, der aber nicht erreichbar ist, weil sich in diesem unvollständigen Raum selbst Nachbarn noch in Ferne und Distanz verlieren.

Jetzt der vollständige, aber große, weitläufige Raum mit hohem Dach, etwa ein Zirkuszelt oder ein Konzertsaal: das Kommunikationsstreben äußert sich im Blick- und Tastkontakt, in körpersprachlicher Zuwendung (auch die face-to-face-Höflichkeit auf dem Weg zum Sitz durch die engen Reihen) oder es entlädt sich im Applaus, der nicht selten in einen rhythmischen Zusammenklang mündet.

Einen normalen Raum, in dem Menschen leben, feiern, arbeiten, können wir gar nicht betreten, ohne mit den Menschen, die sich in ihm befinden – und seien sie uns noch so fremd – zu sprechen. Wir können es nicht. Der Raum stellt uns unter den Zwang zur Kommu-

nikation. Der Raum ist ein Medium, das Einheit stiftet. Im Raum lösen sich alle Grenzen – auch die zwischen Individuen – auf.

Der kleinste Raum ist der Fahrstuhl. In ihm wird der raumbedingte Zwang zur Kommunikation schmerzhaft, weil die Menschen, die in ihm zufällig zusammentreffen, nichts miteinander zu tun und ein Ziel haben, das außerhalb dieses Raums liegt. In der Kabine, in den wenigen Minuten, die eine gemeinsame Fahrt von Zufallsgefährten dauert, äußert sich die Spannung zwischen dem Drang zur Kommunikation, den der Raum erzeugt, und der durch Sitte und Erziehung gebotenen verbalen Zurückhaltung in der Unfähigkeit, den Blick ohne Krampf ruhig zu halten und ihn nicht an belanglosen Phänomenen zu fixieren, zum Beispiel schon im ersten Stock auf den Etagenanzeiger zu starren, wenn man im zehnten aussteigen will. Der enge Raum hebt kraft eigenen Gesetzes die Distanz zwischen Menschen auf, es ist der Mensch, der in dieser Raumsituation gleichsam als Gegenwehr gegen den Raumsog Distanzen setzt – oder sie durch minimalen small talk überspielt. Der berühmteste deutsche Tennisspieler seiner Zeit erlag dem Raumzwang zu einer Kommunikation der intensiven Art, der erotischen, in einer Besenkammer.

Die Züge des Nahverkehrs: relativ enge Räume, die sich auf horizontaler Linie bewegen. In älteren Zugmodellen wurden in den Waggons noch Abteile simuliert, um die Illusion intimer Räume zu schaffen. Die Großraumwagen sind buchstäblich geräumiger, ihre breiten hohen Fenster öffnen den Raum, die Gruppierung der Personen ist zwangloser. Aber auch sie bilden geschlossene Räume mit ihrer Nötigung zur Kommunikation. Die Anordnung der Sitze, die häufig der Abteilgliederung der Fernzüge nachempfunden ist, lässt Kleingruppen entstehen. In diesem Raum sitzen die Menschen mit dem Rücken an imaginären Wänden, Augen und Gesichter wenden sich einander zu. Auch entsteht ein Ort der Mitte, in dem sich die Blicke, die eine Begegnung der Augen vermeiden wollen, kreuzen.

Die Berliner oder die New Yorker haben in ihren U-Bahnen den Raum aufgelöst: die Fahrgäste sitzen auf langen, an den Außenseiten entlanglaufenden Bänken oder Sitzschalen, die durch einen breiten Gang oder durch Körperwälle getrennt sind. Vielleicht kommen sie mit dieser Sitzordnung typisch großstädtischen Idiosynkrasien entgegen. Sie befreien die beförderten Seelen von der Pein, in der zur Kommunikation nötigenden Geschlossenheit des Raums wirklich kommunizieren zu müssen.

Es ist nicht schicklich, fremde Menschen ohne weiteres anzusprechen. Impulsivität gilt als unerzogen, Spontaneität als naiv oder gar dreist. Auch wenn einer – zum Beispiel in der wirtschaftlichen und politischen Werbung – ein „Anliegen" hat, ist er gut beraten, seiner fordernden Stimme einen um Verzeihung bittenden Unterton beizumischen. Dagegen sind eine Handreichung, eine Hilfeleistung, eine Frage, die sich nicht vermeiden lässt, eine Antwort auf einen fragenden Blick und manches Karitative mehr ein guter Anlass, ein kleines Gespräch zu eröffnen. Wenn wir nicht annehmen wollen, dass Menschen gern stumpf und dumpf in sich selber hocken, sollten wir erwarten können, sie hätten ein lebhaftes, manchmal zur Neugier gestacheltes Interesse für einander, wenn sie nebeneinander oder Aug' in Auge sitzen. Es ist ja nicht menschliche Eigenart, wechselseitiges Interesse durch Beschnüffeln zum Ausdruck zu bringen, obwohl sich das, an schwülen Tagen oder an Regentagen, gar nicht vermeiden lässt, oder durchs Betasten, was nur im Gedränge und in engsten Grenzen verzeihlich ist.

Der Mensch ist aufs Sprechen angelegt. Wenn wir einen Menschen anschauen, kündigen wir schon an, dass wir am liebsten mit ihm sprechen würden. Wenn wir bei kommunizierenden Blicken noch stumm sind, müssen wir erkennbare Gegenblicke, die ja auch eine Antwort sind, entschlüsseln: und manchmal irren wir uns dabei, wenn wir meinen, losprudeln zu können. Wenn wir unser Gegenüber auf keinen Fall ansprechen wollen – und auch nicht von ihm angesprochen werden wollen –, dürfen wir es auch nicht anschauen, jedenfalls nicht direkt. Menschen, die sich in den Bahnen und Bussen des Nahverkehrs gegenübersitzen, sind in ihrer Mimik und ihrer Haltung von

der Anstrengung geprägt, aneinander vorbeizuschauen. Dieser Zwang zur Asozialität ist, davon ist der Nichtautofahrer Pitt überzeugt, für viele der Grund, die mobilen Zellen des Individualverkehrs zu bevorzugen: dort kann man entspannt in sich ruhen, und die Kommunikation beschränkt sich auf die Beachtung unpersönlicher Verkehrsregeln.

Die Fahrgäste dürfen – in Großstädten mit langen Achsenverbindungen manchmal eine Stunde lang – überall hinschauen, aus dem Fenster, aufs (eigene) Knie, zur Decke, schräg in die Ferne, in eine Zeitung oder in ein Buch, aber sie dürfen nicht geradeaus schauen, dürfen sich nicht dem natürlichen Fixpunkt ihrer Blicke, dem menschlichen Gegenüber, hingeben. Die Begegnung von Gesichtern ist nur im Gespräch statthaft. Das gilt noch strenger, wenn das Gegenüber dem anderen Geschlecht angehört. In einem Eisenbahnabteil – aber dort ist der Raum geschlossener, enger, die Reise dauert länger und stiftet eine Reisegemeinschaft – halten nur wenige die permanente Blickflucht aus, und es kommt häufiger zum Gespräch.

Pitt denkt an manche Bekanntschaften, die ihm die anonyme Geselligkeit des öffentlichen Personennahverkehrs – von Verkehrsplanern und werbefeindlichen Bürokratenhirnen ÖPNV genannt – gebracht hat. Auch wenn einer in bestimmten Lebensepochen fast keinen Tag den gleichen Zug benutzt und alle anderen ein ähnliches irreguläres Fahrverhalten an den Tag legen: über einen längeren Zeitraum bilden sich wiederkehrende zeitliche und räumliche Schnittpunke der individuellen Fahrwege aus. Wir treffen immer mal wieder bekannte Gesichter. Jemand, der regelmäßig den gleichen Zug benutzt und auch den Wagen selten wechselt, sieht die anonymen Bekannten der Beförderungsgemeinschaft häufiger als die Bekannten seines privaten Lebenskreises, Arbeitskollegen ausgenommen.

Die Bekanntschaften des Schienenstrangs sind recht intim, auch in ihrer beklemmenden Wortlosigkeit. Kleiderwechsel ist zu registrieren, Lektüre, ja Lieblingslektüre, Gewohnheiten. Nicht selten lernt man die Familienangehörigen kennen. Wir wundern uns, jemanden lange nicht zu sehen oder gesehen zu haben, und fragen uns bei einem Wiedersehen nach längerer Zeit nach dem Grund des Ausbleibens. Wir beobachten kurz- und langwellige Stimmungslagen, Ferienbräune, kosmetische Veränderungen von Haut und Haar. Wir üben uns im Beruferaten, taxieren Lebenslagen, schätzen Lebensalter, stellen Vermutungen über den Familienstand an. Wir sinnen, ist Sympathie im Spiel, über die Spuren nach, die sich im Irgendwoher und Irgendwohin verlieren. Ein bisschen betätigen wir uns als „Psychologen wider Willen", wie Albert Cohen sagt.

Eine ungeheuer intensive kommunikative Energie erfüllt den Raum. Doch sie fließt nicht in Wort und Dialog, bleibt heimlich, versteckt, verstohlen. Der kommunikative Drang des Raums wird unterdrückt und treibt die Fahrgäste kollektiv in das dunkle Gefängnis der sozialen Neurose. Die Nützlichkeit des Nahverkehrs ist nicht frei von sozialschädlichen Nebenwirkungen.

Das Netz des Nahverkehrs in unserem Land: S-Bahnen (das sind Schnellbahnen), Regionalbahnen, U- und Hochbahnen, Straßenbahnen, Busse, Fähren, Schwebebahnen und Seilbahnen, Taxen (doch die sind ein auszuklammernder Sonderfall, wie auch die neuerdings häufiger anzutreffenden Fahrrad-Rikschas), auch die Fahrstühle in Wolkenkratzern, in denen sich Dörfer in die Höhe türmen. Fahrräder und Roller gehören zum Individualverkehr und sollen hier ausgeklammert bleiben, obwohl sie immer wichtiger werden. Millionen Menschen jeden Morgen, jeden Abend in der zur Kommunikation einladenden Nähe, ausgesetzt der magischen Kraft des Raums, Menschen zu interessierter Begegnung zu zwingen. Millionen jeden Tag in der nutzlosen, unfruchtbaren Spannung des unerlösten Worts. Von zehn lesen drei die gleiche Zeitung (mit großer Dispersion im Digitalen): Stichworte liegen in der Luft, werden zugereicht, nicht aufgegriffen, nicht umgesetzt in die kritische Aktivität des eigenen Wortes. Lauter Selbstgespräche, stumme Dialoge mit toten Lettern, die Menschen erregen, keine Verarbeitung des Ungeheuerlichen („Vampir quält lebendes Opfer im Sarg") im Meinungsaustausch, keine Erwärmung der Tagesnachrichten durch die Nachfärbung in Klatsch und Tratsch.

Die kommunikative Technik hat seit etlichen Jahren der Not der Sprachlosigkeit ein Ventil geschaffen: im Mobilfunk, der es vom Kind bis zum Greis allen ermöglicht, jederzeit aus dem Bahn- und Buscamp auszubrechen. Wir können es beobachten: die meisten jungen Menschen, die eine Bahn betreten, tragen ihr Handy schon in der Hand oder sie zücken es wie einen Fahrausweis, ehe sie sich gesetzt haben. Alle warten auf den Anruf, der selten kommt. Sie rufen jemanden an. Wenn das Schweigen lastend wird, können sie spielerisch in die Informationslabyrinthe entfliehen. Die Gespräche, die der Mobilfunk vermittelt, sind oft von erschütternder Dürftigkeit. Oft teilen sich die Telefonierenden nur mit, welche Station ihr Zug gerade anläuft oder in welchem Zug sie gerade sitzen. Alle unterwerfen sich der technischen Möglichkeit einer permanenten Kontrolle durch andere. Das ist der Preis dafür, dass sie jederzeit kommunikativ eine Initiative ergreifen können.

Das mobile Telefon ist das i-Tüpfelchen auf alle Begriffe, mit denen die Mobilität der Gesellschaft beschrieben werden kann. Das Handy konstituiert den virtuellen Raum wirklicher menschlicher Begegnungen, nicht der anonymen in den Gehäusen des Nahverkehrs. Der Einbruch des vielleicht spannungsvoll Erwarteten, doch Überraschenden, der Anruf, den wir An-Ruf schreiben sollten, bewirkt in der räumlichen Nähe von Menschen, die sich distanziert und fremd begegnen, etwas Befreiendes. Wenn wir in Bahnen und Bussen unsere Augen über die Gesichter der Fahrgäste gleiten lassen, die nicht im Gespräch miteinander sind, spüren wir, dass die Last des Lebens schwer auf ihnen liegt. Allein mit sich, hat der Mensch keinen Anlass zu lächeln – vielleicht findet er Gründe im Tagtraum, in Erinnerungen und Erwartungen, und lächelt still in sich hinein: doch das finden wir nicht oft. Der nicht-lächelnde Mensch hat einen Gesichtsausdruck, der ihn zurückführt in seine genetische Heimat, die Tierheit.

Ein Gesicht ohne die Spur eines Lächelns auf Lippen, in Wangen, in Augen, in Runzeln ist nicht etwa ernst, gesammelt, konzentriert oder feierlich, sondern es ist frei von dem Geist, der im Menschlichen durch Kommunikation gebildet und entfaltet wird. Im Nahverkehr haben wir oft dieses bedrückende und befreiende Erlebnis: Die Menschen sind regungslos, reaktionslos versunken in den Raum ihres Ichs, der eine Gefängniszelle sein kann. Jetzt plötzlich ein Alarmton, ein hastiger Griff zum Handy, und sofort hellt das Gesicht auf, ein Lächeln tritt auf die Lippen, die Augen lachen, und oft lacht laut und ungeniert der Mund. Bei jedem lustigen Klingelton bereitet sich Pitt gespannt auf dieses Wunder der Verwandlung vor. Selbst wer per Handy einen ärgerlichen Disput zu bestehen hat, zaubert auf sein bewegtes Gesicht, allein durch die Kraft des Mienenspiels, ein Lächeln. Und ansteckend vermag manches Mal das Lachen des Telefonierenden zu wirken, wenn er nämlich seine Mitreisenden an seinen verwickelten persönlichen Beziehungen, seinen Meinungen, Erlebnissen, ja seinem intimen Leben teilhaben lässt.

Die Stummen in Bahnen und Bussen kämpfen aus Gründen der Schicklichkeit und des sozialen Takts gegen den jedem Raum innewohnenden Zwang zum mündlichen Austausch, entziehen sich beharrlich der lösenden, verschwisternden Kraft des Raums, die doch alle spüren. Alle Erziehung installiert Hemmungsmechanismen in uns: sie haben ihr Gutes und wir sollten ihnen vertrauen wie der Hemmung in der Uhr, die dafür sorgt, dass wir unsere lineare, strukturierte zeitliche Realität in Ordnung halten. Doch wir sollten den Mut haben, kontrollierte Kontakte zuzulassen: sie sollen ja nicht in Zudringlichkeit, Umarmung, Überwältigung ausarten. Wir sollen nicht in die isolierte Privatblase hineinstechen. Wir wollen Signale der Gesprächsbereitschaft aussenden, damit der alte Grotesksong, der uns als Kinder verblüffte, seine Realität verliert: Drinnen saßen stehend Leute, schweigend ins Gespräch vertieft.

Eine hemmungslose Hingabe an die kommunikative Macht des Raums hätte ihre Schattenseite. Wer lieber stumm sein möchte, soll nicht angesprochen werden dürfen. Vielleicht ist die Bahnfahrt für viele der einzige Ruhepunkt in einem Alltag hektischer beruflicher und familiärer Gesprächigkeit, die einzige Chance für eine ungestör-

te meditative Konzentration aufs Selbst im fordernden redseligen Gedränge der Gesellschaft. Vielleicht ist der Sitzplatz in der Bahn ganz schlicht eine Hängematte, die durch eine Ansprache abgeschnitten wird und auf einen harten Boden plumpst.

Pitt schaut manchmal auf den Revers von Jacketts, um Embleme von Gemeinschaften, Vereinen, Parteien, Gewerkschaften oder ideellen Gruppierungen zu interpretieren, denn sie sind ja Signale: du sollst mich in einer bestimmten Eigenschaft, in einer Rolle, die mir wichtig ist, erkennen. Und in diesem Feld darf ich dann auch das Abzeichen als ein Signal zur Gesprächsbereitschaft in dem durch das Abzeichen eingegrenzten Themenkreis verstehen. Pitt hat schon manches spannende, kritische, informative Gespräch führen können, dessen Faden an einem Abzeichen festgehakt war. Und wenn wir alle uns ein Symbol an den Mantelkragen stecken würden, einen kommunikativen Emoji, so ein kleines Rundgesicht mit herabgezogenen oder nach oben strebenden Mundwinkeln, als Zeichen des Rührmichnichtan und des Sesamöffnemich, oder in den Farben Gold und Silber: Schweigenistgold und Redenistsilber. Dieses kleine Logo sollten wir Logos nennen: das Wort, das am Anfang der Schöpfung stand, deren Krone der Mensch sein soll. Er ist es aber nur, wenn die Menschen miteinander reden. Die Gesprächsbereiten würden kleine kommunikative Gruppen bilden und die Stummen in Frieden lassen. Die Theorie von der geselligen Natur des Raums bedarf noch der Bestätigung.

Eine Voraussetzung für die Gültigkeit dieser Theorie des kommunikativen Raums ist, dass in den Bahnen und Bussen Raum ist. Vollgestopft mit Menschen, wird jeder Waggon zu einer Konservendose ohne Luft und Licht. Wer sich jemals von einem japanischen Schaffner in Tokio in einen Vorortzug hat drücken lassen oder sich von den Händen freundlicher, teilnahmsvoller Inder in Mumbai in eine der am Zug hängenden Menschentrauben hat hineinziehen lassen, wird Pitt vorwerfen, wichtige Aspekte des Nahverkehrs in einer wachsenden Zahl von Metropolen der Welt vernachlässigt zu haben. Pitt ist eben ein Bürger der Luxuswelt, die ihren Komfort auch den klugen Infrastrukturinvestitionen und Regionalordnungen von hundert Jahren verdankt.

Fahrgäste, die sich nicht erst im Zug in spontaner Kommunikation zu einer Gruppe zusammengefunden haben, sondern als Gruppe fahren, sprengen den Raum. Nicht der Raum übt einen kommunikativen Druck auf sie aus, sondern ihre lebhafte Kommunikation schafft sich einen eigenen Raum, einen hermetischen Kreis der Selbstbezüglichkeit, der abgrenzt und ausgrenzt. Die Gruppe okkupiert den Raum in einem Akt der Privatisierung, der ein exklusives Territorium schafft.

Wie gesittet, wie brav, wie unauffällig verhalten wir uns als Einzelwesen, wie laut, vulgär und aufdringlich bewegen wir uns in einer Gruppe. Ob die zwanzigköpfige Schar der Zweitklässler in der Urgewalt eines Gebirgsbachs in den Waggon einfällt und spritzig-zänkisch Strudel über den zu erobernden Sitzplätzen bildet, ob die Riege der Damen in den grauen Kurzhaarfrisuren nach einer Wanderung oder einem Museumsbesuch, aufgeregt nach Zonen ungestörten Zusammenseins spähend, in den Wagen einbricht oder ein Männerbund, erfüllt von den Sensationen eines gerade erlebten oder erwarteten sportlichen Großereignisses, den Perron wie die Stehplatztribüne besetzt – wir wissen: die Lärmflut wird sprunghaft und anhaltend anschwellen und Ohr und Sinne unter schmerzhaften Druck setzen. Die Gruppe bildet einen sozialen Raum, der die Kommunikation nicht nur erzwingt, sondern sie im Bewusstsein der fremden Umgebung, inmitten der Nichtgruppe, ins Extreme steigert.

Klar, eine Gruppe muss sich verständigen. Und da sie im Waggon eines Nahverkehrszuges nicht im Kreis sitzt oder sich an einem runden Tisch unterhalten kann, sondern über Sitzgruppen oder einzelne Sitze verstreut ist, müssen ihre Glieder durch eine gewisse Lautstärke Schallbrücken zueinander bauen. Doch das ist nicht der eigentliche Grund für das Entstehen einer Geräuschkulisse. In der spontanen Kommunikation, die nicht durch die Autorität eines Moderators gebändigt ist, tobt ein stimmlich-verbaler Überbietungswettbewerb.

Aber auch das ist noch nicht die letzte Ursache des akustischen Wirbelsturms. Die Gruppe selbst verliert in ihrem Beisammensein alle Hemmungen und Rücksichten gegenüber ihrer sozialen Umwelt, zumal wenn die aus wehrlosen Einzelpersonen besteht.

Ein einziges Mal hat Pitt Widerstand erlebt. Ein älterer Mann, zierlich abgemagert seine Gestalt, leidend welk sein Gesicht, fahrig zitternd seine Bewegungen, war aufgesprungen und hatte, als gälte es sein Leben, gerufen: „Nicht so laut! Nicht so laut!" Und auf seinen Sitz zurückfallend, offenbar erschöpft von seiner moralischen und physischen Kraftanstrengung, hatte er, murmelnd fast, gesagt: „Bitte! Bitte." Dass – übrigens – Lehrer oder sonstige Aufsichts- oder Respektspersonen dem Stimmenchaos einer Gruppe einen kleinen Dämpfer aufgesetzt hätten, hat Pitt selten erlebt. (Wenn er als Zwölfjähriger mit seiner Klasse in der hannoverschen Straßenbahn zum Schwimmunterricht ins Goseriedebad fuhr, stand der Turnlehrer mit blitzenden Feldwebelaugen in der Tür zum Perron und hielt die Hand locker kopfnussbereit.)

Dass Menschen im Gespräch lachen, ist sympathisch, und wir hören das gern, denn das Lachen ist das Licht des Menschlichen. Doch das in Phongewalten gesteigerte Gruppenlachen ist ein Gelächter (Höllengelächter, sagen wir, nicht Höllenlachen), ein Gewieher, ein Geschrei in seiner Verschmelzung mit unartikulierten Wortversuchen, oft mit nachklingendem Gehuste und Geröchel, zumal bei Älteren an apoplektischen Gefährdungsgrenzen, ist grelle Hysterie. Auch im Gelächter muss Gruppenzugehörigkeit demonstriert und Rangordnung bestätigt werden. Lautverstärkend wirken auch Proteste, Widerreden, dann besonders, wenn sich in einer Gruppe zwei rechthaberische Naturen in einer Eskalation konkurrierender Behauptungen messen. Sie finden parteiische Sekundanten unter den anderen, wecken Proteste, rufen Nebendiskussionen hervor. Ist in der Gruppe ein Alphawesen, das seine Herrschaft nicht in würdevollem Schweigen beweist, sondern im Monolog des Alleinunterhalters, donnert Gelächter wir brausende Gischtwellen gegen den Felsen.

Die zwang- und rücksichtslos kommunizierende Gruppe drängt die anderen, die externen Fahrgäste gewissermaßen, aus dem Waggon. In Frankfurt am Main fährt eine museale Tram als Ebbelwei-Express durch die Straßen, Gruppen können in ihm ihre rollende Party feiern, und wir stehen am Straßenrand und schauen und lauschen dem bunten Wagen nach: wir fühlen uns von dem weinseligen Treiben nicht verdrängt, nicht gestört und gar belästigt. Oder die „Mississippi Queen" zieht als Partydampfer, eingehüllt in ihre bumsenden Tanzrhythmen, wie ein leuchtendes Phantom auf der dunklen Elbe an uns Zaun- und Strandgästen vorbei.

Bushaltestelle

Die dichteste Verbindung zwischen einem Wartesaal und einem Fahrzeug des öffentlichen Personenverkehrs ist die Bushaltestelle. Wartesäle auf Schienenbahnhöfen – sofern es sie überhaupt noch gibt außerhalb der VIP-Lounges – sind in der Regel recht weit entfernt von den Gleisen. Oft sind sie durch hohe Treppen oder Fahrstühle voneinander getrennt. In der New Yorker Penn-Station sitzt der Fahrgast in einem Wartesaal wie in einer Klinik, den er nach einem Aufruf verlässt, um zu einem Fahrstuhl zu eilen, der ihn direkt zum Zug in seinem Gleistunnel führt, weil der Bahnsteig dort so schmal ist, dass ein Gedränge lebensgefährlich sein könnte.

Die Bushaltestelle – in einer normalen Komfortversion überdacht – ist auch der kleinste Wartesaal, den man sich vorstellen kann. Er ist ein Platz, der die von oft unendlichen langen Wartezeiten gequälten Warteseelen der Menschen nur eine sehr kurze Zeit – fünf, zehn, zwanzig Minuten je nach den Taktzeiten – in seinem Gehege festhält, – es sei denn, er habe sich nicht an einem Fahrplan orien-

tiert, der eine gewisse Pünktlichkeit garantiert. Von dem Quälenden aus Langeweile, Ungewissheit, Furcht, Erwartung, das jeden Warteraum – den die Franzosen auch den „Saal der verlorenen Schritte" nennen – erfüllt, ist das Wartehäuschen der Bushaltestelle frei. Es gibt also keinen Anlass, über es so viel zu erzählen, wie es Lion Feuchtwanger in seiner großen „Wartesaal"-Roman-Trilogie getan hat.

Auch für diesen oft gläsernen, überdachten und stets offenen Raum gelten die kommunikativen Raumgesetze. Da die Bushaltestelle der natürliche Mittelpunkt eines fußläufigen Siedlungsgebietes oder Wohnbereichs ist – vielleicht in einer 5- oder 10-Minuten Isochrone –, ist er ein natürlicher Treffpunkt, der weiter keiner Vereinbarung bedarf – wie zum Beispiel der Schwanz des Reiterdenkmals Ernst-Augusts, unter dem die Hannoveraner sich seit Menschengedenken treffen. Halbstarke nutzen diesen Treffpunkt gern, weil er trocken ist und für eine begrenzte Teilnehmerzahl auch Sitzplätze anbietet. Die Sitzbänke sind allerdings in den meisten Fällen so schmal, dass sie nicht mehr – wie in früheren Zeiten – Obdachlosen als Schlafplatz oder Trockenraum dienen.

Man kennt sich, nicht immer. Man grüßt sich, nicht immer. Die natürliche Fröhlichkeit jeder menschlichen Kommunikation ist in grauen frühen Morgenstunden manchmal von einem gewissen Griesgram überlagert, der zu Einsilbigkeit verführt. Die Gesprächsthemen für meist kurze Dialoge sind die Abfahrtzeiten: wann und wie lange noch? Seltenfahrern lassen sich Erläuterungen der Kurstafeln und der manchmal etwas kompliziert dargestellten Tarife und ihrer in der grafischen Darstellung kryptischen Zonen anbieten, die meistens dankbar angenommen werden. Herausragendes Gesprächsthema ist das Wetter, vor allem dann, wenn der Regen schräg in das Wartehäuschen fällt oder der Wind ungünstig steht. Das „wie steht's, wie geht's" ist nicht selten, denn oft begegnen sich Nachbarn an ihrem zentralen Verkehrspunkt.

Etwas unangenehm können Gespräche über die Sitzberechtigung sein. Auch Menschen, denen das stehende Warten offensichtlich schwerfällt, müssen manchmal um einen Platz auf der Sitzbank oder in den Sitzschalen kämpfen, weil die mit umfangreichem Reisegepäck – das nicht auf nassem Grund stehen soll – beladen sind. Auch Familien hocken sich gern Seit' an Seit' nieder und lassen sich nur unwillig trennen oder aus ihren Gesprächen reißen. Dagegen sind junge oder auch ältere Trinker, die wohl an Stehtische gewöhnt sind, sehr zuvorkommend bereit, ihre bequemen Plätze freizumachen.

Die Sitzbank im Wartehäuschen gehört, ohne dass es irgendwelcher Piktogramme bedarf, zu den Plätzen für Menschen mit Handicap, sei es eine körperliche Behinderung oder das Alter (wobei Kinder aus Sicherheitsgründen sitzen sollten). Wer sich im Web durch das internationale Alphabet der Piktogramme für das so genannte „Priority Seating" scrollt, findet sogar Zeichen für Kleinkinder und für schwangere Frauen (deren Silhouette eindeutig gezeichnet ist). In Thailand gebührt sogar einem buddhistischen Mönch ein „priority seat". In den meisten Ländern ist das Zeichen für die Bevorrechtigung des Alters der Mensch mit dem Stock, gemäß dem Rätsel, das die Sphinx, die Theben belagerte, dem Ödipus stellte: Wer wohl das Wesen sei, das am Morgen vierbeinig, mittags zweibeinig und abends dreibeinig unterwegs sei. Des Rätsels Lösung ist ihm nicht gut bekommen: zwar befreite er Theben von dem Ungeheuer, heiratete aber die Witwe des Vater-Königs, den er unwissend getötet hatte, also seine Mutter. Die Lehre, die der Dichter Sophokles in seinem Drama „König Ödipus" aus dem schrecklichen Fall von Mord und Inzest gezogen hat, mag auch für das Wartehäuschen gelten: es sei nicht gut, nicht zu wissen, „wo du wohnst und nicht, mit wem du lebst".

Die Piktogramme für das bevorrechtigte Sitzen im öffentlichen Verkehr markieren ein absolutes Tabu. Seine Verletzung wird mit Verachtung gestraft. Das wussten auch die unzertrennlichen Performance-Künstler Gilbert & George, die in Großbritannien ihre lebenden Skulpturen oft als Tabubrecher einsetzen, sie großformatig fototechnisch in riesige Kunstwerke, Kirchenfenstern ähnlich, verwandeln und als „New Normal Pictures" unter dem Jubel einer Tabus verachtenden

 Bushaltestelle

Gesellschaft weltweit ausstellen. So verletzten sie 2020 das Tabu des „priority seating" im Wartehäuschen, in dem sie sich der Länge nach auf der Sitzbank lümmelten – wie es sich für die stets „bestgekleideten" Künstler der Insel gehört, in gelbem Tweet der eine, der andere in ockerfarbenem. Oder haben die beiden Achtzigjährigen vielleicht gemeint, sie hätten das Recht, die ganze Bank zu okkupieren? Ist der Bus gekommen? Ja, sicher, doch mitgefahren ist das alte Duo sicher nicht.

Pitt könnte jetzt noch von vielen lebensgeschichtlichen Zufällen erzählen, von denen er in Bushaltestellen von Jung und Alt, Mann und Frau, Kind und Papa erfahren hat. Aber da kommt schon der Bus!

Die 32. Woche

Ein Montagmorgen im späten Juli. Pitt hatte den Zug 8.25 Uhr genommen. Er musste sich beeilen: 8.50 Hauptbahnhof, Ankunft zu Fuß 8.55 am Besenbinderhof, fünf Minuten brauchte er mindestens, um sich die Haare zu kämmen und die Krawatte zu richten, seine Unterlagen aus dem Schrank zu nehmen und das Sitzungszimmer, zwei Treppen tiefer, zu erreichen, ohne einen atemlos-gehetzten Eindruck auf die Versammlung – darunter zwei Vorstandsmitglieder und ein Prokurist – zu machen, vor der er über die Ergebnisse einer Projektarbeit zu berichten hatte. Normalerweise kam er vor wichtigen Ereignissen früher ins Büro, aber an diesem Montagmorgen war er allein zu Hause gewesen und hatte verschlafen. Es kommt vor, dass man vor wichtigen Ereignissen verschläft.

Als er auf den Bahnsteig gekommen war, hatte der Stationsbeamte gerade sein „Zurückbleiben bitte" gerufen. Er hatte sich den *Spiegel* nicht kaufen können, und eine Zigarette – damals gab es noch Raucherabteile – hatte er auch nicht bei sich. Gewohnt, am Montagmorgen eine aufregende *Spiegel*-Geschichte zu verschlingen und dabei eine Lord Filter zu rauchen, fand Pitt in der Melancholie seines doppelten Entsagens nicht einmal die Parade der aus Birkenästen gezimmerten und geschnitzten Männlein und Mühlen lustig, die ein Schrebergärtner am Gleishang hinter dem Bahnhof Poppenbüttel geschaffen hatte. Doch der Gedanke, nicht zu spät zu kommen, erfüllte ihn mit Erleichterung. Er nahm seinen Vortrag zur Hand, mochte sich aber nicht auf ihn konzentrieren, weil er ihn – wie einst der berühmte Rhetor Winston Churchill seine Parlamentsreden – wohl auswendig gelernt hatte.

Den Kontrolleur, der am Rübenkamp in den Wagen gestiegen war, hatte Pitt mit Verwunderung und Verärgerung betrachtet. Verwundert war er gewesen, weil man Nahverkehrskontrolleure als Zwillinge kennt, die sich in einer kein Entrinnen erlaubenden Zangenbewegung durch den Waggon von seinen Enden her vorarbeiten und sich in seiner Mitte mit einem kollegialen Geschafft-weiter-Lächeln treffen – wenn nicht einer sein Opfer gefunden hat. Pitt hatte vermutet, dass der Zwilling des Kontrolleurs in einem Nachbarwagen aufgehalten worden war oder in einem Stationsbüro die Personalien eines Schwarzfahrers notierte. Ärgerlich war er wieder einmal darüber gewesen, dass der Kontrolleur einen zivilen grauen Anzug getragen hatte, an dessen Revers nach dem Zuschnappen der Türen mit geübter blitzschneller Handbewegung die Plakette „Prüfdienst" befestigt wird – dieser Ärger ist dem des Autofahrers vor tückischen Radarfallen vergleichbar. Pitt verabscheut Kontrollen aus dem Hinterhalt, und natürlich auch Kontrolleure, die es darauf anlegen (müssen), zu überraschen und zu ertappen. An jenem Montagmorgen war ihm der zivile Argus als ein besonders verabscheuenswürdiger Repräsentant seiner Zunft erschienen, deren Notwendigkeit natürlich nicht bezweifelt werden soll.

Er hatte eine 5-Tage-Wochenkarte des Hamburger Verkehrsverbundes mit Lichtbild, Stammkarte Nr. 128537, gültig für die Zonen 000, 105, 204, 304. Das lichte Grün der Wertmarke, gültig laut

Tarif, wurde von einem fetten schwarzen, oft verwischten Stempel mit der Wochen- und Jahreszahl verschmutzt; an jenem unvergesslichen Montagmorgen waren es die Ziffern 31/74. Mit automatischem Griff hatte er seine Karte aus der Brusttasche gezogen, als sich der Schatten des Kontrolleurs vor ihm aufgebaut hatte. Nichtuniformierten Kontrolleuren zeigt er seine Abneigung, indem die Karte einfach aufgeklappt in die Luft hält und dabei aus dem Fenster schaut.

An jenem Montagmorgen, zwischen Rübenkamp und Alte Wöhr, nahm der Kontrolleur ihm die Karte aus der Hand. Fand er Pitts Provokation ungehörig? (nun gut, ganz in Ordnung war sie auch nicht). Pitt schaute noch angestrengter aus dem Fenster. In der Ferne die City Nord. Wie angenehm wäre es doch, dort irgendwo, hinter den eleganten Glasfassaden, arbeiten zu können, HEW, BP ...

„Die Marke fehlt", sagte der Kontrolleur. Ein Kontrolleur kann jemanden mit drei Worten zwingen, sich ihm zuzuwenden. Die Uniformfrage war unwesentlich geworden.

„Wieso?"

„Wir sind in der 32. Woche. 31 ist bei Ihnen die letzte."

Pitt nahm die Karte in die Hand, tatsächlich: keine fette verwischte Spur von der Zahl 32. Die Marke konnte herausgefallen sein. Wenn man nicht kräftig genug leckt, kann das passieren. Er entleerte die Innentasche seines Sakkos, in der er die Karte verwahrte, fand zwei Zettel, seinen provisorischen Terminkalender, drei Eintrittskarten für das Konzert in der Musikhalle vor drei Wochen, eine Postkarte, die er seit zwei Tagen in den Kasten werfen wollte, förderte sogar den Flickstoff zutage, den die Firma Leineweber für alle Fälle dort deponiert hatte. Der Stoffrest verwirrte Pitt sehr. Er begann, sich schuldig zu fühlen, das Sieden begann.

„Moment!" Pitt schaute in seinem Portemonnaie nach. Vielleicht hatte er die gekaufte Marke noch gar nicht eingeklebt. Eine Taxenquittung, drei Einzelfahrscheine vom Wochenende, eine abgefahrene D-Zug-Karte, zwei Briefmarken. Der Kontrolleur registrierte Pitts wachsende Unruhe mit Verständnis. „Suchen Sie nur in Ruhe."

Er war ganz Nachsicht und Geduld. Pitt gab die Suche auf. Er dachte an die Peinlichkeit der Fahrscheinsuche vor einem ein Jahr, als er noch keine Stammkarte hatte. Er hatte aus seinen Taschen wohl zwanzig Fahrscheine zutage gefördert, und das war kein Manöver gewesen, um den Verlust eines nicht gekauften Scheins vorzutäuschen, sondern eine Marter, wahrgenommen von den vielen spöttischen, neugierigen, gespannten Blicken der Mitreisenden, die sich ihrer Fahrtberechtigung gewiss waren. Da hatte es nur eine Möglichkeit gegeben, nämlich die Suche nach dem Schein, der sich später im Mantelfutter fand, gelassen einzustellen und die Strafe zu zahlen.

„Vielleicht in der Aktentasche?", sagte der Kontrolleur freundlich. Oh, dieser als Teilnahme getarnte Triumph! Er hatte schon zu viele suchen gesehen. Er kannte alle Varianten der hektischen oder kaltblütigen Suche. Wenn zum Beispiel die älteren Damen aus ihren übervollen Handtaschen und ihren unzähligen Fächern mit fahrigen Bewegungen, mit hilfesuchenden Blicken intime und banale Utensilien auf ihren Schoß oder auf der Bank aufhäufen, und die Hast, in der sie kramen, die Chance schrumpfen lässt, den Ausweis noch zu finden. Der ist zwar nur das Zeugnis einer Fahrtberechtigung, bläht sich jedoch im peinlichen Moment der Inquisition zu einem Testat der Existenzberechtigung auf. In den Beförderungsbedingungen – bitte, sie sind doch in den unauffälligen, doch deutlich sichtbaren Aushängen nachzulesen und auch an plakativen Warnungen fehlt es nicht! – heißt es schlicht: „Fahrgäste ohne gültigen Fahrtausweis haben das erhöhte Beförderungsentgelt zu zahlen", auf die Hand des Kontrolleurs oder in der Bahndirektion am Hühnerposten, 20 Mark (heute sind 60 Euro fällig), wenn einer keinen Ausweis gelöst hat. Mancher Fahrgast – auch Pitt an diesem Montagmorgen – hätte mit Freuden 100 Mark gezahlt, hätte er sich von dem marternden Fahrgastgericht ohne den Zeitverlust, den die Formalitäten bedeuten würden, loskaufen können.

„Bitte, glauben Sie mir", sagte Pitt zu seinem Kontrolleur, „ich kaufe jeden Freitagnachmittag meine Marke, ich klebe sie gleich ein. Ich weiß genau, dass ich sie eingeklebt habe. Mir ist das unerklärlich."

Seine Stimme sollte energisch, sehr bestimmt klingen. Doch das zittrige Timbre, die jede Unsicherheit verursacht, war wohl nicht zu überhören. Kontrollen bergen immer Unwägbarkeiten: wir können unserer Sache noch so sicher sein, es bleibt ein großer, dunkel gefühlter Komplex an Vagheit, in dem sich Motive, Absichten, Handlungen, Unterlassungen, Vorsatz und Vergesslichkeit unerklärlich vermischen. Jedes Pensum, auch das korrekt bewältigte, hat diesen Nachklang: hast du auch alles richtig gemacht?

„Ja, das kann passieren", sagte der Kontrolleur, der Pitt sympathisch wurde. Er nahm die Stammkarte und hielt sie gegen das Licht. Er wollte ein entlastendes Moment finden! „Sie kann sich auch gelöst haben. Das erkennt man an den Klebespuren. Ja, ja."

„Ja?" Die Erlösung war nahe.

„Aus Ihrer Karte hat sich keine Marke gelöst. Mit Sicherheit nicht."

Pitt hielt noch seinen kleinen Taschenkalender in der Hand. Der Kalender, natürlich! Der Leporello entfaltete sich flatternd in einer meterlangen Schlange, aber es sprang keine Marke aus den Seiten. Der Augenblick, in dem sich der letzte Hoffnungsschimmer verdüsterte, schien die Lösung des Problems zu bergen. Er faltete den Kalender umständlich zusammen und formulierte in seinem Kopf seine apodiktische Erklärung: „Wir sind in der 31. Woche. 29. Juli – Beginn der 31. Woche. Sie irren sich. Bitte schön!" Pitt hielt dem Kontrolleur seinen Kalender entgegen, ganz geschäftsmäßige Sachlichkeit, keine Spur einer hämischen Besserwisserei. „Bitte sehr, überzeugen Sie sich." Der Kontrolleur war irritiert, mehr noch: verunsichert. „31. Woche. Ja, das steht hier so."

„Alles in Ordnung?" fragte Pitt und steckte den Kalender in die Brusttasche.

„Das ist ja seltsam", murmelte der Kontrolleur. Er war vernichtet, der Prüfdienst war in Kompetenz und Renommee aufs schwerste getroffen. Er wird sich entschuldigen müssen, dachte Pitt, er wird sich doppelt entschuldigen müssen, da er in Zivil ist.

„Die Nummerierung der Wochenmarken hängt davon ab, an welchem Wochentag das Jahr beginnt. Wir zählen anders. Wir sind in der 32. Woche." Pitt fühlte etwas wie Wut in sich aufsteigen. Jede Kontrolle muss doch transparent sein, um fair zu sein! Wie kann ich zum Beispiel Pünktlichkeitskontrollen vornehmen, wenn alle Uhren anders gehen? Wie Leistungskontrollen, wenn die Messlatten nicht eindeutig definiert sind. Was ist denn das für ein schlampiger Laden, diese S-Bahn- oder Bundesbahndirektion! Die Bundesbahn zählt anders. Ob Zivil oder Uniform: der Kontrolleur musste das Wochenreglement der Bahn kennen. Das war sein Beruf. Wir sind ja ohnehin geneigt, die Kompetenz eines Kontrolleurs unkritisch anzuerkennen: mag er die Dinge manchmal auch falsch sehen, er hat die Macht. Sollte Pitt den kalendarischen Disput fortsetzen? „Bitte", sagte er, hochgradig verunsichert, „prüfen Sie das genau!"

„Ich muss Sie jetzt bitten – steigen wir aus. Das lässt sich leicht feststellen." 8.50 Hauptbahnhof, 8.55 Besenbinderhof, 9.00 Sitzung. Es warten sieben Herren, darunter zwei Vorstandsmitglieder und ein Prokurist. Prokurist Mahlmann ist 64, vor Einführung der gleitenden Arbeitszeit ließ er sich jeden Morgen eine vom Pförtner anzufertigende Liste der Zuspätgekommenen auf seinen Schreibtisch legen, die gleitende Arbeitszeit – doch eine der großen humanen Errungenschaften der Neuzeit – war gegen seinen oft und nachdrücklich erklärten Willen eingeführt worden („Schlamperei und Disziplinlosigkeit").

„Ich bin in Eile. Eine für mich, nein, für mein Unternehmen sehr wichtige Sitzung, verstehen Sie, bitte! Ich darf nicht zu spät kommen. Das wäre eine Katastrophe, bitte!"

„Natürlich, ich verstehe. Es dauert nicht lange."

Nur Pitts Verunsicherung vermag zu erklären, warum er den Kontrolleur nicht gebeten hat, die Formalitäten im Zug zu erledigen. Das hätte jedoch vorausgesetzt, sich als Schwarzfahrer zu offenbaren. War das noch möglich nach diesem langen Disput? Hätte das allen Peinlichkeiten nicht die Krone aufgesetzt? Heute ist es ja üblich, dass jeder Angeklagte mit seinen Richtern einen Deal macht und sein

Strafmaß gewissermaßen aushandelt. Pitt wollte seinen Richter nicht durch eine falsche Selbstbezichtigung – aber war sie denn falsch? – bestechen. Ein letzter Versuch: „Eine wichtige geschäftliche Besprechung im großen Kreis, Punkt 9 Uhr. Bei einer Verspätung müsste ich die Bahn für den Schaden haftbar machen. Der wird ziemlich groß sein."

Ein Bahnbeamter muss doch ein sensibles Organ für Pünktlichkeit haben! Er schien es zu haben. Er wandte sich an einen älteren Herrn und fragte ihn, ob er Inhaber einer Wochenkarte sei. Er hatte eine Monatskarte. Der Kontrolleur fragte andere Fahrgäste. Es gab nur Einzelfahrscheine, Ende Juli, Ferienzeit, kurz vor 9 Uhr, kaum noch Berufsverkehr.

„Bitte, kommen Sie jetzt mit!" Auf der Suche nach der Wertmarke hatte Pitt schon festgestellt, dass er seine Brieftasche nicht bei sich hatte. Ob die Verhandlung nun hier drinnen im Zug oder draußen auf dem Bahnsteig oder im Stationshäuschen stattfinden würde: ein Mann ohne gültigen Fahrschein und ohne Personalausweis wird sich wohl nur mit Hilfe der Polizei identifizieren lassen können. Der Tag war endgültig verloren. Und mit ihm viel mehr.

„Machen Sie keine Schwierigkeiten. Steigen Sie mit mir aus." Mit schon gebrochenem Willen dachte Pitt an das Ausmaß der Schwierigkeiten, als er an der Wandsbeker Chaussee seinem Peiniger auf den Bahnsteig folgte. Auf dem Weg zum Stationshäuschen grübelte er, ob er am Freitagnachmittag eine Marke gekauft habe oder ob es irgendeinen Umstand gegeben habe, der den Einkauf verhindert hatte, zum Beispiel eine Heimfahrt mit dem Auto oder eine späte Rückkehr bei schon geschlossenen Schaltern. War er in Begleitung gewesen und hatte die Marke nicht eingeklebt, in Gesellschaft leckt man nicht so gern. Natürlich war es oft geschehen, dass Pitt am Montagmorgen ohne die Stammkarte, die in einem anderen Anzug steckte, losgefahren war. Er hatte auch schon den Kauf der Wertmarke vergessen und hatte sich in der Gewohnheit der Pauschalreise in den Zug gesetzt. Es gibt manche Erklärungen dafür, dass jemand ohne betrügerische Absicht schwarzfährt. Wandsbek: hier hatte einst der kleine unsterbliche Hölty seinem Dichterfreund Claudius seine Verse vorgetragen: „Üb' immer Treu und Redlichkeit …" Beiläufig teilte der Kontrolleur dem Stationsvorsteher mit: „Der Fahrgast will mir einreden, wir hätten die 31. Woche. Die 32 fehlt ihm. Also, mein Herr, Name und Adresse, bitte, den Ausweis!"

„Wir haben die 31. Woche", sagte der Stationsvorsteher.

„Sehen Sie!", schrie Pitt.

„Hier – der Plan – 31. Woche", sagte der Stationsvorsteher zu seinem Kollegen. „Wie kommen Sie auf 32?"

„Das ist ja gar nicht möglich."

Unter Pitts heftigem Kopfnicken empfahl der Stationsvorsteher seinem Kollegen, er möge den Schalter anrufen. Der Kontrolleur wählte zwei oder drei Nummern, mit zunehmender Hast und Verwirrung, fragte, lauschte, widersprach, erst heftig, dann matt, ungläubig, fast verbittert, schließlich zog er sein Taschentuch – es war lindgrün wie die fehlende Marke – und fuhr sich mit ihm über Stirn und Nacken. Er war jetzt sehr zivil.

Pitt geniert sich noch heute: In diesem Moment nämlich genoss er den Triumph des Siegers. Wir werden zu oft in Kontrollsituationen gedemütigt, als dass dieses Gefühl nicht verständlich gewesen wäre. Jede Kontrolle birgt Elemente von Schikane, von Machtmissbrauch, hat ihre masochistischen Einsprengsel, jede Kontrolle hat die Neigung, sich aufzublasen und alles Vertrauen zu verdrängen, hat diese elefantöse Tendenz, Selbstzweck zu werden: nicht der Sachlichkeit, der Wahrheit, der Produktivität menschlichen Tuns oder der wirtschaftlichen Stabilität zu dienen, sondern zu überführen, zu verunsichern, Enthüllung als Erfolg zu feiern. Auch Kontrolleure kämpfen um ihre Existenzberechtigung. Manchmal brechen ihre Systeme unter Getöse zusammen und Oberkontrolleure werden geschasst. Dann sitzen die Exkontrolleure da wie Pitts Kontrolleur an diesem Montagmorgen: mit grauem Gesicht, vernichtet, Mitleid erregend.

„Das ist mir furchtbar peinlich", hatte er gesagt, „schrecklich unangenehm. Wir haben wirklich die 31. Woche. Ich habe meinen Dienst gerade angetreten, nach drei Wochen Urlaub. Ein schrecklicher Irrtum, Gott, ist mir das unangenehm."

Beim Gott der Eisenbahner! Der Beamte vor ihm hatte sich wahrscheinlich noch nie geirrt und war deshalb Kontrolleur geworden. Wie könnte sich Pitt im Betrieb für seine Verspätung entschuldigen? „Entschuldigen Sie, bitte, meine Verspätung, ich wurde in der S-Bahn durch einen Idioten von Beamten aufgehalten, der mir beweisen wollte, dass wir in der 32. Woche leben". Sollte er sich formell beschweren? Das Risiko des Kontrolleurs – für den Fall, dass er sich wirklich beschwerte – kannte er nicht. Versetzung? Abmahnung in die Personalakte? Doch er sah es: der Kontrolleur war in seiner vernichtenden Niederlage versunken. Pitt beobachtete das moralische Ende einer Karriere. Der Beamte saß auf einem Holzstuhl neben einem schäbigen Holztisch, unkündbar, aber todunglücklich. Pitt stand vor ihm, er war der Kontrolleur und der andere war der Mann ohne gültigen Fahrtausweis, gewissermaßen der kleptomanische Staatsanwalt. Nicht ohne eine gewisse Hoheit in der Stimme hatte er gesagt: „Ich hoffe, dass das nicht wieder vorkommt, sonst müsste ich mich wohl mal beschweren." Er hatte dem Beamten die Wochenkarte aus der Hand genommen und war gegangen. Seine Verspätung war nicht sehr groß: nur zwei Züge waren ohne ihn davongerollt.

Doch die Präsentation des Projekts hatte pünktlich begonnen, und da Pitt seine Verspätung in der handylosen Zeit nicht ankündigen und nicht entschuldigen konnte, hatte sein sehr souveräner Stellvertreter mit seinem Vortrag längst begonnen, als Pitt in den Sitzungsraum kam. Immerhin: er stand für die Diskussion zur Verfügung, doch die war – wohl wegen der glänzend-überzeugenden Präsentation des Stellvertreters – recht kurz.

Übrigens: Pitts Stellvertreter hat eine phantastische Karriere gemacht. Eines der Vorstandsmitglieder avancierte zum Chef eines Weltkonzerns und zog ihn an seiner Seite mit nach oben. Manchmal fragt sich Pitt, ob sich der Kontrolleur in der S 1 in seiner imaginären 32. Woche nicht als Weichensteller betätigt habe. Nein, angesichts der überragenden Qualifikation des jüngeren Kollegen war die Präsentation nicht entscheidend wichtig für seine Karriere gewesen. Eine Wertmarke mit einer fetten schwarzen Zahl hatte sich dennoch als ein Zufallsmarker erwiesen, für Pitt, für den Kollegen, wer weiß?

Der Sündenbock

Das Piktogramm ist eindeutig: dieses ist ein für Behinderte reservierter Platz. Warum setzten wir uns auf den falschen Platz? Ist der Zug beim Einsteigen nicht voll besetzt, ist es wahrscheinlich Gleichgültigkeit, die einen das Symbol übersehen lässt. Ist der Zug stark besetzt, setzt man sich über die Einschränkung der Platzwahl hinweg: ich kann ja Platz machen, wenn ein behinderter Fahrgast kommt. Viele behinderte Fahrgäste streben die für sie reservierten Sitze gar nicht an, denn die Designer können nicht einen Standardplatz für alle Behinderten komfortabel gestalten, weil die, denen ihre Fürsorge gilt, auf sehr individuelle Weise behindert sind.

An der Nationalbibliothek stand ein hochgewachsener Mann mit einer schwarzen Baskenmütze auf schlohweiß wehenden Haaren in der U 5 vor dem Geviert mit den reservierten Plätzen, in dem Pitt am Fenster die Frankfurter Rundschau las. Er hielt seinen Behindertenausweis vor die Brust wie die Zeugen Jehovas ihren Wachtturm. Pitt blickte erst auf zu ihm, als er sich kurz und heftig geräuspert hatte. Er sah den Ausweis nicht gleich, weil ihn der Kopf des Mannes, den er für einen Gelehrten halten musste, faszinierte. Ein mürrischer Zug lag auf seinem Gesicht: der Mann war ungehalten und räusperte sich in einem Knurren, das die Nasenflügel mit ihren grauen Haar-

büscheln beben ließ. Auf den für Behinderte reservierten Plätzen saßen noch andere Fahrgäste, die offensichtlich nicht behindert waren. Auch sie blickten den fordernden Mann mit dem Ausweis an, wie Pitt es tat, auch sie waren vielleicht, wie er, von der stattlichen Gestalt des grimmig dreinblickenden Herrn beeindruckt. Pitt hatte den Fensterplatz inne, saß also von dem Mann mit dem Ausweis am weitesten entfernt. Natürlich würde der Mann den ihm zustehenden Platz bekommen – aber warum gerade meinen, fragte er sich. Direkt unter dem Ausweis saß rechts ein junger Mann, den außer seinem Kaugummi nichts beschäftigte, ihm gegenüber eine lesende junge Frau und auf dem anderen Fensterplatz ein dösender Mann.

Pitt, der Methusalem unter den vieren auf den falschen Plätzen, wollte nicht unbedingt als erster aufspringen – warum gerade er auf dem umständlich zu erreichenden Fensterplatz? Als er sah, dass seine Nachbarn keine Anstalten machten, das Vorrecht des Mannes mit dem Ausweis zu respektieren, stopfte er seine Zeitung in die Aktentasche. Doch er hielt inne: wieder hatte sich der Mann geräuspert, und er hatte an einem langen Arm Pitt seinen Ausweis wie einen Haftbefehl entgegengestreckt. Der, dessen angespannte Waden schon das Aufstehen vorbereiteten, ließ sich in einer bockigen Reaktion wieder auf den Sitz fallen. Der junge Mann kann sein Kaugummi auch im Stehen kauen, das Schlafbedürfnis des Mannes am Fenster ist nicht höher zu bewerten als die Zeitungslektüre, die bei den großformatigen Blättern – die Rundschau erschien noch nicht im Tabloidformat – im Stehen schwierig ist. Die junge Frau hatte sich nach kurzem Aufblicken dazu entschlossen, sich auf ihr Buch zu konzentrieren.

Pitt wartete noch ein paar Herzschläge, fühlte sich dann aber von einem scharfen empörten Blick unter wild sprießenden Brauen getroffen. Es war eindeutig: der Mann hatte es auf seinen Fensterplatz abgesehen. Nur Pitt saß auf dem falschen Platz. Er sprang hastig auf, stieß mit seiner Aktentasche an die Knie des Dösenden, der wehleidig maulte, stolperte über die Beine der Lesenden – „so passen

Sie doch auf!" –, wobei sein Taschenschirm zu Boden polterte, und war dem jungen Mann dankbar, der sein kuhmäuliges Kauen eingestellt und seine Beine zuvorkommend eingezogen hatte.

„Beschweren müsste man sich. Starrt mich an und lässt mich stehen. Kann sich überall hinsetzen, aber nein, auf meinen Platz. Hat doch meinen Ausweis wohl gesehen! Nichts mitgemacht. Frechheit. Egoisten." Pitt stand im Gang und blickte erstaunt zu dem Mann hinüber, der sich auf seinem Fensterplatz überhaupt nicht wohl zu fühlen schien. „Keine Erziehung, kein Benehmen, kein Respekt. Ich werde um meinen Sitzplatz betteln!" Er hatte ja gebettelt – hatte seinen Ausweis wie ein Bettler seine Pappe mit der Bittbotschaft, ernst und stumm und dann nur im Räuspern rudimentär beredt, vor sich hingehalten. Wer einen Ausweis hat, braucht keine Worte.

Fühlte Pitt sich schuldig? Jedenfalls erklärten ihn die anderen, die wie er als Nichtprivilegierte reservierte Plätze belegt hatten, für schuldig, ganz zu schweigen von den anderen Fahrgästen. Ihn trafen missbilligende Blicke. Der Mann, der gedöst hatte, war durch den Mann mit dem Ausweis, der sich auf seinen eroberten Fensterplatz gezwängt hatte, vollends aufgeweckt worden und unterstützte den Empörten durch ein heftiges Kopfnicken. Der junge Mann mit dem Kaugummi stoppte seine Kinnlade und starrte Pitt kalt an. Die junge Frau schaute ostentativ in ihr Buch, schüttelte aber doch leicht den Kopf. Ja, er war geächtet. Er hatte gegen alle guten Sitten und die Grundregeln menschlichen Anstands verstoßen. Dass einer schuldig ist, spricht die anderen von ihrer Schuld frei.

Das Interview

Schon in der U-Bahn hatte Pitt sich vorgenommen, in der S-Bahn zum Flughafen ein Memo, das am Wochenende ungelesen geblieben war, gründlich zu studieren. An der Hauptwache, noch im stehenden Zug, hatte er begonnen, in den Seiten zu blättern, und mit einer gewissen Unlust die große Zahl der Tabellen registriert. Da kam sie in den Zug, knapp zwanzig, mit einer Zeichenmappe unter dem Arm, ging durch den ganzen Waggon, unschlüssig um sich blickend, als suchte sie einen Platz, auf dem sie möglichst ungestört wäre, kam zurück, musterte Pitt aufmerksam mit einem ernsten forschenden Gesicht, das plötzlich von einem kindlichen Kontaktlächeln erhellt wurde:

„Entschuldigung, dass ich Sie anspreche. Hätten Sie etwas dagegen, wenn ich mit Ihnen ein Interview mache?" Gespannt blickte sie Pitt an. Sie war hübsch. „Ein Interview? Mit mir?" Konnte ein Interview mit welchem Zweck auch immer ein Grund sein, das Memo zurück in die Aktentasche zu stecken? „Für die Marktforschung. Es dauert nicht lange", versicherte die Interviewerin. „Meinetwegen."

Erleichtert ließ das Mädchen sich auf den Pitt gegenüberliegenden Platz fallen. Es öffnete seine Mappe. Sein langes blondes Haar schien es zu stören. Es hatte plötzlich ein Band – ein Gummiband? – in der Hand, hob mit beiden Händen das voll fallende Haar zum Hinterkopf empor und schleuderte es in einem zauberischen, behänd-graziösen Fingerspiel in die elegante Form eines wippenden Pferdeschwanzes (pardon, Pleonasmus!).

„Einen Bleistift haben Sie nicht?" Ob es auch ein Kugelschreiber täte? Nein, ein Bleistift. Auf dem Grunde ihrer Strohtasche fand die junge Frau einen Bleistift, einen winzigen Stummel. Sie löste die Schleife ihrer Mappe und nahm einen Fragebogen heraus, dessen Umfang Pitt die unbedachte Zusage bedauern ließ. „Es dauert nicht lange", versicherte sie noch einmal. „Ich zeige Ihnen gleich ein paar Bilder. Aber erst brauche ich noch ein paar Angaben."

Ehe sie Pitt fragte, machte sie schon Notizen. Schulmädchenfinger: stark gekrümmt und durchgedrückt, Rundschrift von beachtlichem Formniveau, Armreifen, die störten und nach jedem geschriebenen Wort in einer heftigen Bewegung aus dem Handgelenk zurückgeschleudert wurden.

Beruf. Die Interviewerin las Pitt sechs Kategorien vor, Pitts Metier passte in keine, sie einigten sich auf „kaufmännischer Angestellter". Einkommen. Vier Kategorien. „Netto?" fragte Pitt. „Wieso?" Ob sie brutto oder netto meine. „Ist doch egal." Glückliches Geschöpf, das den Unterschied nicht kennt. Pitt entschied sich für brutto.

Ausbildung. Studium, ja? und sie machte schon das Kreuz. Woher …? „Na, bei dem Gehalt." Nein, nein, da gäbe es keineswegs einen eindeutigen Zusammenhang, man müsste … „Verheiratet?" Ja. „Raucher?" Wen denn das interessiere? „Ach so. Wissen Sie, wir erforschen die Wirkung von Zigarettenwerbung. Sie werden das gleich sehen. Also, rauchen Sie?" Ja. Wie viel? Vier Kategorien. Pitt überlegte. „Sie können's mir ruhig sagen. Raucher schwindeln doch immer." Pitt sagte es ihr. „Ach, entschuldigen Sie, hätten Sie eine für mich?" Pitt bot ihr eine Zigarette und Feuer an, steckte sich auch eine an und war verwundert über die Gier, mit der sie den ersten Zug in ihren zierlichen Körper presste.

„Wie viele Bücher lesen Sie im Monat?" An sich … „Wie viele?" Weniger als drei, bis fünf, darüber. Ja, wenn man mehr Zeit hätte. „Ach, Gott, wer hat schon Zeit, sagen wir drei, ja." Gut. „Wie lange sehen Sie fern am Tag?" Na ja, die Nachrichten und … „Sagen wir zwei Stunden, ja?" Pitt protestierte schwach, aber die Interviewerin hatte schon ihr Kreuz gemacht. „Reisen Sie viel?" Hin und wieder schon. Häufiger, entschied sie. Pitt kann sich nicht mehr an alle Fragen erinnern, sie liegen schon viele Jahre zurück. Der Zug rollte schon an den ersten Fassaden der Bürostadt Niederrad vorbei, als die Interviewerin ihm das erste Bild zeigte, DIN-A3-Pappe, Hochglanz, schöne heile Welt mit blauem Dunst. „Also ich zeige Ihnen jetzt fünf Motive und dann stelle ich Fragen, ja?" Jetzt bedauerte Pitt sehr, sich auf

das Interview eingelassen zu haben. Was sollte er zu den Bildern sagen? Wäre er nicht zum Flughafen unterwegs, würde er jetzt in Niederrad aussteigen.

Das erste Bild: Ferne blaue Berge mit Bohrtürmen davor, in einem Jeep – oder war es ein Landrover? – ein energisch-fröhlich dreinschauender Mittdreißiger, sportliche Figur (übrigens auf allen Bildern als Protagonist wiederkehrend), ein paar schlichte Häuser in Weiß, davor zwei junge Mädchen, hübsch wie die Interviewerin, doch dunkel. „Welchen Beruf hat der Mann?"

„Woher soll ich das wissen?" Darauf käme es gerade an, auf die spontane Antwort ohne langes Überlegen. Was Pitt denn vermute, er hätte doch wohl Phantasie.

„Ingenieur."

„Das sagen alle." Pitt hatte die Spielregeln immer noch nicht begriffen. „Ja, ist er denn kein Ingenieur?"

„In welchem Land spielt die Szene?" Pitt entschied sich für Venezuela, wegen der Bohrtürme.

„Was denkt der Mann?" Was kann er denken, vielleicht will er nach dem Weg fragen. Unsinn. „Er möchte was trinken und fragt, wo er was kriegen kann." Ziemlich dumm. Der eingeknickte Finger schrieb rasend schnell nieder, was Pitt zu seinem Ärger sehr ungelenk formuliert hatte. „Was wird gleich passieren?"

„Die Mädchen zeigen ihm den Weg." Albern.

„Sehen Sie, das ist doch ganz einfach. Die letzte Frage ist immer die interessanteste. Da zeigt sich, wie viel Phantasie die Leute haben." Pitt hoffte sehr, die Interviewerin möge keinen schlechten Eindruck von seiner Phantasie gewonnen haben. Er fühlte, dass er die erste Prüfung nicht bestanden hatte.

Das zweite Bild: Ein Marktplatz, viel Betrieb, vor einem farbenprächtigen Obststand der sportliche Typ, junge schöne Verkäuferin, etwas drall, eine Frucht zu seinem Munde führend. Nachdem Pitt sich für eine „karibische Insel" entschieden hatte, sagte er „Playboy". Das sei kein Beruf. Doch, ein sehr schöner. Ob sie etwas gegen Müßiggänger mit viel Geld habe? „Beruf", sagte sie sachlich, „also ohne". Der Mann denke, die Verkäuferin sei eigentlich viel zu hübsch für ihren Beruf. „Finden Sie das Mädchen wirklich so hübsch?", fragte die Interviewerin überrascht, wahrscheinlich außerhalb ihrer Agenda. „Ich will Ihnen sagen, was gleich passiert. Er nimmt das Handgelenk des Mädchens und beißt in den Apfel." Die Interviewerin lächelte: „Oh, hübsch." Doch Pitt war mit seiner Antwort nicht zufrieden, denn irgendwie hatte er das Gefühl, ein Playboy würde auf einer karibischen Insel das Obst vor dem Genuss besser waschen.

Schon kam das dritte Bild. Eine Zuckerrohrplantage, der blonde Mittdreißiger im Kreis junger, schöner Schnitterinnen, und die schönste hält ihm ein Rohr vors lachende Gesicht. Ein Kaufmann, in Uruguay. „Hören Sie", sagte Pitt, „ich finde das alles sehr albern. Das sieht dort alles ganz anders aus, ich war mal dort. Die Schnitterinnen sind Schnitter, und die sind schwarz und schwitzen, und wenn da mal ein Kaufmann auftaucht, hat er bestimmt Glatze und Bauch." Warum Pitt sich ereifere, die Szene könne ja auch eine ganz andere Bedeutung haben. „Zum Beispiel?", fragte Pitt aggressiv. „Was kann ich dafür?", sagte die Interviewerin, „wenn Sie mich fragen, diese ganze Werbung, das ist so richtig kapitalistisch. Nichts als Schwachsinn und Volksverdummung". Die junge Dame schien ein bisschen unter ihrer arg entfremdeten Arbeit zu leiden. Sie blieb aber sachlich: „Bleiben Sie bei dem Kaufmann? Also, was denkt er und was passiert?". Wahrscheinlich war Pitt auch dazu etwas eingefallen, er weiß es nicht mehr. Er hatte matt versucht, die Funktion der Werbung in einer Wettbewerbswirtschaft zu verteidigen, war aber nicht weit gekommen.

Das vierte Bild, Mittdreißiger, drei schöne, rassig-edle Frauen, am Rande einer Tanzfläche an einem Swimmingpool unter Palmen, ein bisschen wie in Romy Schneiders „Swimmingpool", aber Alain Delon hatte es hier mit zwei Frauen zu tun. Beruf? „Die Frage hat doch keinen Sinn, das ist doch in der Freizeit." Beruf! „Also, meinetwegen, Arzt!" Land: Mexiko. „Da sagen die meisten Brasilien." Ganz ausgeschlossen! „Doch, die meisten. Wenn Sie wüssten, wie viele Leu-

te ich schon gefragt habe und was ich schon für einen Schwachsinn gehört habe". Was er wohl denke? „Mit welcher er tanzen soll?" Auf die Frage, was gleich passiere, wollte Pitt sagen, der Arzt würde tanzen, aber das schien ihm eine zu simple Schlussfolgerung aus der Szene zu sein, und so sagte er: „Er steckt sich erstmal eine Zigarette an.". Bei seinen Antworten könne er ruhig vergessen, dass es um Zigarettenreklame gehe. „Entschuldigung, haben Sie noch eine für mich?" Pitt steckte sich auch eine an, er fühlte sich erschöpft und leer. „So, jetzt das letzte". Der Mittdreißiger – Geschäftsmann an der Riviera, um die Antwort vorwegzunehmen – unter nächtlichem Himmel an einer Pier, die linke Hand umschließt eine Flasche, die rechte den Oberarm einer stark dekolletierten Schönen. Was er denke? Pitt hatte vor kurzem Michelangelo Antonionis „Nacht" gesehen. Gemeinsamer Sturz ins Wasser? Oder Sprung? Oder erst sie, dann er? Zu albern, das konnte er doch nicht sagen. „Das ist doch nicht so schwer. Also, was denkt er?" Seine Antwort war Pitt peinlich: „Er möchte sie küssen." Könnte das Mädchen in seiner Interpretation der Szene einen allzu plumpen Flirtversuch erkennen, vielleicht einen verdrängten Kusswunsch? Er glaubte, auf ihrem Gesicht ein spöttisches Lächeln zu erkennen. Die nächste Frage unbeteiligt sachlich: „Küsst er sie?" Nein! „Nein? Also nein."

Die Interviewerin klappte die Mappe zusammen, und Pitt konnte das faszinierende Fingerspiel zweimal betrachten: einmal im Binden der Schleife und dann, ziemlich atemraubend, in der Verwandlung des Pferdeschwanzes in einen Schwall blonden Haars. Er atmete auf, er war erlöst. Der Flughafen konnte nicht mehr weit sein. Das kurze Interview, das eine Bahnreise lang gedauert hatte, schien beendet zu sein.

„Noch eine Frage zum Schluss. Alle Bilder haben eine ganz bestimmte Stimmung. Wie würden Sie diese Stimmung nennen?" Stimmung? Ja, oder ein Fluidum, ein Flair, er wisse schon. Das Mädchen fächerte ungeduldig mit ihrem Fragebogen, den sie schon einmal fast in ihre Strohtasche gesteckt hätte. Alle Entwürfe waren auf eine erotische Spannung angelegt, klar, Nikotin und Erotik, oder umgekehrt, eindeutig, Ernest Dichter auf Pappmaschee. „Heiterkeit", sagte Pitt. War sie von Pitts – vielleicht atypischer – Antwort enttäuscht? Sie schüttelt das Haar.

„Entschuldigung, da ist noch eins offen. Wie alt sind Sie?" 40. „Dumm, oh, das ist sehr dumm. Wissen Sie, wegen der Quote. Das kommt nicht hin. Haben Sie was dagegen, dass Sie fünfzig sind?" Sie deutete Pitts Verblüffung als Zustimmung. „Also über fünfzig." Der eingeknickte Schulmädchenfinger machte sein Kreuz und beförderte Pitt in eine – wie er es empfand – Seniorengruppe. Die Interviewerin warf den Bleistift in die Strohtasche. Dort würde sie ihn beim nächsten Interview wieder lange suchen müssen. „Herzlichen Dank. Das war sehr freundlich von Ihnen. Das ist kein leichter Job, müssen Sie wissen. Sie steigen aus?" Pitt war aufgestanden. „Ich fahre nach Rüsselsheim. Also tschüs."

In der Abflughalle beschäftigte Pitt die Frage: hat sie dich schon als Fünfzigjährigen eingeordnet, als sie dich als Interviewpartner erkor? Oder hat sich ihr während des Interviews der Eindruck aufgedrängt, es mit einem Fünfzigjährigen zu tun zu haben? Oder hat sie einfach nur gemogelt, um ihr Tagessoll zu schaffen? Als die Stewardess ihn mit ihrem Lächeln begrüßte, war ihm klar: wenn man zwanzig ist, ist jeder Vierzigjährige fünfzig.

Ehepaare

„Ehepaare" – der Titel ist an John Updikes exzentrisches Sexuallabor vergeben. Pitt will sich banaleren Aspekten des Paarwunders zuwenden.

Ehepaare im Nahverkehr: woran erkennt man, dass ein Mann und eine Frau nicht ein Zufallspaar auf einer Sitzbank und durch Reisegenossenschaft zusammengeführt, sondern ein Ehepaar sind? Dass eine dauerhafte Beziehung, mit oder ohne Trauschein, sie verbindet, sie im alltäglichen Leben eine Bedarfsgemeinschaft, wie die Sozialpolitiker es nennen, bilden. Oder eine urkommunistische Zelle, wie Pitt meint.

Von den Fesseln des Berufslebens befreit, konnte Pitt zu unterschiedlichen Tageszeiten ins Netz des Nahverkehrs gehen. Er konnte jetzt häufiger Männer und Frauen auf ihren Beziehungsstatus hin beobachten. Im Berufsverkehr morgens und abends sind Ehepaare eine Ausnahme, denn die Raum- und Zeitplanung der Arbeitswelt ist nicht eben ehefreundlich.

Die Liebespaare in Bahnen und Busse sind ohne Geheimnis. Ob sie sich nun beknabbern oder stumm nebeneinandersitzen oder nach einem kurzen Wangenkontakt wieder in sich zurückfallen, ist nicht bedeutsam. Oft lässt sich an Liebespaaren eine gewisse extrovertierte erotische Albernheit ausmachen. Zungenküsse wirklich nur mitternächtlich.

In den Bahnen können wir Ehepaare wie auf einem Fernsehschirm, dem man den Ton weggenommen hat, beobachten. Ob mit oder ohne Bewegung von Augen und Lippen, mit oder ohne Blickkontakt und Zuwendung: da ist ein aufeinander bezogenes Dasein spürbar. Sind Mann und Frau in ihrer Zweiheit eine Einheit, „ein Fleisch", wie die Bibel sagt, so muss das auf eine nicht geheimnisvolle Weise sichtbar sein. Eine gewisse Gleichschaltung in einem beide Leiber umfassenden, umspinnenden äußerlichen Nervensystem muss erkennbar sein, wie bei einem Paar auf dem Tandem, das im gleichen Rhythmus in die Pedale tritt, oder auf einem Motorrad, auf dem sich beide dem Neigungswinkel der Kurvenfahrt anschmiegen. Stehen Mann und Frau, die als eine Zweiheit dasitzen, in einer schwankenden, doch erkennbaren Mitte zwischen Bemühung und Gleichgültigkeit, Nähe und Distanz, Schweigen und Redseligkeit, tippt Pitt darauf, ein Ehepaar zu sehen.

In der Bahn erlebt man Ehepaare in ihrem An-und-für-sich. Wo man sie sonst trifft, erlebt man sie in Ausnahmesituationen, in denen sich ein Paar in einem Verhältnis zur Gesellschaft darstellt. In der Anonymität des Nahverkehrs fühlt sich Pitt als Gast eines Ehepaars, ohne von ihm bemerkt zu werden. In Restaurants, an den festlich gedeckten Tischen von Ballsälen, auf Partys, auch im Theaterfoyer: lauter phantastische Ehedarsteller in liebevoller Zuwendung, distanzierter Intimität, im dramatischen Austausch. Die größte Intensität ehelichen Lebens findet man in der Gesellschaft bei Ehepaaren, die kurz vor ihrer Trennung stehen. Pitt liebt es, Ehepaare im ÖPNV-Status zu beobachten, in jenem öffentlichen Raum, in dem jeder in einer gläsernen Kammer sitzt, sich jedoch nicht beobachtet fühlt. Das Ehepaar, das wir auf einer Bühne sehen, hat einen theatralischen Zug: es führt uns das Stück vor, das sie gemeinsam geschrieben haben und dessen Regie sie sich teilen.

In den Bahnen und Bussen sehen wir die Ehepaare nicht nur, oft hören wir sie auch. Wir werden hineingezogen in den Schallraum ihrer Kommunikation. Das erleichtert die Identifikation von Ehepaaren als solchen, das erlaubt auch die Einordnung der erlebten Paare in eine Typologie der Paarbeziehung, die Pitt auf ungezählten Nahverkehrstouren aus Protokollen von Paargesprächen in öffentlicher Intimität entwickelt hat. In der Vielfalt der Erscheinungen mag ein Paarspektrum aus sieben Grundfarben sichtbar werden.

Das Kampfpaar mit weiblicher Dominanz   Das ältere Ehepaar ist auf dem Weg zu einer ärztlichen Dienststelle, die dem Mann die Berech-

tigung für eine Frührente bescheinigen soll. Der Mann wirkt tatsächlich kränklich, und eine gewisse Gebrechlichkeit seiner Erscheinung wird dadurch betont, dass der Anzug schlecht sitzt, der von Sonne und Wind gegerbte und gefurchte Hals viel zu dünn in einem weißen Kragen steckt, dessen scharfe Bügelkanten den Kopf zu feierlich-ängstlicher Starrheit verurteilen. Der Ausdruck einer bekümmerten Passivität hat aber nichts mit Krankheit zu tun. Der Mann spricht nicht, er nickt, vorsichtig, und fasst mit dem nagellosen Zeigefinger hinter den Kragenknopf und zerrt an ihm, worauf die Frau jedes Mal den Sitz des mächtigen Krawattenknotens, der wie eine Garotte auf dem Adamsapfel lastet, in Augenschein nimmt. Es spricht die Frau: sie erinnert ihren Mann an alle Krankheiten, die er in seinem Leben gehabt hat, verweilt besonders bei den anhaltenden Symptomen, auf die er die Aufmerksamkeit des Arztes lenken soll, würdigt eingehend die im übrigen kritisch kommentierte Tatsache, dass der Mann trotz offenkundiger Bedürftigkeit in einem arbeitsreichen Leben nie eine Kur beantragt habe, souffliert ihm taktisch formulierte Erklärungen, bemitleidet ihn ein bisschen und klagt dezent darüber, dass die Rente niedriger als ursprünglich erwartet ausfallen würde, belegt aber die Chancen eines einträglichen Zuerwerbs durch Beispiele aus Verwandten- und Bekanntenkreisen. Dem Mann ist unbehaglich zumute, und er schweigt.

Das Kampfpaar mit männlicher Dominanz Ein jüngeres Ehepaar fährt nach Hause. Nach Einkäufen in der City hat sie den Mann vom Büro abgeholt. Sie hat in einem Kaufhaus eine Kaffeemaschine gekauft, die der Mann tags zuvor bei einem Fachdiscounter zum halben Preis gesehen haben will. Der Mann will, dass seine Frau die Maschine am nächsten Tag zurückgibt, und prägt ihr die Argumente ein, mit deren Hilfe sie die Rücknahme erzwingen oder einen anständigen Rabatt aushandeln könne: von Täuschung ist die Rede, von arglistiger Ausnutzung der Unerfahrenheit der Käuferin, von den Rechten der Verbraucher. Laut müsse sie werden, schreien müsse sie unter

Umständen, die Aufmerksamkeit aller Kunden auf die skandalöse Übervorteilung lenken, dann werde der Geschäftsführer – „nur der Geschäftsführer, nur der" – unbedingt weich; ob sie, die Frau, sich noch an seinen fabelhaften Auftritt in dem Textilgeschäft erinnere, wo er, der Mann, die Herausgabe eines zu seinen Gunsten falsch ausgezeichneten Anzugs erstritten habe? Wenn sie so auftrete – er wiederholt den Dialog mit dem Geschäftsführer in allen seinen raffinierten Details –, würde die Kaffeemaschine anstandslos zurückgenommen oder im Preis drastisch gesenkt werden. Die junge Frau schweigt und zupft an der Schnur des Pakets, das die formschöne Maschine (sie ist abgebildet auf ihm) birgt, die längst in ihr seelisches Eigentum übergegangen ist. Sie nickt geduldig und reißt manchmal erschrocken die Augen auf. Morgen früh soll sie schreien, heute Abend möchte sie lieber weinen.

Die Kampfpartnerschaft, redensartlich Hat einen Dummen gesucht. Immer auf die schräge Tour. Lass dir das nicht gefallen. Mit mir nicht. Das kann er mit mir nicht machen. Das kannst du dir nicht bieten lassen. Immer dasselbe. Das kannst du ihm ruhig sagen. Wer bin ich denn? Das kommt ja nicht in Frage. Das kannst du dir leisten. Dann musst du dich mal gerade machen. Immer auf dem hohen Ross. Den lass ich am ausgestreckten Arm verhungern. Jetzt kommt er wieder an. Der kann mich mal. Ich schmeiße alles hin. Der hat vielleicht dumm gekuckt. Mit mir nicht. Das könnte dem so passen. Wer sind wir denn. Worauf du dich verlassen kannst. Sehe ich so aus? Mit mir nicht.

Die Schweigeehe mit Zeitung Er liest die Zeitung. Sie schaut aus dem Fenster, wirft gelegentlich einen Blick auf das ausgebreitete Blatt. Sie fragt etwas, und er antwortet, ohne von der Zeitung aufzublicken. Wenn er ein Blatt wendet, fragt er etwas, und sie antwortet: „Landwehr". Er liest eine Nachricht, die ihn erregt, und er kommentiert sie. Sie hört zu, sagt aber nichts. Liest er auf seinem Smartphone, gönnt er seiner Frau übrigens selten einen Blick auf den Schirm.

 Ehepaare

Die Schweigeehe ohne Zeitung Sie sitzen nebeneinander. Gleichzeitig richten sie die Augen auf einen Punkt gemeinsamen Interesses. Manchmal blicken sie einander an, als wollten sie sich gegenseitig den Gedanken, den sie gehabt haben, bestätigen.

Die Kuschelehe mit weiblicher Initiative Sie ergreift seinen Arm und drückt ihn an sich. Sie flüstert ihm etwas ins Ohr, das sie mit den Lippen leicht berührt. Er lächelt.

Die Kuschelehe mit männlicher Initiative Er legt seine Hand sachte auf ihr Bein. Er legt seine Arme um ihre Schultern und zieht sie leicht an sich. Er nähert sich mit seinem Mund ihrem Haar. Sie sagt: „Ach, lass das.“

Pitt erinnert sich an einen Albtraum. Eine junge Frau setzt sich am Hauptbahnhof, ihm gegenüber, ans Fenster und blickt hinaus. Ein junger Mann setzt sich neben sie und öffnet ein Buch mit vielen Fotografien. Sie gehören zusammen, denkt Pitt am Berliner Tor. Denn die Frau hat den Mann mit einer unmerklichen Bewegung der Hüfte angestoßen, als wollte sie sagen: mach dich nicht so breit, und der Mann schien mit seinem Körper in der Abwehr eines Störgefühls zu reagieren. In Barmbek ist Pitt fast davon überzeugt, dass die beiden jungen Leute überhaupt nichts miteinander zu tun haben. In Ohlsdorf hatten sich die beiden, während er eine Seite umblätterte, sehr kurz angesehen. Zwei gutaussehende junge Menschen, die sich nicht kennen, meinte Pitt, würden sich nicht so kurz und mit so leeren Gesichtern anschauen. In Poppenbüttel ist es klar: die beiden sind ein Paar. „Holt dein Vater uns ab?“, fragte der junge Mann, als er sein Buch zuklappte. Alle Typologien sind Unsinn. Aber Pitt hat den beiden jungen Menschen, die vor ihm saßen, sehr herzlich gewünscht, sich nie zu entschließen, ein Ehepaar zu werden.

Er bedauert übrigens, dass die jüngsten Ehepaare, die eben aus der Kirche oder vom Standesamt kommen, ihr junges Glück nicht dem Nahverkehr, sondern eher außergewöhnlichen, ja bizarren Fahrzeugen anvertrauen. Für einen späteren Weg zum Gericht kommen Bahnen und Busse allerdings in Frage, aus Kostengründen, doch dann fährt jeder allein.

Ein namenloser Freund

Viele Wochen lang, jeden dritten oder vierten Tag, hatte Pitt in der U-Bahn einen Reisegefährten, der ihm so lieb geworden war, dass er nach ihm Ausschau hielt, ja, dass sich etwas wie Enttäuschung in die Vermutung mischte, er habe einen anderen Zug genommen. Seinetwegen hatte er mit der Gewohnheit gebrochen, jeden Tag morgens und abends einen anderen Waggon zu wählen. Der Mann war zehn Jahre älter als er, verheiratet, er hatte zwei Jungen, Zwillinge, die vor dem Abitur standen, sein Vater war unlängst gestorben, er war Eigentümer eines Reihenhauses in Berne, Teilhaber einer mittleren Werbeagentur, gesund bis auf eine fatale Kartoffelallergie. Pitt wusste viel über ihn: doch nicht seinen Namen.

Der Name ist das oberflächliche Merkmal unserer Identität. Man überschlage flüchtig, in wie vielen Listen, Akten, Archiven er als Chiffre unserer Persönlichkeit auftaucht, ohne die geringste Vorstellung von uns, seinen Trägern, zu vermitteln. Er ist aussageschwach auch in Verbindung mit den üblichen Angaben über Wohnort, Geburtstag, Familienstand, Einkommenslage, Beruf, Rang, Titel. Alle Listen-, Kartei- und Aktenführer wissen, wie wenig ein Name sagt, selbst wenn ihn ein Photo schmückt. Und doch tun wir so, als sei der Name der Schlüssel zu unserer Existenz. Man studiere die Schnörkel auf messinggoldenen Türschildern, das magische Gepränge der Initialen auf Sachen, die Versuche, die Namenskraft durch Titel und Prä-

dikate zu steigern, man sehe die Leute mit den Dutzendnamen auf ihrer Flucht vor der Verwechslungsgefahr und höre den Protest gegen die Entstellung des Namens. Auf den Gräbern sagt der Stein oder der Spruch mehr über den Menschen als sein Name, der, fehlt alles, nie fehlt. Wir alle trachten wohl danach, unserem Namen die Anziehungskraft zu geben, die er gar nicht hat.

Wenn Pitt auf späten Spaziergängen mit seiner Frau am Haus seines namenlosen Bekannten (auch dessen Lage kannte er schon) vorbeigegangen wäre (was er vermied), hätte er ihr die weißgekalkte Wand mit den Kletterrosen transparent machen, ihr die Plakate an der schrägen Dachwand des Jugendzimmers deuten, den Wandteppich in der Stube als marokkanischen Ursprungs bestimmen und den Zusammenhang zwischen der gefälligen Kachelung der Küche und der Vorliebe für Käsefondue erklären können. Pitt war gefesselt von der humorvoll verschmitzten Redseligkeit des Mannes, dem es in allem um Kurzweil und Heiterkeit und auch nicht in Spuren um Selbstdarstellung ging. Es ist erstaunlich, was sich Menschen, die sich nicht kennen, erzählen können. Diese beiden waren sich sympathisch, das heißt: sie interessierten einander, ohne zu wissen, warum.

Von der „Vertrauensseligkeit des Eisenbahnabteils" spricht Martin Mosebach in seinem Roman „Westend" (sein Schauplatz ist das Frankfurter Westend, als es noch keine U-Bahnstation gleichen Namens dort gab). Wenn aber „Wildfremde" über viele Stunden in einem D-Zug-Abteil zusammensitzen, ergibt sich eine andere Gesprächssituation als im Nahverkehr, in dem die Konversationssequenz sehr viel kürzer sein muss. Die Wahrscheinlichkeit, dem plaudernden Gegenüber im Leben nie wieder zu begegnen, ist im Fernverkehr sehr viel größer als im Nahverkehr.

Die beiden Kurzreisegenossen waren ins Gespräch gekommen, als sie gemeinsam einige Stationen lang ein paar Schüler beobachtet hatten, die sich lautstark über Schule und Lehrer unterhalten und nach ihrem lärmenden Ausstieg ein Vakuum der Stille hinterlassen hatten, das eine Fortsetzung des Gesprächs über das unerschöpfliche

Thema erzwang: Jugend heute, früher, Lehrer jetzt und einst, Schule allgemein, Schule speziell, familiäre Schulsorgen. Der Faden spann sich fort, und aus vielen Fäden entstand ein Gewebe, das alle kommenden Gespräche der Reisegefährten wärmte.

Mit dem Namen ist das so. Beim ersten Gespräch gibt es keinen Grund, sich vorzustellen. Man redet ein bisschen miteinander, beinahe ohne Ursache, ohne Absicht, ohne Folge. Das zweite Gespräch wird durch das Erstaunen über das zufällige Wiedersehen eingeleitet. Warum sollte man ein solches Gespräch durch die Förmlichkeit einer Vorstellung belasten? Beim dritten Gespräch ist man sich schon so vertraut, dass man nicht mehr aneinander vorübergehen kann. Das Gespräch, das sich ohne Zwang fortsetzt, gewinnt System. Jetzt könnte (sollte, müsste) einer auf die Idee kommen, sich mit seinem Namen zu präsentieren. Aber warum eigentlich? Man hat doch gar nichts miteinander zu tun. Überall in der Welt steckt man in Beziehungen und Verhältnissen, doch im Nahverkehr? Was soll's auch, das wird ohnehin das letzte Gespräch sein. Beim vierten Gespräch beginnen beide mitten in der heitersten Konversation zu grübeln, ob es nun – nachdem man sich so lange kennt und die Begegnung in den Zufallskoordinaten von Weg und Zeit offenbar auf eine gewisse Wiederkehr des Gleichen programmiert ist – nicht doch wohl an der Zeit sei, sich bekannt zu machen (unsere Sprache macht hier einen Fehler, denn das hat man in dieser Situation längst getan). Beide zögern, weil sie fürchten, der Begegnung eine Dauer zu verleihen, die sie eigentlich nicht haben kann. Beim fünften Mal wird es beiden schon ein bisschen peinlich, sich nicht mit Namen ansprechen zu können, peinlich aber auch, nicht schon längst auf den Gedanken verfallen zu sein, den eigenen Namen preiszugeben. Sind wir denn ein Rumpelstilzchen? Schließlich kennt man die Namen der Kinder und der Firmen schon. Die Gespräche erreichen eine Intensität und Spontaneität, die zum Beispiel einer Frage unbedingt eine Anrede folgen lassen müssten, doch man verbeißt sich das langgedehnte, erwartungsvolle „Herr", weil dies doch eine zu plumpe Methode ist, die

Namenlosigkeit zu überwinden. Aus der Not wird eine Tugend gemacht: die namenlose Unterhaltung gewinnt einen besonderen Reiz.

In einem schönen und langweiligen Roman, nämlich dem „Nachsommer" von Adalbert Stifter, sucht der Erzähler auf der Flucht vor einem drohenden Gewitter Unterschlupf unter den Dächern eines in jeder Hinsicht ideal kultivierten Hauses, des Asperhofs. Das Gespräch zwischen dem Erzähler und dem „Gastfreund" – beginnend mit Mutmaßungen über die meteorologische Wahrscheinlichkeit des Gewitters – vertieft sich auf unerhörte Weise, alle Bereiche der Lebens- und Weltweisheit werden in Tagen, Wochen und Monaten eines inspirierenden Aufenthaltes erörtert und schließlich wird der Gast Schwiegersohn und Erbe seines „Gastfreundes". Sie hatten einander nie ihren Namen genannt. Wollten sie sich in reiner Menschlichkeit begegnen? Der Leser allerdings ist doch überrascht, den Namen des „Gastfreundes" aus seinem Mund erst auf Seite 622 zu erfahren; auch beiläufig den des Erzählers. Auf seinen Bahnfahrten hätte Pitt das Buch übrigens nicht lesen können.

Nachdem Pitt von seiner Frau zum zweiten Mal nach dem Namen seiner Reisebekanntschaft gefragt worden war, beschloss er, der Namenlosigkeit ein Ende zu bereiten. Aber er traf seinen Bekannten nicht mehr. Er war eines Abends in Versuchung, in den Vorgarten des Reihenhauses einzutreten, um auf das Namensschild an der Tür zu schauen, fand den Gedanken an das Detektivspiel jedoch lächerlich. Er kannte einen Mann, der sein Freund hätte sein können, aber er kannte seinen Namen nicht. Er kennt die Namen vieler Leute, die nicht seine Freunde sind.

Und wenn unser Name doch sein Geheimnis hätte? Wenn es gar nicht selbstverständlich wäre, unseren Namen wie die amerikanischen Soldaten oder die Kongressteilnehmer an der Brust herumzuführen? Warum gelangen auf Partys aller Art die Namen so unverständlich und fragmentarisch an unser Ohr? Doch nein, wir lieben doch unseren Namen, weil wir uns selber lieben. Wir haben ihn uns nicht ausgesucht, doch wir haben ihm eine Bedeutung verliehen – meinen wir jedenfalls. Sogar die Menschen, die einen lächerlichen, jeden persönlichen Nimbus zu zerstören drohenden Namen tragen, bekennen sich freudig zu ihm. Oder leiden wir alle an einem Rumpelstilzchen-Komplex: ach wie gut … Kommt uns der schadenfrohe tanzende Gnom nicht in den Sinn, wenn wir in Briefen Unterschriften entziffern wollen, diese bizarren Geheimzeichen von Menschen in ihrer liebenswerten Exzentrik und expressiven Individualität, in der sie die Unverwechselbarkeit ihrer Person in kunstvoller Namenlosigkeit verteidigen?

Rumpelstilzchens existentieller Nerv wird getroffen, wenn die Müllerstochter seinen Namen ausspricht. Was ist stärker in uns: wollen wir erkannt werden oder wollen wir uns verbergen?

Wenn wir uns vorstellen, lassen wir uns feststellen. Mit der Nennung unseres Namens treten wir in gesellschaftliche förmliche Beziehungen ein, betreten wir das Reich der Forderungen und Verpflichtungen. Im Reich der Freiheit, dessen Grundgesetz die Spontaneität ist, gibt es keine Namen – „nur nach dem Namen frag mich, bitte, bitte, nicht". Als Rumpelstilzchen seinen Namen hörte, hatte es seine zauberische Gewalt verloren.

Ein zorniger junger Mann

Der Abend im Ahrensburger Haus der achtzehntausend Bücher war wieder sehr anregend gewesen. Der Freund Ludwig Kordes liebt es, Bücherliebhabern aus den Schätzen, die das Haus von der Kellersohle bis zum Dachfirst füllen, nach thematischen, buchkünstlerischen oder antiquarischen Gesichtspunkten ausgewählte Werke zu präsentieren und sie kenntnisreich zu erläutern. Die Rückreise mit dem letzten Zug – der U 1 von Ahrensburg West 0.21 Uhr – vergeht wie im

Flug: als schwebte das Pittpaar auf den vielen bunten Blättern, die es am Abend in den Händen gehalten hatte, nach Haus.

Doch am Spätabend, wenn die Züge stadteinwärts fast leer fahren, kann aus dem Nahverkehr ein Fremdverkehr werden. Es ist etwas unheimlich, in leeren, hallenden Zügen zu reisen und alle Mitreisenden zu beäugen, wie es die Polizei an Grenzen tut, wenn sie nach krawallsüchtigen Hooligans oder gewaltgeneigten Autonomen Ausschau hält. Jeder hat manches von Belästigungen und Bedrohungen gelesen, sie vielleicht auch selbst erlebt.

Die harmloseste der aggressiven Spezies des Nahverkehrs sind die Schnitzer, Schlitzer und Ritzer, die es auf Fensterrahmen, Armlehnen und Polster abgesehen haben, die Narrenhände, die ihr privates oder weltanschauliches Graffito ausstreuen oder es in die Fensterscheiben pressen. Ihr vandalisches Treiben spielt sich im Verborgenen ab. Denn die Warntafeln, die den Zerstörern Übel androhen und denen, die sie ertappen und „zur Anzeige bringen", stattliche Prämien versprechen, tun doch ihre Wirkung. Gegen die Beklemmung, die eine nie auszuschließende körperliche Bedrohung auslöst, helfen Kameras und Notrufknöpfe wenig, auch nicht die Aufrufe an die Fahrgäste, sich entschieden allen Belästigungen entgegenzustellen. Es ist schon die relative Leere der Waggons, die den Puls etwas höher treibt. Es hat wohl übergeordnete logistische Gründe, dass die Hochbahndirektion die wenigen Fahrgäste der Mitternacht nicht in einem, sondern in drei oder sechs Wagen reisen lässt, die bei modernen Zügen immerhin einen Durchblick oder -gang vom ersten zum letzten Wagen erlauben.

Als der Zug Ahrensburg verlassen hatte, tauchte der junge Mann ganz hinten im Wagen auf: hatte er auf seiner Bank geschlafen oder hatte er sich dort vor den Blicken des Pittpaars verborgen? Er beachtete die Zugestiegenen nur flüchtig. Er suchte sich einen Platz, probierte erst den und dann einen anderen und setzte sich, nicht weit vom Pittpaar entfernt, an ein Fenster.

Pitt musterte ihn: keine Symptome von Trunkenheit, keine Anstalten zu gefährlicher Anbiederung, kein Merkmal, das auf aggressive oder gar bösartige Tendenz schließen ließ, eine unauffällige Erscheinung, ein übermüdeter Mitternachtsgeist, der seinem fernen Bett zustrebt. Erschreckend war die groteske Verzerrung des Gesichts, die sich daraus ergab, dass der junge Mann in seinem Vorschlaf die Wange auf die an die Fensterscheibe gepresste Hand stützte. Was würde geschehen, wenn er aus dem Schlaf gerissen würde? Das Pittpaar unterhielt sich flüsternd über die Eindrücke des Abends. Aber beide waren nicht recht bei der Sache, beide blickten hinüber zu dem Schlafenden und erwartungsvoll auf die Bahnsteige an den nächsten Stationen, weil sie von dort her eine Verstärkung der Reisegesellschaft erhofften. Sie waren jedoch auch zu bequem – oder zu müde –, um ihren Wagen zu verlassen und einen anderen belebteren, klugerweise den Triebwagen mit dem Fahrer, aufzusuchen.

Die Unsicherheit steigerte sich im Scheppern einer im Fahrtrhythmus, in Kurven, auf Weichen hin- und herrollenden, manchmal hart anschlagenden Cola-Dose. Herrenlose Dosen waren ja selten geworden, nachdem sie durch das Pfand zu einer begehrten Beute aller Papierkorbforscher geworden waren. Mit einem aus dem Halbschlaf hervorbrechenden Unwillen stieß der junge Mann mit dem Fuß nach der Dose, als verjagte er einen kläffenden Hund, und verstärkte mit dieser unkontrollierten Abwehr nur das störende Geräusch.

Er hatte wiederholt gegen die beharrlich zurückrollende Dose getreten, als ihm der Kopf von der Hand rutschte, und das Erschrecken über das jähe Erwachen stand in seinem verknautschten, von Pressfalten und Zirkulationsstörungen gezeichneten Gesicht geschrieben. Jetzt war er hellwach. Mit einer Heftigkeit, die nur ein Rachegefühl erklären konnte, stieß er mit dem Fuß gegen die Dose, die gegen die Wand polterte und zurückprallte. Abermals ein Tritt, darauf ein heftiger Rückprall. Der Fuß zielte in eine andere Richtung, die Dose prallte gegen das Stahlbein eines Sitzes, wirbelte rasend, kam langsam zur Ruhe und rollte in herausfordernder Langsamkeit zurück. Pitt hatte sich, zurückgehalten von seiner Frau, sogar leicht vorgebeugt, um das freche Spiel der Dose zu beobachten.

 Ein zorniger junger Mann

Der junge Mann stand etwas schwankend auf, fixierte aus schmalen Augen die Dose, deren Rotweiß ihn anzuglühen schien, nahm Abstand von der Bank, führte das Spielbein weit zurück und schnellte es mit großer Wucht gegen das Blech, das – als habe der Kicker ein Ziel anvisiert – über die Plattform gegen die Haltestange krachte. Er lief der Dose nach und trat sie gegen die Tür, einmal, zweimal, gegen die andere Tür, wechselte das Standbein, sprang mit beiden Füßen auf die Dose, rutschte ab, verlor das Gleichgewicht, schlug mit der Schulter gegen die Tür, nahm die schon deformierte Dose in die Hand und warf sie mit einem Hasslaut – stöhnte er, ächzte er? – durch den Wagen bis an die Stirnwand und rannte ihr, wie zu einem Nachschuss auf das Tor, nach. Das Pittpaar hatte sich zwar flüsternd verständigt, zu der anderen Tür zu gehen, um am Buchenkamp einen Fluchtweg zu finden, wagte es aber dennoch nicht aufzustehen, aus Furcht, von dem zerbeulten Geschoss getroffen zu werden. Pitts Aktentasche, gut gepolstert durch ein paar von seinem literaturkundigen Gastgeber entliehene Bücher, stand als Schutzschild vor den Gesichtern. Gleich würde es klirrend krachen, die Fensterscheiben der U-Bahn bieten eine große Angriffsfläche.

Aber der junge Mann war nicht auf Zerstörung aus, Zerstörung konnte nur eine zufällige Wirkung seiner Raserei sein. Er lag in einem erbitterten, von Tritt zu Tritt, von Wurf zu Wurf gesteigerten Kampf mit der Dose, deren Scheppern als grässlicher Missklang auf einen süßen Traum gefallen sein musste. Ein Nahkampf mit einem Würger. Eine dramatische Einpersonenszene, wert, von Michael Thalheimer mit dem Protagonisten Peter Kurth auf die Bühne des Thalia-Theaters gebracht zu werden – das Pittpaar hatte dort gerade vor ein paar Tagen den grauenvollen Harakiri-Selbstmord des gegen sich selbst wütenden Liliom gesehen. Ein Umsichschlagen im Hornissenschwarm, ein Hammer, der die Wand zertrümmert, weil er den Kopf des Nagels nicht getroffen hat. Die plattgedrückte Dose, die durch ihre Verformung ein gefährlich scharfkantiges Diskusgeschoss geworden war, raste in diagonaler Flugbahn durch den Wagen und krachte gegen das schwarze Plakat, auf dem ein Bestattungsunternehmen „die taktvolle und würdige Erledigung von Trauerfällen" verspricht. Über dem Kreuz von St. Anschar klaffte ein hässlicher Riss. Pitt kam nicht auf den Gedanken, das Massaker an der Dose „zur Anzeige zu bringen" und sich eine Prämie zu verdienen.

Der junge Mann, der vor dem Einlauf der U 1 in den Volksdorfer Bahnhof ungeduldig und fahrig an den Türgriffen riss und aus der Ferne das Pittpaar, den Zeugen seiner Raserei, beäugte, sah aus wie ein Junge, der eine Fensterscheibe eingeworfen hatte. Er verließ nicht den Zug, sondern suchte sich einen anderen Wagen für die Fortsetzung seines Schlafes. Er wird ihn vielleicht auf herumliegende Cola-Dosen inspiziert haben. Er hielt die malträtierte, wie in einem Rücknahmeautomaten verpresste Dose in der Hand. Wahrscheinlich hoffte er, noch das Pfandgeld verdienen zu können. Oder wollte er ein Corpus delicti beseitigen?

Sonnentag

Die Reise im Nahverkehr ist an Sonnentagen nicht nur auf der Hochstrecke mit dem Blick auf städtische oder suburbane Landschaften schön. Einen Sonnentag will Pitt beschreiben. Es ist der Tag, an dem Eva sich an das Paradies erinnert. Es ist ein Tag im August. Die säkulare Klimaveränderung, die wir Aficionados des Nahverkehrs mildern wollen, mag den Sonnentag auch auf den Juli und den September verlegen.

Am schönsten ist der Sonnentag nach einer längeren Periode verregneter Tage, auf dem Höhepunkt des Sieges der Sonne über die Wolken, die der Siebenschläfer für viele Wochen über das Land gehängt hat. Nicht irgendeine Sonne, eine besondere Sonne: die alle

Feuchtigkeit der Atmosphäre in ihren Strahlen aufgesogen hat und nun auch noch die Poren der Menschen öffnet, damit auch das Blut verdampfen kann. Wir mögen uns eine Tropensonne vorstellen, die der Norden domestiziert hat, die aber noch ahnen lässt, dass sie im wahren Mittag des Südens ihren Standort über den feuchtheißen Urwäldern hat.

Dieser Tag ist nicht der erste Tag der nach langer Wolkenfinsternis wieder erschienenen Sonne, es sollte der zweite, besser noch der dritte sein. Denn das Geschöpf nördlicher Breiten, ob männlich oder weiblich, mag dem ersten Sonnentag nach langer Regendüsternis nicht trauen, es wird noch in einem Mäntelchen, vielleicht mit einem Regenschirm bewaffnet, in experimenteller Vorsicht in den schon glutverheißenden Tag ziehen, wird erst am zweiten Tag, durch die quälende Transpiration des ersten belehrt, die leichteren Stücke der Sommerkleidung wählen und sich dann am dritten Tag der solaren Reinkarnation vorbehaltlos ins Hitzebad des wolkenloses Tages stürzen.

Auch nicht vom Morgen dieses Tages ist die Rede, sondern von seinem späten Nachmittag oder seinem frühen Abend. Der Tag war heiß, so heiß, und der Schweiß auf der Haut ist in Wahrheit der Schaum des kochenden Blutes. Die Bahnfahrt an diesen Sonnentagen ist eine Reise in den Feiertag, der unter einem sommernachtsblauen Himmel noch so viel Hitze aufbewahrt hat, dass die glitzernden Sterne eine Illusion von Kühle vermitteln müssen. Die Sonnendroge des Tages hat alle Körper haltlos, schlaff, elastisch gemacht, und alles, was in Bewegung spielt, bewegt sich in anhaltender sonnensüchtiger Trance. Liegt hinter diesem Tag ein Wochenende im Sonnenland, ist er also ein Freitag, dann ist der Sonnentag ein besonderer Feiertag der Natur. Eva, wie alle an diesem Tag ein passives Geschöpf der Sonne, ist zu einer Sonnenanbeterin geworden.

Heute ist Freitag, der 16. August, der schönste Sonnentag seit langem, seit vielen Jahren. Pitt sitzt auf einem Platz mit einem weiten Blickfeld. Er ist – wie ein Theaterbesucher, der inmitten der Jeans,

Pullover, Shirts und Rucksäcke ein Fest in würdiger Kleidung erleben will – korrekt, das heißt unbequem gekleidet, hat nur den Knopf hinter dem immer noch gutsitzenden Krawattenknoten, der tonnenschwer auf dem Adamsapfel lastet, geöffnet. Er schaut nicht nach draußen in den Sonnenglast.

Rechts neben ihm fällt Lindgrünes, warm Atmendes, Sprühendes von braunen Armen, die eine Sonnenbrille wie eine Spange ins Haar stecken. Das Faltenwesen berührt Pitt, der sich gerade Stirn und Oberlippe mit dem Taschentuch tupft, und es streichelt ihn mit immaterieller Feenhand. Ihm gegenüber ein rotblondes Puppenhaar auf eckigen Schultern, an denen der Hauch eines Kleidchens hängt, das nur die Aufgabe erfüllt, den nackten Leib zu kühlen. Die linke Hand, hager mit schimmerndem Flaum, fächert mit dem Saum des Kleidchens die Schenkel. Die Beine ragen Pitt lang, lang entgegen, so dass er es nicht wagen kann, seine kurzen übereinander zu schlagen. Daneben eine Explosion sonnenerhitzter Physis: der stramm über die Hüften gespannte Jeansschurz wird durch einen breiten hellen Hautgürtel, der von der zierlichen Schnalle eines gepiercten Nabels geschmückt wird, von einer flauschigen Bluse getrennt, die Wogendes, Quellendes bewegt.

Rechts am Fenster, von einem Mann mit Zeitung etwas verdeckt, umspielt langes schwarzes Haar kleine Brüste, deren Warzenhof in einem weißen, leichten, durchbrochenen Pullover in zartester Plastizität in Erscheinung tritt. Die rotgefärbten Haare einer Afrikanerin sind im Stillstand verweht. Die langen glänzenden Beine münden in ein Chiffonhöschen, und über dem freien Leib knotet sich eine Bluse in den Farben der über der karibischen See untergehenden Sonne. In der Diagonalen, neben der Tür, ein weißes Kostüm im strengen Schnitt. Eine Frau von vierzig Jahren nestelt an einem Haarband und verjüngt sich im Schwall des brünetten Haars. Ein Mädchen in roter Samthose kommt durch den Gang. Die Taille, die eine schwellende Haut leicht über den goldenen Gürtel stülpt, biegt sich im Rhythmus des Sonnentanzes. Auf

der breiten Querbank, hinten, badet eine junge Frau in der Sonne, ein leichter Windzug, der aus vielen geöffneten Fensterklappen durch den Wagen streift, zerrt am Saum des langen Kleides, eines bunten Patchworks aus vielen über den Leib gestreuten Blütenblättern. Da: ein Fuß, nur die große Zehe rot lackiert, liegt auf dem kühlenden Leder, vorschriftswidrig, und keiner käme auf die Idee, es zu verbieten. Kleider, geschmückte Nacktheit. Nacktheit ist kein Zustand, sie ist eine Haltung, ein Befinden. Sonne, reine warme Zärtlichkeit. Vor der Tür, zum Aussteigen bereit, mit ihrem herzzerreißenden Abschied drohend, die Sonnenkönigin. Pitt ist geblendet von ihrer gewaltigen Aura, dem Löwenhaar im funkelnden Gold.

Es ist Freitag, der schönste Sonnentag seit langem. Er verwandelt den kahlen Wagen einer S-Bahn, einer U-Bahn in einen Laufsteg, von dem alle hungersüchtigen Magermodels verbannt sind. Blütenblätter und Haar, Spinnwebfäden und Kokonseide, zizeliertes zitterndes Blattgold, das mit der Haut im Hauch des Betrachters verschmilzt – das ist die Haute Couture des Sonnengotts.

Der Nahverkehrszug ist die Fähre, die Eva zurück ins Paradies trägt. Ist es nicht wunderbar, sie auf dieser Fahrt begleiten zu dürfen? Die Feigenblätter sind größer geworden, aber nicht wesentlich, wenn Pitt daran denkt, wie viel sich seit den Tagen der ewigen Sonne auf Erden verändert hat.

Auf den Sonnentag fällt ein Schatten, ein vorüberhuschender nur, aber er darf nicht unbeachtet bleiben. Pitt sieht Frauen, die verlernt haben, ihr ziviles Feigenblatt in Anmut und Freiheit zu tragen. Sie haben sich, von der Sonne autorisiert, die Freiheit genommen, ihr Kleid, in das paradiesische Erinnerungen verwoben sind, im Bewusstsein ihrer Unabhängigkeit, ihrer Schönheit, ihrer ganzen kreativen Außerordentlichkeit zu tragen, doch sie genieren sich, scheinen sich doch unfrei zu fühlen, sie zupfen zu oft, sie glätten zu viel, ziehen zu viel hoch oder runter. Ob sie sich von den falschen Augen beobachtet fühlen?

Pitt fühlt sich nicht schuldig an diesem Hauch von Befangenheit. Er spielt doch im Sonnenspiel überhaupt keine Rolle: sitzt da, korrekt und unbequem gekleidet, ein Leugner der Sonnenmacht, der steinerne Gast in der Feier des Tages der befreiten Frauen. Und seine Augen sind ohne sinnliches Feuer, sind kühle Helfer der Reportage, die geschrieben sein muss, um weitere Pluspunkte für den Nahverkehr zu sammeln, auch in seinem Wettbewerb mit den sportlichen Cabrios, die auf den Luxusstraßen der Stadt sonnengebräunte Arme auf Fensterrahmen und schwarze Sonnenbrillen über offenen Hemden zur Schau stellen. Die Busse können – leider – nur für die Touristen mit offenem Verdeck fahren. Doch in den Sonnentag fahren beschwingt auch die normalen Busse, von denen eine rasch wachsende Zahl schon schadstofffrei mit wasserstoffgespeisten Brennzellen oder als Hybride („Busse ohne Bass") unterwegs sind. Sie wollen den Sonnentag nicht durch Lärm und Gestank vergällen.

Erinnerung an die Klassengesellschaft

Wenn man auf einem Bahnhof in Eile ist, kommen einem die Leute immer auf der falschen Seite entgegen. Biegt man vom Tunnel auf der Südseite des Bahnhofs in den weißgefliesten Treppenaufgang, der zu den Bahnsteigen 3 und 4 führt, kann man schon auf der untersten Stufe an der Dichte des Schwarms der von oben herabdrängenden Fahrgäste erkennen, dass oben der Zug zur Abfahrt bereit steht. Zehn Minuten sind nicht nur morgens, sind auch am späten Nachmittag ein wichtiges Stück Zeit, wichtig genug, um durch eine ganz und gar unvornehme, grotesk anmutende Hast seinen Verlust zu verhindern. Hat man Glück, lassen die Absteiger dem Aufsteiger eine menschenbreite Spur an der Wand. Die Verkehrsregeln, die auch Fußgängern eine Rechtsorientierung nahelegen, sind im Nahverkehr nicht unbedingt zweckmäßig. „Catch as catch can" – doch jede erspähte und rasch besetzte Lücke im Strom kann sich als eine Sackgasse erweisen, jedes Loch in der bewegten Menschenmauer kann nach zwei Schritten von prallen Koffern, riesigen Umhängetaschen und monströsen, lässig auf einer Schulter getragenen Rucksäcken, deren Schnallen das Gesicht des Aufstrebenden zu zerschrammen drohen, geschlossen werden. Der Zickzackkurs raubt dem Eiligen Atem und Sekunden. Oft wird das Ziel nur durch einen rettenden Sprung in die offenstehende Schiebetür des Zuges erreicht.

Früher war das manchmal die Tür zum Abteil oder zum Wagen erster Klasse. Man sah die „1" als Verbotsschild leuchten, doch aus Furcht vor dem frustrierenden Misserfolgserlebnis, das man vor zuschnappenden Türen haben kann, wurde es missachtet. Früher! Ja, der exklusive, mit einem 50prozentigen Preiszuschlag zu bezahlende Fahrtkomfort der ersten Klasse existiert in den meisten Verkehrsnetzen nicht mehr. Allerdings: den längst vergessenen, nicht legitimierten Sprung in das Abteil der 1. Klasse hat Pitt kürzlich auf der Fahrt vom Hamburger Hauptbahnhof nach Buxtehude wieder einmal erlebt, denn die Regionalbahn nach Cuxhaven gehört zum großstädtischen Verkehrsverbund und bietet den Fernreisenden noch das klassische Privileg.

In der Epoche des Klassenverkehrs stand Pitt an der Tür des 1.-Klasse-Waggons, die Tür schon am Türgriff, denn er wollte am Berliner Tor in die Klasse zurückkehren, in die ihn sein 2.-Klasse-Ticket verwies. Er fühlte sich als Teilschwarzfahrer äußerst unbehaglich. Das Missvergnügen, ohne den korrekten Ausweis zu fahren, ist jedoch weniger ausgeprägt als das andere, das man in der falschen Klasse empfindet: typisch Werthers Leiden.

Pitt will über die ökonomische Zweckmäßigkeit einer Leistungs- und Preisdifferenzierung nicht nachdenken. Die Bahndirektion wird aus wohlerwogenen Gründen die Klassenfrage nach Jahrzehnten einer positiven Bewertung schließlich gelöst haben, indem sie die Klassen auflöste. Vielleicht hat der erstklassige Fahrgast einen wichtigen Vorteil verloren: er konnte die Kostenvorteile des Massenverkehrs mit den Nutzenvorteilen des Individualverkehrs kombinieren. Denn in der ersten Klasse war meistens sogar in den Spitzenverkehrszeiten, bedingt durch die prohibitive Wirkung des Komfortagios, mehr Raum zum Reisen. Die Klassenfrage in den Bahnen des Nahverkehrs war eine Variante der Tolstoischen Frage: wieviel Platz braucht der Mensch zum Leben? Eine Antwort lautete: Das Gedränge nimmt bei steigenden Preisen ab. Auch in Expressbussen – sie überspringen viele Haltestellen – kann man einen Zeitgewinn durch einen Aufschlag auf den Normalpreis bezahlen.

Pitt war nicht bereit, im Nahverkehr das Agio der ersten Klasse zu zahlen. Erhöhen weiche Polster nicht die Müdigkeit, abends noch mehr als morgens? Und wäre die Fülle der Möglichkeiten für menschliche Begegnungen nicht eingeschränkt? Pitts Hand lag immer noch auf dem Türgriff, um den Fahrgästen in der gehobenen Klasse in ihrem Ambiente von gefälliger Täfelung, bequemen Sitzen, Distanz zu den Mitreisenden zu signalisieren, dass er hier nur ein Interimsgast sei. Es gab keinen Grund für ein Unbehagen, sagte er sich, denn ein Stehplatz in der ersten Klasse mag so viel wert sein wie ein Sitzplatz in der zweiten.

„Hallo Sie!" Der das rief, war ein älterer Herr des reinlichen Typs, den man oft unter den Fahrgästen der 1. Klasse antreffen konnte. Alles an ihm war frisch, rein, duftend. Weißes Seidenhaar stand in kunstvoller Verwehung über der sanft gebräunten Stirn, das zarte Gold der Brillenfassung entsprach der Zartheit der von einem milden Rosalicht überhauchten Gesichtshaut, die sich unterm Kinn mit einem weichflauschigen Tuch im gelben Hemdkragen vermischte, und während der Herr Pitt aus blauen Augen forschend musterte, zupfte er an dem Spitzentüchlein in der mit einem geheimnisvoll silbern gewirkten Emblem geschmückten Brusttasche des blauen Sakkos.

„Hallo Sie!", rief er wieder. Pitt betrachtete ihn schon seit seinem ersten Anruf, von dem er noch nicht wusste, dass er ihm galt. Er lächelte vorsichtig.

„Haben Sie eine Fahrkarte?" Hinter der Trennwand sah Pitt jetzt auch das violett schimmernde Silbergrau eines Frauenkopfes auftauchen, dessen Strichbrauen die faltenlose Straffheit des Gesichts betonten.

„Ja", sagte Pitt.

„Erster?"

„Wieso?"

„Erster?"

„Nein, zweiter." War Trotz in Pitts Stimme?

„Hab' ich dir's nicht gesagt, meine Liebe?", sagte der Herr und lehnte sich voller Genugtuung mit gekreuzten Beinen in das Polster zurück. „So etwas erkennt man auf den ersten Blick?"

Hatte er beobachtet, dass Pitt wie ein gehetztes Wild in den Wagen gesprungen war? Vielleicht entsprang die Unterscheidungslust des Herrn einem beruflichen Interesse? Er sah allerdings nicht aus wie ein Bahnbeamter, zu dessen Privilegien das Ersterfahren gehört. Pitt fragte sein Spiegelbild in der Glastür: Ist es die Erscheinung, die „auf den ersten Blick" zu erkennen gibt, dass sie nicht der erstklassigen Welt angehören kann? Pitts Schuhe waren noch vom Regenschmutz des Morgens leicht besprenkelt, zugegeben. Sein Mantel hatte seine Jahre, sah aber passabel aus, seine Aktentasche war nur äußerlich schäbig, denn ihren Affektionswert sah man ihr leider nicht an, und der Regenschirm, gut, es sei eingeräumt: ein Herr läuft nicht mit einem Knirps unterm Arm herum, schon gar nicht mit einem feucht zerknautschten ohne Hülle. Die Krawatte sah nur deshalb so alt aus, weil sie sich gegen den Modetrend der Lätzchenkrawatten, die Pitt scheußlich fand, erfolgreich im Bestand behauptet hatte, und die Brille hatte in der Tat neben der Nasenwurzel einen – aber auf die Entfernung doch wohl kaum bemerkbaren! – Riss, Spur eines wenige Tage zurückliegenden Gerangels mit dem Söhnchen.

Pitt ging einfach hin zu dem Mann, der ihm erwartungsvoll, gar nicht überrascht, entgegensah und offenbar an einem falschen Billet überhaupt keinen Anstoß nahm. „Entschuldigen Sie", sagte Pitt, „ich habe Ihre Bemerkung gehört. Sie sagten, Sie könnten auf den ersten Blick erkennen, dass ich keinen Fahrschein erster Klasse hätte. Bitte, sagen Sie mir, wieso auf den ersten Blick?"

„Lassen Sie's gut sein, junger Mann. Ich würde Ihnen raten, an der nächsten Station auszusteigen, sonst kommen Sie noch in Schwierigkeiten." Der Zug hielt: Berliner Tor. Pitt musste und wollte umsteigen. Auf eine Antwort auf seine Frage konnte er nicht warten. Er würde auch vergeblich warten. „Entschuldigung", sagte er und stürmte hinaus, wie er hineingestürmt war.

Pitt konnte nicht in den nächsten Waggon einsteigen, denn der stand vorm Schaltpult des Mannes mit der roten Mütze. Er eilte an dem Wagen, dem er entflohen war, entlang, und im Laufen warf er noch einen Blick auf die Fahrgäste der 1. Klasse, und der Eindruck des Hellen, Frischen, Reinen fiel aus dem erleuchteten Wageninneren auf seine im Dunkeln dahinhastende Seele wie auf einen Film, und als er, bereits nach dem „Zurückbleiben bitte", in den Wagen der 2. Klasse gesprungen war, entwickelte er ihn zu einem Bild, über dessen Rand hinweg er seine Mitreisenden betrachtete.

Warum fahren sie nicht in der 1. Klasse? Aus Sparsamkeitsgründen, gut, so üppig sind die Einkommen nicht, dass sie an ein bisschen Reisekomfort verschwendet werden sollten. Aber ist das die richtige Antwort? Pitt meint: die 1. Klasse passt nicht zu dem Werktag, in den er per S-Bahn hineinfährt und wieder hinausfährt. Die 1. Klasse ist die Sonntagsklasse. Die 2. Klasse, die Normalklasse, passt zu den zernarbten Zweckmöbeln und grauen Gardinen, den Schalterhallen, zu den Linolfußböden, zur Kantine mit ihren Theken und blanken Tischen, den spurenreichen Wänden, an denen Reklamekalender und billige Drucke hängen, zu den Werkstätten und belebten Läden, zur Arbeitskleidung, die noch rasch gewechselt wird, ehe man sich an den Abendbrottisch setzt, zu den Leuten, mit denen man redet, weil sie etwas wollen, weil man von ihnen etwas will. Es gibt keine 1. und keine 2. Klasse, es gibt eine Werktagsklasse und eine Sonntagsklasse.

Der Werktagsblick und -anblick war es, der Pitt in der Sonntagsklasse als Eindringling, als den Mann mit dem falschen Fahrschein entlarvte. In der knitterfreien Adrettheit des Schaufensters wirkt der Dekorateur im Kittel exotisch. Den Geruch des Werktags kann man auch sehen, in Kragen und Krawatten, auf dem Haar und auf der Haut, in den Poren von Wangen. In der Glanzlosigkeit trennen sich Körper und Seele, und das Blitzlicht der Augen wird von den schwer fallenden Lidern verdeckt. Der Geruch des Werktags ist das Aroma der zweiten Klasse. Arbeit ist süß, aber sie schmeckt bitter. Mit der ersten Klasse koppelte die Bahndirektion – früher – den Salonwagen an den Arbeitszug.

Natürlich will Pitt nicht sagen, dass die Fahrgäste der 1. Klasse – denen die Bahndirektion mittlerweile den exklusiven Status aberkannt hat – nicht arbeiteten. Wer arbeitete und das erstklassige Ticket löste, bezahlte mit dem Komfortaufgeld bei sich selbst und anderen die Illusion, nicht zur arbeitenden Klasse zu gehören. Er kaufte sich vom Geruch der Arbeitswelt frei. Er kaufte eine Eintrittskarte ins feudale Paradies. Freiheit und Distinktion adeln den, dem es gelingt zu zeigen, dass er nicht zur arbeitenden Klasse gehört. Arbeit ist nur edel, wenn sie in Leichtigkeit, Reinheit und Frische geschieht. Distinktion ist ein Desodorant. Der Mann in der ersten Klasse hatte eine feine Nase, er hatte Pitts Zweitklassigkeit gerochen.

Der Flachmann

Komm, trink'n Schluck. Brauchst dich nicht geniern. Los, sollst mal sehn, wie das wärmt, bei d'm Scheißwetter. Nu, nimm schon, ich hab nich die Krätze. Ach so, du wills'nich. Der Herr wollen nicht! Machst wohl kein' Korn, was, ist dir wohl nich fein genug. Nur Schampus, was? Grins mal nicht so, komm, trink ein'. Nun kuck doch nich so aus der Wäsche, kannst ruhig ein' trink'n, ich hab noch ein', ich hab immer ein', kannst ruhig ein' trink'n. Bist'n prima Kerl, mit dir trink' ich ein', kannst'e dir was drauf einbilden. Trinkst wohl nicht mit je'm, was? Kannst'e mir mal sag'n, warum'de nich mit mir trinken willst? Bin dir wohl zu dreckig, was? Entschuldigung, mein Herr, mein Smoking befindet sich in der Reinigung. Willst wol gern, traust dich nich, in'er U-Bahn, was? Ich kann trink'n, wo ich will, wann ich will, mit wem ich will. Basta. Wir ha'm 'ne Demokratie. Ha'm wir eine? Die könn' mich ja rausschmeißen, aber die trau'n sich nicht, mich schmeißt keiner raus, brauchst keine Angst hab'n. Oder hast'e vor Mami Angst? Na, nun trink doch schon ein', sieht doch keiner. Machst'e kein'? Kann man immer brauch'n, bei dem Scheiß, 'tschulligung scheußlichen Wetter, sollst'e sehn, wirst mir noch dankbar sein. Teil'n muss man, hörst'e, teil'n, das is' wichtig. Findest'e wohl komisch, was, dankbar wirst'e mir sein. Komm, Junge, genier dich nich. Nu kuck doch, der nüdliche Flachmann, guter Kumpel, was? Auf den kannste dich verlassen, kann ich dir sag'n. Jetz' kuckst'e dumm, was? Mann. Leg doch mal die Zeitung weg, is' doch alles Scheiß, oder? Willste nichts mit mir zu tun ha'm, kannst ruhig die Wahrheit sag'n, brauchst mich nich anlüg'n, ich kann auch die Klappe halt'n. Mann, wie der kuckt! Du liest ja ga' nich. Willst nur nichts mit mir zu tun ha'm. Nun kuck sich einer die Nase an, wird immer spitzer. Gehst wohl gleich weg, was? Mann, verdufte, du kotzt mich an. Wie der die Zeitung hält, fürnehm, ogottogott, kannst wohl nicht richtig kucken, Junge, was, soll ich dir mal die Brille putz'n. Pass auf, du machst dir die Manschetten dre-

ckig. Lass doch mal sehn, die süßen kleinen Dingerchen. Hat dir Mami wohl geschenkt, was? Manschettenknöpfe, als wenn das was wäre. Nun sitz doch mal ruhig, Junge? Prima Bügelfalte, erstklassig, hat Mami sich aber 'ne Menge Mühe gegeb'n. Kannste mir mal sag'n, warum der Mensch 'ne Bügelfalte braucht? Kannst'e nich, wett'n? 'n richtig feiner Pinkel, redet nich mit je'm. Aufhäng'n kannste dich mit deiner Krawatte, hab' ich auch, weißte was ich damit mache? – Schuhe putz'n, jawohl, Schuhe. So'n richt'ger feiner Pinkel. Spiegel, da lachste dich kaputt, Spiegel les'n, glaubst wohl, du darfst nich mit je'm red'n. Ach, ich bin ja so gebüldet! Weißt'e was'de weißt? 'n Dreck, kennst das Leb'n nich, jawohl, 'n Dreck. Lauter Scheiß. Komm, trink lieber ein'. Nun leg doch mal die Zeitung weg, kannste doch zu Hause lesen. Mann, wie der kuckt, wie fürnehm. So'n richt'ger feiner Pinkel. Du, guck mal, dein Schnürsenkel is auf, willst'n dir nich zubind'n? Das macht Mami wol für den lieb'n Jung'n, was? Was für feine saubre Händchen der Junge hat, nein, damit kann er doch die Schuhe nich anfass'n, das geht doch nich. Komm, nun mach' kein' Quatsch, jetzt trink mal ein'. Jawohl, Herr Pastor, zu Befehl, Herr Major, in Ordnung, Herr Direktor, ich sag ja gar nichts, ich sauf' nur, woll'n Sie auch ein', Herr Präsident? Erstklassig, prima Qualität, könn' Sie ruhig trink'n, Herr Professor. Du trinkst wohl nich' mit je'm, was? Machst dir die Hosen voll. Ach Gott, der hat ja ganz rote Ohren, der Junge, und wie seine Hände zittern, richtig tatterig. Bist'e 'n Mann, komm her, bist'e 'n Mann? Hast wohl noch nie ein' genomm', was? Brauchst nich so zu kucken, ich hab' kein Glas, biste denn bei Trost, für'n Flachmann brauchst'e doch kein Glas. Hier, kannst aus dem Deckel trink'n, wennde glaubst, ich hab die Krätze. Oder Aids. Ach, denkst'e! Quatsch. Kannst'e mir glauben. Das putzt die Zähne, das ist Alkohol, Al-ko-hol, der putzt alles weg, radikal, ra-di-kal, Mann, verstehst du ja wohl, oder? Zehn Mann aus einer Flasche, Mann, da musste aufpass'n, was für'n Zug einer hat. Teil'n muss man, das ist wichtig, weißt'u? Wenn du'n Kumpel hast, musst'u teil'n, da gibt's nichts. Hast'e schon mal geteilt, Junge, wenn du so'n richt'gen Jank hast, und dann teil'n, Gluck, Gluck, mein lieber Mann das geht weg, mirkommanichts, da kuckst'e nur. Wie'n Loch, gluck. Kumpel müss'n immer teil'n. Hast wohl kein' Kumpel, was, Mann, bist'u 'n armer Hund. Bist'n feiner Pinkel, kannst kein' Kumpel ha'm. An jedem Finger zehn, Mann, da musste sauf'n könn', mit Kumpels sauf'n, das ist was, das ist was andres als Spiegel les'n. Haste selber schuld, machst dir die Aug'n kaputt. Nicht vom Schnaps. Nee, das is kein Blindmacher, beste Qualität, da leg'ich was auf'n Tisch, kannst dich drauf verlass'n, kannst ruhig ein' nehm'. Nun komm schon, tu mir den Gefall'n. Sag das nich, du! Das kann ich nich ab! Da werd'ich fünsch, das geht mir geg'n Strich. Kuck dir die Flasche an. Ein edler Tropfen, hier, kannst dich überzeug'n. Musst'e jetz aussteigen? Wohnst'e hier. Nimm'n mit nach Haus. Hier, den ganzen Flachmann. Pass aber auf Mami auf. Passt in die Tasche. Merkt die nich. Bist in Ordnung, Junge, kannst so weitermach'n. Kannst'e behalten, is noch was in. Aber besauf'dich nich, hörst'u, dass du ja nicht besäufst!

Der Heilige

Hier in Hannover, im Haus der Eltern, hing im Arbeitszimmer der Heilige auf dem Goldgrund, die Ikone auf Holz, die der Vater anno achtzehn als blutjunger Kriegsfreiwilliger aus der Ruine eines Kirchleins in Weißrussland geborgen hatte. Ein gütiges, versteckt lächelndes, von langen, blondsilbrig wallenden Haaren gerahmtes Heiligengesicht, auf dem eine edle Sanftheit lag. Eine ganze Kindheit lang hatte die feingliedrige Hand Pitt das geöffnete Buch mit den kyrillischen Buchstaben entgegengehalten, und die rätselhafte Schrift hatte ihn noch stärker fasziniert als das Antlitz und die Dürer'sche Plastizität der Hand mit dem anmutigen Fingerzeichen.

Er hatte das Bild nie wieder gesehen. Doch nun war er in Hannover, und da war es wieder vor ihm, das Heiligenbild: gegen 19 Uhr, Kröpcke, auf dem Bahnsteig, auf dem er auf die Linie 1 Richtung Sarstedt wartete. Da war es wieder: das gütige, versteckt lächelnde Heiligengesicht, von langen blond-silbrig wallenden Haaren gerahmt, in den Augen ein dunkel blinkendes Feuer, die ausdrucksvolle Hand – dies gemeißelte Geäder! – auf einer prächtig bestickten, über die Jeans hängenden Bluse, ja, auch die Sandalen könnten dem Ikonenheiligen gehört haben. Dass die Hand statt eines Buches eine Bierflasche trug, bemerkte Pitt erst später. Er sah sich als Kind vor dem Bilde stehen, staunend, neugierig, gebannt vom Zauber des klugen Blickes und der unbekannten Botschaft. Da – der Mund des Heiligen auf den Plastiksitzen des Bahnsteigs öffnete sich: wollte er das Rätsel lösen? Aber er öffnete sich zu einem Gelächter, verzog sich, zischte, die Hand mit der Flasche erhob sich gegen Pitt, und der Mund schrie: „Wie kann man nur so dämlich sein, wie kann man nur so dämlich sein, so dämlich, so dämlich." Ja, das Gelächter kannte Pitt schon, und er erinnerte sich, dass er den jungen Mann schon in der Passerelle gesehen hatte, unten vor dem Supermarkt, als er vom Hauptahnhof zum Kröpcke gegangen war. Dieses Gelächter! Ein Schluck, dann, Bier prustend, noch einmal: „So dämlich, so dämlich!" Von hinten fasste jemand Pitt an den Arm, ein Mann: „Kommen Sie, reizen Sie den nicht, der ist gefährlich." Pitt blickte sich um. Eine Menge von Leuten blickte auf seinen Heiligen mit der Flasche. Da war ein bisschen Sensationslust, ein bisschen Ekel, ein bisschen Belustigung in den Blicken, bei zwei älteren Damen helle Empörung.

„Wie kann man nur so dämlich sein", schrie es wieder. Schluck. Bierspritzer. „So dämlich, so dämlich." Entsetzt starrte Pitt auf seinen Heiligen. "Reizen Sie ihn nicht", sagte der Mann, „solche Typen kenne ich. Sie dürfen nicht hinkucken. Kommen Sie, gehen Sie weiter."

Pitt ging ein paar Schritte weiter. Das Tosen eines stadteinwärts fahrenden Zuges der Stadtbahn übertonte für wenige Augenblicke das wieder einsetzende Schreien des jungen Mannes. Er konnte sich nicht losreißen vom zerstörten Bild seines Heiligen. Ein in Richtung Aegidientorplatz fahrender Zug hatte die wartenden Fahrgäste aufgenommen, auch den Mann, der Pitt gewarnt hatte. Neue Fahrgäste waren aus dem Fahrstuhl gekommen. Sie blickten auf den schreienden Heiligen, lächelten, schüttelten den Kopf. „Glotzt, ihr fiesen Ratten! Wie kann man nur so dämlich sein. Dämliche Ratten. Die glotzen einen an, glotzen, glotzen. Haut ab, ihr dämlichen Ratten. Ich knalle euch ab!" Der Heilige schlug sich mit der Hand an die Brust. „Ich hole ihn raus. Ich knalle euch alle ab. Alle! Alle fiesen, dämlichen Ratten. Wie kann man nur so dämlich sein." Ob er wirklich eine Pistole unter seinem so teuer wirkenden, prächtig bestickten Hemd trug?

Wieder bildete sich eine Schar von Neugierigen, Belustigten, Verärgerten im achtungsvollen Halbkreis um den Heiligen, der mit weit ausholenden Bewegungen die Flasche zum Munde führte und, blubbernd, zischend, unverständliche Verwünschungen ausstieß, deutlich nur: „Rattenaugen, überall dreckige Rattenaugen. Was glotzt ihr mich an! Rattenschnauzen, dämliche, Glotzaugen, dämliche."

Der Zug der Linie 1 lief ein. Der Heilige ging hinüber zum Zug mit festem zielstrebigen Schritt: volltrunken war er offenbar nicht. Pitt setzte sich, in einiger Entfernung vis à vis, nachdem er mit Erleichterung gesehen hatte, dass ihm gegenüber ein muskulöser Mann mittleren Alters saß, der bereits missbilligende Blicke zum Heiligen, der vor sich hin brabbelte, hinüberschoss.

Das Rollen der Bahn schien eine besänftigende Wirkung auf den Heiligen zu haben. Er stellte seine Bierflasche – war sie leer? – unter den Sitz und holte aus seiner Bluse ein kleines Heft, in das er sich, leise murmelnd, vertiefte. O sittliche Kraft des Wortes! Pitt konnte ihn ungefährdet beobachten, seinen Heiligen. Er hielt den Kopf starr emporgerichtet, als wollte er sein silbrig-blond fallendes Haar daran hindern, auf das Büchlein zu fallen. Er hielt das Heft gerade vor die Augen, den Ellenbogen des haltenden Arms auf die linke Hand gestützt. Der kleine Finger der Buchhand zeigte, leicht ab-

gespreizt, die gleiche nach außen gerichtete Rundkrümmung wie der kleine Finger des Ikonenheiligen. Unter der klaren, von harmonisch geschwungenen Falten verzierten Stirn, über die gelegentlich ein Brauenzucken lief, leuchteten Augen im Königsblick, die über den Buchrand hinweg seligmachende Botschaften in das geweitete Bewusstsein aufnahmen. Die Lippen, sprechend, der Inhalt des Buches für Pitt verschlossen. Sein Heiliger lebte.

Kann man so aufdringlich unverschämt sein, einen Menschen fünfundzwanzig Minuten lang anzustarren? Ja, man kann das, in der Stadtbahn. Man kann den Blick manchmal abschweifen lassen, zum Beispiel zum Fenster hinaus auf die abwechslungsreichen Fassaden der Häuser an der Hildesheimer Straße, wenn man sich auf die eigene Unverschämtheit besinnt, doch er kehrt zurück, man kann ihn, wenn der Observierte eine Seite umblättert, hinabgleiten lassen auf die eigenen Hände, die sich intensiv mit dem Verschluss der Aktentasche beschäftigen, und immer zittert er zurück zu seinem Magneten.

Der Heilige steckte das Heft in die Bluse, streckte langsam seine Beine aus, zupfte an seiner zerschlissenen Jeans herum, faltete die Hände über der bizarren Gürtelschnalle, lehnte das silbrig-blond wallende Haar, das jetzt das Gesicht halb verdeckte, an das Fenster. Er döste. Fest schlief er an der Wülfeler Brauerei. Der Heilige erinnerte Pitt jetzt an den in schimmernder Bronze auf seinem Sarg schlafenden Bischof im Bamberger Dom. Der schlafende Heilige, dessen Gesicht er nicht mehr erkennen konnte, verlor sein Interesse. Auch er las jetzt. Ab und zu schaute er zu seinem entsunkenen Heiligen hinüber, um zu sehen, ob er seine Haltung verändert habe.

Es zeigte sich, dass die Linie 1 schon in Laatzen an ihrer Endhaltestelle angekommen war. Pitt hatte in den Wirren, die der Heilige am Kröpcke mit seinen unflätigen Flüchen verursacht hatte, nicht registriert, dass der Zug nicht nach Sarstedt weiterfuhr. Pitt stieg aus. Sein Heiliger schlief. Gleich würde wohl der Fahrer am Zug entlanglaufen, um dafür Sorge zu tragen, dass alle Fahrgäste an der Endstation ausstiegen. An dem Fenster, hinter dem sein Heiliger schlief, blieb Pitt stehen. Er wollte beobachten, wie sein Heiliger auf den uniformierten Störer – sollte Pitt den warnen vor der Aggressivität des Schlafenden? – reagieren würde. Doch der Fahrer ließ sich nicht blicken. Die Türen waren schon zugeschnappt, der Wagen stand noch an der Haltestelle und war noch nicht in seine Wendeschleife eingebogen.

Vorsichtig klopfte Pitt ans Fenster, zu sanft mit seinem unbewehrten Finger. Er nahm den Schlüsselring zur Hilfe, doch sein Heiliger rührte sich nicht. Er schrie: „Endstation! Aussteigen!" Er ging zum Fahrer und machte ihn auf den Fahrgast, der seinen Ausstieg verschlafen hatte, aufmerksam, und da der gerade seine Pausenzigarette paffte, fragte er um die Erlaubnis, den Weckdienst übernehmen zu dürfen. Als Pitt vor seinem Heiligen stand, stieß er versehentlich die Bierflasche unter dem Sitz um. Keine Reaktion. Er stellte ihm seine Aktentasche leicht auf die langgestreckten Schenkel. Nichts. Er entschloss sich zum Äußersten, legte seine Hand auf die Schulter des Schläfers, rüttelte sie langsam und heftiger. Der Kopf des Heiligen hob sich mit einem Ruck, und Pitt hielt den Atem an. „Entschuldigen Sie, mein Herr!" Ja, Heiligen gebührt diese Anrede allein. „Mein Herr! Hier ist die Endstation. Sie müssen hier aussteigen." Der Heilige teilte mit seinen Händen das silbrig-blond wallende Haar über dem Gesicht, das übrigens glatt rasiert war. Würden Blitze aus seinen Augen zucken? sein Mund sich erneut in unflätigen Tiraden verzerren? Die edle Hand, die von Adam Kraft gemeißelt zu sein schien, wanderte zum Boden, suchte die umgestoßene Bierflasche und stellte sie, nach Erprobung verschiedener Standorte, sorgfältig an die Wand unter den Abfallbehälter. Er warf, sich aufrichtend, das Haar zurück, das unter dem plötzlich hereinfallenden Licht der Abendsonne sprühte. Sanft fragte er: „Muss ich hier raus? Danke." Er ging hinaus.

Der Heilige ging nicht in die Richtung der Siedlungen, sondern zu der Brache vor dem Gebäudekomplex der Landesversicherungsanstalt. Hatte er überhaupt ein festes Ziel? War er ein Wande-

rer, der einem Ruf folgte? Pitt wollte ihn zurückrufen und ihn fragen, ob er ihm helfen könne, seinen Weg zu finden. Er tat es nicht. Sein Heiliger, Jahr um Jahr auf dem Goldgrund der geheimnisvolle Spiegel seiner Neugier, lebte. Er war aus seinem Bild gestiegen. Dort ging er, auf einer breiten Spur goldenen Lichts, ins Ungewisse. Pitt schnürte es die Kehle zu. Er hat die Ikone, diesen kleinen Altar kindlicher Andacht, nie wieder gesehen. Als er nach vielen Jahren einmal nach ihr fragte, stellte sich heraus, dass einer seiner Brüder, weniger pietätvoll als er, sie verkauft hatte. Auf den Messen der Antiquare hält er manchmal Ausschau nach ihr.

Z-U-G-L-U-F-T

Das friedliche Zusammenleben von Menschen wird aufs Ärgste gefährdet durch den Zug im Zug. Es sind nur schmale Fensterklappen, die sich in der Bahn öffnen lassen. Der rasende, sich gegen stehende oder bewegte Luft stemmende Zug presst durch die Klappen den Wind zu einem scharfen Luftzug, so wie Licht zu einem Laserstrahl gebündelt werden kann. Wen in der Bahn nach frischer Luft dürstet – wie Pitts Lehrer, der beim Betreten des Klassenzimmers mit den Worten „Hier riecht's ja wie bei armen Leuten" das Fenster aufriss, winters wie sommers –, der öffnet die Klappe über seinem Sitz, ohne zu bedenken, dass der entstehende mehr oder minder heftige Luftzug nicht ihn, sondern die Fahrgäste trifft, die auf den Plätzen sitzen, die man nach karibischem Sprachgebrauch „die Inseln unter dem Wind" nennen könnte. Er mag eine atmosphärische Erleichterung, die sein Wohlbefinden steigert, empfinden, doch die Turbulenzen mit ihren unter Umständen gesundheitsschädlichen Wirkungen treffen andere. Er verhält sich wie ein Gartenbesitzer, der an die Nordseite seines Gartens hohe Bäume mit mächtigen undurchdringlichen Kronen pflanzt, um sein Auge an der grünen Wand zu erquicken, ohne sich zu vergegenwärtigen, dass seine Nordseite die Südseite des Nachbarn ist, der seinen Garten und sich selbst in ewiger Sonnenfinsternis verkümmern sieht. Der nachbarschaftliche Streit, der aus dieser Gleichgültigkeit entstehen kann, ähnelt in Motiven und Eskalationsprozessen durchaus dem um die Klappfenster in der Bahn des Nahverkehrs – obwohl er die auf unsere Zivilgerichte hinabdonnernde Klagelawine nicht vergrößert. Die hohe Geschwindigkeit unserer Fernzüge hat alle Fenster fest verschlossen: nur der Hammer vermag sie zu öffnen.

Pitt erträgt den Zug des Nahverkehrs, weil er sich einbildet, zugunempfindlich zu sein. Vielleicht ist er auch nur konfliktscheu: nicht mutig genug, die eigenmächtigen Klappenöffner durchs heftige Zuklappen des Fensterspalts zurechtzuweisen. Seine Frau reagiert ängstlich auf den Zug; in ihrer Handtasche trägt sie an den wärmsten Tagen – ja, gerade an ihnen – einen Schal, den sie um den Nacken legt, wenn sie auch nur den leisesten Hauch spürt, ja, wenn sie von ferne eine geöffnete Klappe sieht, die noch keinen fühlbaren Luftwirbel verursacht hat. Pitt kennt die physikalischen oder chaostheoretischen Regeln nicht: es ist verblüffend, welche gewaltigen Windwirbel auch eine weit entfernte geöffnete Klappe produzieren kann.

Manchmal sind es gerade die harmoniesüchtigen Menschen, die auf heftige, ihnen selbst unangenehme Weise reagieren, wenn sie durch äußere Umstände gezwungen werden, sich konfliktbereit zu zeigen. Den Konflikt muss riskieren, wer als Kavalier für das Wohlbefinden, ja die Gesundheit seiner Dame eintreten muss, und gehe es nur darum, psychische Missstimmungen angesichts fahrlässig geöffneter Fensterklappen zu vermeiden. Pitt ist manchmal schon, sich nach rechts und links entschuldigend, je nach Stimmungslage mit fordernder oder mit säuselnder Stimme, der ganzen Länge nach durch Waggons gelaufen, um Fensterklappen zuknallen zu lassen.

 Z-U-G-L-U-F-T

Die Männer um die Dreißig waren am Stadtpark, an der Station Saarlandstraße, in die U 3 gekommen, in ausgelassener Stimmung, unter Gelächter und krachendem Wortwechsel, hatten sich in die Sitze geworfen und ihre Rucksäcke und Segeltuchtaschen auf die freien Sitze geworfen – vielleicht kamen sie von einem Picknick, aus einem Sonnenbad auf den Wiesen, von einem Volleyballspiel unter den alten Bäumen. Einer von ihnen sprang auf und riss die Fensterklappe auf: „Puh! Dass die Leute das aushalten hier!" Und er rief es so laut, dass es wie eine Provokation der in ihrem Mief verharrenden Menge der Fahrgäste klingen musste.

Was dieser Mann nicht wissen konnte: Pitt hatte wenige Minuten zuvor eben diese Fensterklappe auf Wunsch seiner Frau geschlossen, und er konnte auch nicht ahnen, dass er in seinem auftrumpfenden Ton an einen geruchsempfindlichen Lehrer erinnerte, dem keine Sympathie gehören konnte.

Selten fragen Fahrgäste die anderen, ob sie ein Fenster öffnen dürfen. Wer nach Frischluft schnappt, fühlt sich offenbar in existentieller Not, die an ein Recht zur Notwehr gegenüber anderen glauben lässt. Von diesem jungen Mann, der gegenüber seinen lachenden Gefährten das Öffnen des Fensters als einen couragierten Akt feiern zu müssen meinte, erwartete Pitt, dass er seine Frau und ihn, auf ihren Luvsitzen von der vollen Breitseite eines heftigen Windstroms getroffen, hätte um die Erlaubnis fragen müssen, das Fenster öffnen zu dürfen, so wie ein Raucher seine Tischgenossen fragt, ob und wann er eine Zigarette anstecken dürfe.

Pitt stand auf, ging ohne Worte zur Klappe und schloss sie. Ein Knall ist unvermeidbar, war in dieser Sekunde vielleicht aber doch recht heftig. Er ging zurück zu seinem Platz, nahm seiner Frau den Schal von der Schulter und steckte ihn zurück in ihre Tasche. Ob der Mann unter der Fensterklappe diese demonstrative Geste gesehen hatte?

Das Schließen des Fensters Knall auf Fall ohne eine auch nur gemurmelte Bitte um Erlaubnis war ein Affront – Pitt räumt das ein – und musste wohl durch einen Affront beantwortet werden. Der junge Mann blickte einige Augenblicke herausfordernd zum Pittpaar hinüber, sprang empor und riss die Fensterklappe wieder auf.

Pitt wollte ebenfalls aufspringen, wurde jedoch von seiner Frau durch den besänftigenden Druck ihrer Hand auf seinem Sitz, der ihm wie ein Schleudersitz vorkam, festgehalten.

Der Mann begann, sein rücksichtsloses Tun gegenüber seinen Gefährten zu rechtfertigen, hochfahrend triumphal. „Diese Kleinbürger! Wissen sich nicht zu benehmen. Können nicht höflich fragen, nein, immer gleich die brutale Gewalt. Das sind diese unerträglichen Spießer, die immer rechthaben wollen, Gartenzwerge im Vorgarten, aber mit faschistischen Gesten beeindrucken wollen. Absolut unfähig zu vernünftiger Kommunikation. Das dürft ihr euch nie gefallen lassen. Die muss man zurechtweisen. Die muss man auf ihr Zwergenmaß zurückstutzen. Wenn man ihnen ihre Unverschämtheiten durchgehen lässt, ist man verloren in dieser Ellenbogengesellschaft. Das ist eine Frage der Hygiene.“

Merkwürdig: Pitt hörte sich diesen Sermon kaltblütig an, kühl bis ans Herz hinan. Seine Wut auf den Fahrgast, der mit der Unverschämtheit und Rücksichtslosigkeit angefangen hatte und nun eine defensive Maßnahme moralisierend als Attacke wertete, war verraucht, ja, sie hatte sich in eine verächtliche Belustigung verwandelt. Er stand auf, und seine Frau hielt ihn nicht zurück. Er ging hinüber zu seinem Widersacher, auf den seine Gefährten offenbar beschwichtigend einredeten.

„Entschuldigen Sie, mein Herr. Zwischen uns hat es offenbar Missverständnisse gegeben. Das tut mir leid. Meine Frau ist außerordentlich zugempfindlich, und ich bitte sehr herzlich, die Klappe zuzuhalten.“ Konnte man das Wörtchen „Klappe“ missverstehen? Der Mann schaute Pitt feindselig-misstrauisch an. „Darf ich das Fenster jetzt schließen?“ Jetzt hätte Pitt schweigen müssen. Doch er fügte hinzu: „Ich darf Sie daran erinnern, dass auch Sie niemand gefragt haben, als Sie Ihre Klappe öffneten.“

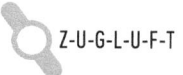

„Das Fenster bleibt offen!",, schrie der Mann. „Das ist ja nicht auszuhalten in diesem Gestank!"

Pitt ging zurück zu seinem Platz, drapierte in übertrieben fürsorglicher Umständlichkeit den Schal um den Hals seiner Frau, hielt auch – in kopfschüttelnder Enttäuschung – vergeblich Ausschau nach anderen freien Plätzen, strich der Schutzbefohlenen beruhigend über das vom Luftzug anscheinend leicht verwirbelte Haar, und er setzte sich. Unter den Fahrgästen neben und hinter ihm wurde ein solidarisches Gemurmel laut, und das Pittpaar traf manch teilnahmsvoller Blick, und ein Fahrgast rief laut: „So ein Flegel!" – und Pitt durfte sich nicht gemeint fühlen. Das hätte er ja am liebsten auch gesagt, er brauchte es nicht zu sagen. Sein Widersacher war besiegt. Der Luftzug fühlte sich jetzt tatsächlich lind und wohltuend an.

Und er erzählte seiner Frau, mit lauter Stimme, von den alten hannoverschen Straßenbahnen. Sie hatten einen Perron, auf dem er am liebsten stand, und der war vom Fahrgastraum mit den baumelnden ledernen Halteschleifen durch eine gläserne Schiebetür getrennt. Auf ihr stand in weißen Buchstaben: „Bitte schließen" und darunter ein Pfeil wie ein Kometenschweif mit den Buchstaben: Z-U-G-L-U-F-T. Und er schloss seine kleine vernehmbare Erzählung mit einem Giftpfeil, den er auf seinen schon vernichteten Gegner schoss: so habe die Üstra – das ist der Name der Straßenbahngesellschaft in Hannover – sich um die Gesundheit ihrer Fahrgäste gesorgt.[1]

---

1   Das Bildwort „Zugluft" ist mit der Erinnerung an Pitts Schulfreundin Ingeborg Busse verbunden. An der Wirtschaftsoberschule Hannover hatte die Studienrätin zu einer Aufgabe des „creative writing" (man nannte das Ende der 1950er Jahre noch nicht so) ein Thema für eine Kurzgeschichte gestellt. Die Meistergeschichte, die von der Lehrerin gerühmt wurde und auch in Pitts Erinnerung eine unverlierbare Spur hinterlassen hat, wurde von Ingeborg geschrieben. Z-U-G-L-U-F-T stand bei der Autorin für einen Spannungszustand, in dem die Geschichte kulminierte. Vielleicht hat er sich in seinem Urteil auch durch den Namen beeinflussen lassen, der nach Thomas Mann „ein Harfenklang makelloser Poesie" ist. Pitt widmet seine Nahverkehrs-Erinnerung Ingeborg Heil, geb. Busse, geboren am 4. September 1937 in Halle an der Saale, gestorben am 24. Dezember 2006 in Aston Clinton bei London.

In der Pandemie der 2020er erhielt der Begriff „Zugluft" eine neue hygienische Bedeutung. Die Gereiztheit, ja Feindseligkeit im Streit um die Schädlichkeit von Zugluft wäre im Zeichen von Corona wohl nicht aufgekommen. Die Experimentellen Strömungsmechaniker der TU Berlin und die Biofluidmechaniker der Charité haben im Auftrag des Berliner Verkehrsverbundes im Theaternebel die Aerosole zwischen den reisenden Puppen gemessen und eine Furcht zerstreuen können: Die Z-u-g-l-u-f-t in den Bahnen und die Trennscheiben in den Bussen verminderten die Konzentration der Covidschwaden um bis zu achtzig Prozent. Der Effekt der vorgeschriebenen Maskierung war dabei noch gar nicht eingerechnet. Nicht schimpfen, wenn jemand die Klappe aufreißt, lieber den Schal ein bisschen fester binden!

Der Stammplatz

Der erste Schnee im späten November klumpte sich unter den Sohlen und stellte die Füße auf einen Kothurn, der die Menschen auf den buckeligen Stufen der Brücke, die vom Busbahnhof und vom park-and-ride-Platz hinaufführt zur Bahnstation, unsicher balancieren ließ. Schon der Bus war an diesem Morgen voller als gewöhnlich gewesen, und auf der Treppe zu den Gleisen bewegten sich die Köpfe im Stufenrhythmus wie ein großes geschupptes Fabeltier. Vor den Kartenautomaten hatten sich Schlangen stampfender Menschen gebildet und den Eingang blockiert. Sogar der Kiosk war belagert, nicht nur durch Zeitungskäufer, sondern auch durch Ahnungslose, die nicht bedacht hatten, dass Fahrkartenautomaten Kleingeld brauchen. In den Trauben vor den Automaten suchende, fragende, meckernde Münzenkramer, alles Eintagsfahrer, die keine Zeitkarten hatten. Frau

Holle hatte sich überraschend in den Dienst des Hamburger Verkehrsverbundes gestellt und seinen Bussen und Bahnen viele neue Kunden zugetrieben. Es hatte schon am Abend und die ganze Nacht hindurch geschneit. Der Anblick der Schneedecke an diesem Novembermorgen, der in seiner Trübnis so gar nichts von einem Wintertag hatte, musste viele Autofahrer, die ja meistens robust auf Witterungseinflüsse reagieren, mit Schreckensbildern von Massenstaus und -karambolagen auf den Ausfallstraßen und Stadtautobahnen bedroht haben. Schon an ihrer Einsatzstation war die Bahn überfüllt. Pitt hatte in zwei Wagen nach einem Sitzplatz gespäht. Die Wärme im Zug hatte den hereingetretenen Schnee in einen braungrauen matschigen Flüssigteig verwandelt, der seine Kälte an den Knöcheln hinaufkriechen ließ. Pitt fror in seinem Dufflecoat, in den er an diesem Morgen noch nicht das Winterfutter eingeknöpft hatte. Es ist nicht bequem, die Zeitung im Stehen zu lesen. Schon lange nicht mehr musste Pitt die Zeitung im Stehen lesen, was auch mit dem Magazinformat unbequem ist.

An der nächsten Station stieg ein Mann zu, der auf der Suche nach einem Sitzplatz seinen Kopf so schnell und ruckartig bewegte, dass die Schneetropfen von der Krempe seines Huts auf Pitts Magazin fielen. Er nötigte zwei Fahrgäste, zur Seite zu treten, und lehnte sich an die nicht mannshohe Holzwand, die den Perron von den Sitzgruppen trennt, wie ein fliehbereiter Vogel den Kopf immer wieder ruckend. Er hatte die Beine nach vorn gestellt, schien aber keine entspannte Haltung gefunden zu haben, denn er schlug die Schuhspitzen heftig in die breiigen Schneepfützen. Schließlich riss er sich von seinem Nothalt los und schob sich in einer dramatisch energischen Bewegung in den Gang und blieb vor einem sitzenden jungen Mann stehen.

„Bitte, machen Sie den Platz frei. Das ist mein Platz." Er sagte es bestimmt. In dem Tonfall hätte er auch sagen können: Entschuldigen Sie, Sie haben den Hut verwechselt, das ist mein Hut.

„Wieso?"

„Ich sagte Ihnen doch, das ist mein Platz." Der Mann unterstellte nicht, den Hut mit Absicht vertauscht zu haben, er hatte Verständnis für den Irrtum.

„Wieso Ihr Platz?"

Der Sitzende war viel jünger als der Mann mit dem Hut. Vielleicht überlegte er, ob er es mit einem Behinderten zu tun hatte, denn Pitt sah, dass er sich nach einem Piktogramm umschaute. Vielleicht überlegt er auch, ob er dem Älteren seinen Platz anbieten sollte. Er saß übrigens völlig unbeschäftigt auf seinem Platz. Oder lag der Verwechslung des Hutes doch eine Absicht zugrunde? Die Stimme des Mannes mit dem Hut wurde eine Spur ungehaltener. „Hören Sie, bitte, das ist mein Platz. Seit Jahren, ich muss schon bitten."

Der junge Mann lachte ungläubig: „Seit wann sind denn die Plätze hier reserviert? Gibt es hier Platzkarten?"

„Ich habe natürlich keine Platzkarte. Aber ich habe ein Recht auf diesen Platz!"

Es fiel Pitt ein, dass er einmal – in Freiburg war das – in einem vollbesetzten Zug von einem Mann mit einer Reservierung von seinem Platz vertrieben worden war und erst auf dem Gang draußen, als er schon auf seinem mit großer Anstrengung aus dem Netz gewuchteten Koffer saß, feststellen musste, dass ein unverfrorener Schwindler seinen Sitz ergaunert hatte, der erst ab Heidelberg reserviert war.

Der sitzende Mann sagte freundlich: „Das Recht, hier zu sitzen, ist wohl auf meiner Seite. Ich habe eine Fahrkarte wie Sie. Ich bin nur früher eingestiegen. Ihr Pech. Jetzt lassen Sie mich bitte in Ruhe."

Pitt fragte sich, wie er reagiert hätte, wenn ihm der Mann das Recht auf den warmgesessenen Platz abgesprochen hätte. Wie hätte er reagiert mit oder ohne Zeitung? In Freiburg hatte er seinen Platz, ohne den Schaffner zu bemühen, zurückerobert.

„Moment mal", sagte der Mann mit dem Hut. „Sie sind ja wohl ein Autofahrer, oder?"

„Was geht Sie mein Auto an?"

Der Stammplatz

„Also doch. Das habe ich gewusst. Sie sind ein Autofahrer. Wissen Sie, was ich bin?"

„Ein bisschen aufdringlich, finden Sie nicht?"

„Werden Sie bitte nicht frech. Ich bin ein Fußgänger!" Würde er den Ausweis einer Fußgänger-Liga zücken? Was hat ein Fußgänger Auszeichnendes an sich, dass der Mann diesen Status wie einen akademischen Titel betonte? „Ich bin ein Fußgänger, und als solcher bin ich ein Stammgast der S-Bahn, seit vielen Jahren auf dieser Strecke. Immer die gleiche Zeit, immer der gleiche Wagen. Das gibt mir wohl ein Recht auf meinen Stammplatz, finden Sie nicht?"

Der junge Mann lachte. „Das ist gut", sagte er, „das ist sehr gut." Kann man durch ein spöttisches Lächeln das Recht auf einen Stammplatz widerlegen?

„Was würde geschehen", fragte der Mann mit dem Hut, „wenn sich alle Fußgänger entschlössen, mit einem Auto zur Arbeit zu fahren?"

„Haben Sie denn einen Führerschein?"

„Ich will es Ihnen sagen. Die S-Bahn und alle U-Bahnen und alle Busse dazu würden sofort stillgelegt werden."

„Das wird aber nicht geschehen", sagte der junge Mann.

„Gott sei Dank! Dass Sie hier sitzen können, dass Sie überhaupt fahren dürfen, verdanken Sie den Fußgängern, ihnen ganz allein. Ein bisschen Schnee, ein bisschen Glatteis, eine Panne und Sie könnten zu Fuß zur Arbeit gehen oder hinradeln. Wir Fußgänger sind es, die die S-Bahn aufrechterhalten, sie regelmäßig auslasten und so einen wirtschaftlichen Betrieb ermöglichen. Es ist die Treue und Zuverlässigkeit der Fußgänger, denen Sie das ganze Nahverkehrssystem und Ihre bequeme Fahrt, wenn Sie denn einmal eine haben wollen, verdanken. So ist das. Dass Sie als Autofahrer das Klima verderben, will ich nur am Rande erwähnen."

„Auch ich habe meinen Fahrschein gekauft. Auch ich finanziere die Bahn."

„Sie haben bezahlt! Ein Trinkgeld für Ihren Komfort ist das. Sie haben sich vom Ärger mit dem Schnee freigekauft. Ich und die Fußgänger, wir finanzieren die S-Bahn, Tag für Tag, Monat für Monat, nicht solche Gelegenheitsfahrer wie Sie, solche …"

„Schmarotzer, wollten Sie sagen, nicht?"

„Nein, nein, nicht direkt. Aber es ist richtig, was Sie sagen. Wir Fußgänger finanzieren die Bahnen. Aber das ist ja noch nicht alles. Denken Sie an die Tausenden Toten jedes Jahr, seit dem Krieg eine Großstadt ausgerottet wie Hiroshima, die fünfhunderttausend Verletzten, Milliarden Kosten, gewaltige Ausgaben für die Polizei, für die Gerichte, für den Straßenbau. Auch das bezahlen wir Fußgänger mit. Die Umweltverschmutzung. In der S-Bahn haben die mir das Rauchen verboten, und ich habe das akzeptiert, aber die Autofahrer verpesten die Luft, und jeder Knallheini kann auf seinem Motorrad tausend Leute aus dem Schlaf reißen. Wer bezahlt die Reinigung, wenn uns die Autofahrer mit Dreck vollspritzen? Alles bezahlen die Fußgänger. Und da soll ich ruhig zusehen, wie Sie mir meinen Platz wegnehmen. Was würden Sie sagen, wenn ich Ihnen Ihr Auto wegnähme?"

„Die können doch einen Waggon dranhängen, wenn es so schneit wie heute. Das sehen die von der Bahn doch."

„Natürlich. Einmal im Jahr fahren und gleich eine Extrawurst fordern, Kosten produzieren, alle Pläne durcheinanderbringen. Die Herren Autofahrer müssen natürlich sitzen, das sind sie ja so gewöhnt. Einmal im Jahr stehen, das geht nicht, das geht gegen die Menschenwürde, o nein, das geht nicht."

Der Mann hatte ein aufmerksames Publikum gefunden. Der Dialog faszinierte die Fahrgäste, die sitzenden und die stehenden. Von den Gesichtern konnte Pitt ablesen, bei welcher der streitenden Parteien die Sympathie lag. Die mimischen Reaktionen ließen eine Spaltung des Publikums in Autofahrer und Fußgänger erkennen, und schon sah er, wie sich parallel zum Dialog der Streitenden in der tastenden Begegnung von Blicken ein spannungsreicher Dialog der Schweigenden entwickelte: Autofahrer oder Fußgänger? Bleib sitzen!

 Der Stammplatz

schienen die Hörer zu sagen, hier geht es um ein Prinzip, steht auf! hier geht es um Gerechtigkeit. Und für beide: bleib hart, hier geht es um unsere Sache. Ähnlich unversöhnlich wird in der Pandemie der 20er der Streit um die Impfung geführt – in der es allerdings nicht um Sitzplätze, sondern um Liegeplätze auf der Intensivstation geht. Der Mann mit dem Hut schien zu fühlen, zum Protagonisten eines öffentlichen Diskurses geworden zu sein, und er schien Gefallen an der ihm so plötzlich zugefallenen politischen Rolle gefunden zu haben, denn schon seit einer Weile hatten sich seine Augen von seinem Widerpart gelöst und waren auf der Suche nach Verbündeten durch den Wagen gewandert. Auch Pitt hatte der werbende Blick getroffen, doch der hatte den Kämpfer trotz seines eigenen Interesses an einem Sitzplatz, auf den auch er jetzt ein Recht zu haben glaubte, nicht ermutigt, was ihm das beschämende Gefühl gegeben hatte, ihn im Stich gelassen zu haben.

„Sagen Sie die Wahrheit! Haben Sie schon einmal, wenn Sie bei strömendem Regen trocken in Ihrem Auto sitzen und die Pfützen bei ihren 80 Stundenkilometern nur so wegspritzen, haben Sie dann schon einmal, frage ich, einem Fußgänger einen Platz in Ihrem Wagen angeboten?"

Der junge Mann überlegte. „Das ist eine andere Frage. Aber Sie werden sich wundern. Ja! Und Sie werden sich noch mehr wundern. Sie können Ihren Platz haben." Und er war aufgestanden. „Nicht weil Sie Fußgänger sind und die Bahn finanzieren, was ja wohl, entschuldigen Sie, Schwachsinn ist, sondern weil Sie wahrscheinlich dreißig Jahre älter sind als ich und ihn nötig zu haben scheinen. Bitte, nehmen Sie Platz!"

Bei dem Mann mit dem Hut hatte das Angebot die Bewegungsunfähigkeit hervorgerufen, die Überraschungen auslösen können. Der junge Mann war bereits ein paar Schritte zur Seite gegangen, und er blickte gleichgültig auf das Fenster und sein bewegliches Spurenchaos von Flocken und Wasserrinnsalen. Der Mann mit dem Hut hatte sich nur langsam aus seiner mentalen Erstarrung befreit und nur ein stimmloses „Danke schön" hervorbringen können. Er setzte sich jedoch nicht, als traute er der Seriosität des Angebots nicht, als witterte er eine unakzeptable Bedingung im Kleingedruckten. Vielleicht rang er auch um Worte, die seine Niederlage als einen Sieg hätte erscheinen lassen können.

„Dann nicht!", sagte hinter dem Mann mit dem Hut ein Fahrgast, schob ihn mit dem Handrücken am Oberarm zur Seite und setzte sich auf den freigekämpften Platz. „Und damit Sie's gleich wissen und nicht wieder anfangen. Ich bin Autofahrer. Und wenn sie die Scheiß-S-Bahn abschaffen, ist mir das auch egal."

Nein, der Mann mit dem Hut „fing nicht wieder an". Der junge Mann, der ihm seinen Platz – zugegeben, nicht ganz spontan – angeboten hatte, lachte laut und herzlich. Er machte keine Anstalten, den mir-nichts-dir-nichts requirierten Platz zurückzufordern. Und der Mann mit dem Hut? Fing er an zu schimpfen, wurde er gar handgreiflich gegenüber dem unverschämten Okkupanten? Er hatte kapituliert, bedingungslos. Er schlich geradezu, sich den Weg freimurmelnd, durch den Gang, als könne er seine Blamage nicht ertragen. Auf dem gegenüberliegenden Perron sah Pitt noch viele Stationen lang den Hut über den Köpfen stehen, die von Station zu Station dichter zusammenrücken mussten.

Er konnte sich nicht mehr auf sein Magazin konzentrieren. Zudem wurde der Raum, es vor seinen Augen auszubreiten, immer kleiner. Er solidarisierte sich gedanklich mit dem Mann mit dem Hut. Ja, es müsste ein Privileg geben für alle, die als loyale Dauerkunden ein System, das für alle da ist, durch ihre regelmäßige Nutzung erhalten, ja ermöglichen. Alle Stammgäste – in Restaurants, in Taxen, in Kinos und Theatern, bei Sportveranstaltungen, bei Konzerten – müssen das Naturrecht auf einen Platz zu jeder Zeit haben, vor allem natürlich im Gedränge. Nachdem die elektronischen Buchungssysteme helfen, sie zu identifizieren, gibt es immer mehr Anbieter von Leistungen für alle, die ihren Stammkunden ein kleines Krönchen aufsetzten: ja, hier ist dein Logenplatz, denn ohne dich, unseren Stammgast, gäbe es nichts,

was wir den Gelegenheits- und Wechselgästen anbieten könnten. Wenn ein Stammkunde ausbleibt, geht nicht nur ein zufälliger kleinerer oder größerer Erlös verloren, sondern ein periodischer Umsatz in astronomischer Höhe, bleiben sie alle aus, brechen viele Systeme zusammen. Der Kunde soll König sein, wenn er Stammgast ist.

Streit der Kulturen

Wer an einem Samstagvormittag durch die Frankfurter Zeil schlendert, vielleicht an der Hauptwache startend, wird spätestens an der Konstablerwache das Gefühl gewonnen haben, in einem Land unbestimmbarer geographischer Lage spazieren zu gehen. Die Zahl der Mitbürger mit dem oft zitierten „Migrationshintergrund" ist in Frankfurt groß, und die meisten von ihnen haben Geburtsländer, in denen häufig die Sonne scheint, die das gesellige Leben auf Straßen und Plätzen fördert und fordert. Auch in den Großstädten Deutschlands, die ja nicht von der Sonne verwöhnt sind, strömen die Menschen an ihren freien Tagen in die Zentren, und die magnetische Kraft wächst mit der Größe und Dichte der Menge, die sich durch die Straßen, Passagen und Kaufhäuser drängt. Pitt versucht manchmal, das Geburtsland oder das schon von Vorfahren verlassene Herkunftsland der ihm entgegenkommenden Passanten zu erraten. Ja, er muss raten, und meistens vergeblich, so wie es ihm in einem Flaggenmeer bei internationalen Großveranstaltungen nicht gelingt, die Fahnen den Nationen zuzuordnen.

Er weiß auch nicht, welchen Ländern er die streitenden beiden Paare auf dem U-Bahnweg von der Holzhausenstraße zur Hauptwache zuordnen soll. An diesem Sonnabendmorgen war die Bahn sehr voll gewesen, und wie immer ballten sich die Fahrgäste in den

Eingangsbereichen. Das Pittpaar hatte Mühe, durch die Traube an der Tür zu dringen, um in den Gang mit seinem Freiraum zu gelangen. Pitts Frau, leicht gehbehindert, stützte sich auf einen Stock, den sie beim Einstieg in eine vollbesetzte Bahn manchmal ein wenig hochhält, damit er Umstehende nicht berührt. An der Klapptür, direkt an der gläsernen Trennwand vor der ersten Sitzbank, stand ein Paar an einer Kinderkarre, in der ein Mädchen saß. Die Familie hätte Pitt der Türkei oder einem Land des Balkans zugeordnet, wenn er wieder einmal sein Völkerraten gespielt hätte.

Der Mann vom Balkan – nennen wir ihn einmal so – sah den Stock, und er griff mit seinem mächtigen braungebrannten, von einem schwarzen Pelz besetzten Arm um die Glaswand herum und packte einen dort sitzenden, vielleicht zehnjährigen Jungen an die Schulter. „Aufstehen. Mach den Platz frei." Pitt nickte dem Mann dankbar zu, voller Anerkennung für die erzieherische Konsequenz, die er gegenüber seinem Sohn an den Tag legte. Doch Sohn? Der Junge war aufgestanden und blickte den Mann vom Balkan erschrocken aus großen kullernden Augen an, offenbar ratlos befremdet. Das ist nicht der Sohn des Mannes vom Balkan, sah Pitt. Pitts Frau dankte dem Jungen, der immer noch stumm den Mann hinter der Glaswand, der ihn von seinem Platz geschubst hatte, anstarrte. Nein, der Vater war das nicht.

Links am Fenster saß eine Afrikanerin in einem prachtvollen, auf die goldenen Schuhe fallenden Gewand aus Grün und Gold mit einem Hut, der wie eine große Schleife über ihrem ausdrucksvollen Gesicht flatterte. Das Spiel ihrer Augen verriet einen großen Zorn. Sie rief sehr laut: „Was fällt Ihnen ein. Wie können Sie so zu meinem Jungen sprechen!" Der Junge – ja, er gehörte zu dieser schönen, jetzt so drohend erregten Mutter – stand verlegen zwischen Pitt und dem Mann vom Balkan, der eine wegwerfende Bewegung machte: was will die denn?

„Sie haben meinem Sohn gar nichts zu sagen!" Die Afrikanerin – ach, wenn Pitt doch sagen könnte: Nigerianerin, Ghanaerin,

Mauretanierin – hatte ihren fülligen Körper auf ihrem Einzelsitz am Fenster in einer halben Drehung dem fremden Mann an der Tür entgegengestemmt, und Pitt erwartete, dass sie sich gleich erheben würde. „Mein Sohn hat die Frau nicht gesehen. Wenn er sie gesehen hätte, wäre er aufgestanden."

„Warum regen Sie sich auf?"

„Weil Sie meinem Sohn gar nichts zu sagen haben. Mein Sohn weiß, dass er aufstehen muss."

„Und wenn er die Frau nicht gesehen hat?"

„Wenn er sie gesehen hätte, wäre er aufgestanden."

„In meinem Land achtet man auf alte Leute. Das wissen die Kinder."

Pitt blickte von der Afrikanerin zu dem Mann aus dem Balkan und zu seiner Frau: der Hinweis auf das Alter war ihr wohl nicht lieb – oder war er es, der sich an dieser pauschalen Charakterisierung störte?

„In meinem Land, in meinem Land! Auch in meinem Land achten wir alte Leute. Mein Sohn weiß das. Er wird nicht zusehen, dass ein alter Mensch steht, wenn er einen Sitzplatz hat. Und wenn mein Sohn die Frau nicht gesehen hätte, dann hätte ich sie gesehen."

„Ihr Sohn hat aus dem Fenster geguckt. Ich musste es ihm sagen."

„Sie haben meinen Sohn angeschrien. Sie haben ihn blamiert!"

„In meiner Kultur ist es selbstverständlich, dass wir den Kindern sagen, was sie tun sollen."

„In meiner Kultur nicht? Das ist auch in unserer Kultur so."

„In Ihrer Kultur!"

Alles im Gesicht der Afrikanerin war zornige, rollende, ekstatische Bewegung. „In meiner Kultur. Sie glauben, wir haben keine Kultur, weil wir schwarz sind. Afrika hat eine große Kultur. Woher kommen Sie, was ist Ihre Kultur? Wenn Sie so unfreundlich zu meinem Sohn sind."

„Das ist eine schöne Kultur, die einen angreift, wenn er Kindern Kultur beibringt."

„Seien Sie ruhig!" rief die Afrikanerin. „Ihre Kultur ist nicht besser als meine Kultur."

Das Pittpaar, das die interkulturelle Kontroverse ausgelöst hatte, blickte sich betreten an. Als wollte Pitt den harten Griff des Mannes vom Balkan an die Schulter des Jungen wieder gutmachen, wollte er seine Hand auf die Schulter des Jungen legen, doch der drehte sich abrupt weg. „Herzlichen Dank, mein Junge", sagte er, „dass du meiner Frau deinen Platz angeboten hast. Sie freut sich sehr darüber. Sie kann nämlich nicht so gut stehen."

„Auch wenn sie gut stehen könnte", rief die Afrikanerin, „hätte mein Sohn ihr seinen Platz angeboten. Das ist selbstverständlich in meiner Kultur."

Es sollte versöhnlich und beruhigend klingen, als Pitt sagte: „In unserem Land wird das leider manchmal vergessen." Fast hätte er gesagt: „in meiner Kultur". Doch er wollte keinen tripolaren Kulturdisput.

Doppelgänger

Auf einer S-Bahnfahrt vom Bahnhof Zoo nach Wannsee wurde Pitts Frau (weil es ihre Geschichte ist, auch ihren Namen: Petra) von einer älteren Frau unentwegt angeschaut. Die Frau hatte ein gutes warmes Gesicht, ein ruhiges festes Auge in einem Vertrauen weckenden Grau, und ihr Mund lächelte ohne Bewegung. In den Augen lag kein Blick, nur ein offenes betrachtendes Staunen, auch eine Spur von Überraschung, ja Entgeistertsein. Vielleicht hat Pitt früher als Petra, die in einem Magazin blätterte, dieses intensive Schauen bemerkt. Als

Petra sich von den Strahlen dieser Augen getroffen fühlte, dem Blick einige Momente standgehalten und das Gesicht wieder dem Magazin auf ihrem Schoß zugewandt hatte, beobachte Pitt verstohlen das Augenspiel, das sich zwischen den Frauen entwickelte.

Petra hob zweimal, dreimal den Kopf und schaute auf die Frau mit einer gewissen herausfordernd fragenden Standhaftigkeit. Die Frau war nicht beeindruckt. Ihr Lächeln blieb, es war Blick in die Augen getreten, und wieder sah er Petra zurückblicken, und er verstand die Bildkraft, die in den Worten liegt: nicht mit der Wimper zucken. Seine Frau hat ein Gesicht, von dem Pitt manchmal ältere Frauen sagen hörte, es sei ein „liebes Gesicht". Männer können mit dieser Charakterisierung wenig anfangen: vielleicht ist damit der Liebreiz eines Gesichtes jenseits erotischer Kategorien gemeint. Ja, die Ältere schaute die Jüngere an wie einen lieben Menschen, den man lange nicht gesehen hat und ihn staunend gerührt betrachtet, ehe man ihn in die Arme schließt.

In Nikolassee stand die Frau auf und sagte: „Sie sehen meiner Schwester ähnlich. Sehr ähnlich." Petra lächelte sie erleichtert, ja erlöst an und fragte, wie zu einem Abschiedsgruß: „Wirklich?" Pitt wollte die Frau nicht ohne eine weitere Erklärung gehen lassen, und so fügte er etwas dümmlich hinzu: „Aber Ihre Schwester ist doch wohl viel älter als meine Frau." Die Frau stand schon auf dem Gang. „Sie ist tot. Sie ist schon lange tot. Die Ähnlichkeit ist sehr groß. Ich kann es gar nicht begreifen. Auf Wiedersehen. Ich wünsche Ihnen alles Gute."

Als Gott aus den Körnern der Erde seinen ersten Menschen schuf, hat er ihm das Prinzip der Genvermischung mit auf den Weg zum 10-Milliarden-Volk gegeben, und das heißt: Gott schenkt jedem sein eigenes Gesicht. Offenbar stößt die Einzigartigkeit und Unverwechselbarkeit des Gesichts in der großen Zahl doch an Grenzen. Neben die genetisch identischen Personen, wie Zwillinge, treten Menschen, deren Anlage sich im Lotteriespiel der Genvermischung jenseits von Zeit und Raum wiederholt, wie sich ja auch unwahrscheinliche Konstellationen in der allergrößten Zahl irgendwann wiederholen. Frappierende Ähnlichkeiten sind selten. Viel größer ist die Zahl der Erscheinungsformen in bestimmten physiognomischen und körperlichen Strukturen, die eine oberflächliche Ähnlichkeit begründen. Es sind typologische Ähnlichkeiten, die eine gewisse Begrenzung des Einfallsreichtums der Natur erkennen lassen. Sie rufen in einer Seinsnachbarschaft prägnanter Merkmale Erinnerungen wach. Wir sehen Gesichter, die sich beim Anschauen verändern und vertraute Züge gewinnen, ohne dass man sie einem bestimmten Menschen zuordnen könnte. Wesensähnlichkeiten, die sich im Lächeln, im Sprechen, in Mimik und Gebärden als Ausdruck von Temperamentslagen zeigen, deuten vielleicht auf gemeinsame seelische Quellflüsse hin. Oft wird ein Band der Seinsidentität zwischen Menschen aus Sympathie gewebt: du erkennst Ähnlichkeiten zwischen Menschen, die außer dir niemand zu erkennen vermag. Das Gesicht, das du magst, gehört vielen Menschen, und du bist erstaunt darüber, wie viele Menschen sich ähneln, ohne sich in Individualität und Prägung auch nur im Geringsten zu gleichen. Das verleitet Pitt zu der Schlussfolgerung: je mehr Ähnlichkeiten einer zwischen Menschen erkennt, desto freundlicher ist das Gesicht seines Gottes.

In der vierten Klasse der Volksschule hatte Pitt einen Lehrer, der ihm jeden Schultag zum Ereignis gemacht hatte. Pitt fürchtete ihn und liebte ihn. Der Lehrer war der Urheber seines größten Eifers. Er saß Pitt einmal in der U-Bahn gegenüber, durch Sitzreihen getrennt. Da war der Ernst des Gesichts, da waren die buschigen wolkigen Brauen über der narbig fleischigen Nase. Er war tot, Pitt hatte in der Aula und später am Grab die Tränen heruntergebissen, und jetzt saß der Kloß ihm wieder in der Kehle. Der Mann saß da, blickte finster in den Regen draußen, und die hochgepresste graue Tolle über der Stirn ließ Pitt das Strafgericht fürchten, vor das jeder gestellt wurde, der die Schularbeiten nicht vorweisen konnte oder das Gedicht nicht gelernt hatte. Pitt war auf dem Weg zu einer Geburtstagsfeier, und so hatte er einen Blumenstrauß bei sich, und jetzt hörte er das dröhnende Lachen, das einsetzte, als der Lehrer zu seinem Ge-

burtstag den Fliederstrauß seiner Schüler mit den Worten entgegennahm: „Den habt ihr doch nicht in meinem Garten geklaut?" Vielleicht ein Bruder? Als der Mann aufstand, hob Pitt seinen Blumenstrauß ganz leicht und grüßte das Abbild eines toten Mannes „Guten Tag, Herr Franke". Er richtete den Gruß mit klopfendem Herzen ins Leere und doch in das ernste Gesicht des ihm entgegenkommenden Mannes. Der verhielt für einen Herzschlag den Schritt und sagte mit hoher, grämlicher Stimme: „Ich heiße nicht Franke."

Familienähnlichkeiten sind nicht zufällig. Pitt war auf einen Mann aufmerksam geworden, der eine Vorliebe für große farbige Fliegen hatte. Er sah ihn oft. Wenn Pitt etwas später fuhr, traf er manchmal einen zwölfjährigen Jungen, der ihn prognostizieren ließ, auch er würde in einigen Jahren eine Vorliebe für große farbige Fliegen entwickeln. Dann sah Pitt beide zusammen: Vater und Sohn. Er war sehr befriedigt. Nichts ist beunruhigender als Ähnlichkeiten, die zufällig, die nicht durch Familienbande begründet sind. Wir alle sind dem Glauben an die unverwechselbare Individualität auch unserer äußeren Erscheinung verfallen.

Quälend sind die Gesichter, die einem Urgesicht ähneln, das man nicht ins Bewusstsein rufen kann. Ist das Gesicht in seiner frischen Phänomenalität dem versunkenen Erinnerungsbild sehr ähnlich, dann wird die Vergangenheit von der Gegenwart überwältigt: das gegenwärtige Gesicht erweist sich als Blockade gegen das gestrige, das aus dem Unbewussten aufsteigen möchte. Das sind Ähnlichkeiten, die uns einen Augenblick lang glauben lassen, einem Gesicht in einem Vorleben schon einmal begegnet zu sein, ein Wiedersehen jenseits der Zeitmauer zu erleben. Das nicht identifizierte Urgesicht wehrt sich oft tagelang gegen seine Verdrängung durch den Doppelgänger und manchmal schießt es, von irgendeinem mnemotechnischen Element gelöst, vor das Auge.

In der S-Bahn sah Pitt eine Frau, ihm fremd und doch vertraut, mit einem ovalen Muttermal an der linken Wange, das ihm noch vor Augen stand, als er das Gesicht der Frau längst nicht mehr sah. Dann fand er das Urbild in einer freundlichen Nachbarin aus Kindertagen, und er stellte fest, dass von einer Ähnlichkeit zwischen den beiden Gesichtern keine Rede sein konnte – bis auf das Muttermal in seiner topographischen Position. Das ist die Ähnlichkeit der höchsten Abstraktion aus dem Blickwinkel des Philosophen und des Primitiven.

Wenn man in Hamburg eine Hafenrundfahrt in den Barkassen macht – sie gehören nicht wie die Fähren nach Finkenwerder oder ins Alte Land zum Nahverkehrssystem –, fehlt der Fotograf nicht, der vom erhöhten Standort des Kais das Boot mit allen seinen Insassen auf die Platte bannt. Ein besonders gut gelungenes Gruppenbild hatte Pitt in ein Album gelegt. Bei der Betrachtung des Bildes später hatte er sich gewundert, dass er so weit von seinen Freunden entfernt saß, mit denen er die Fahrt gemacht hatte. Petra erkannte, dass er sich über das Bild eines Doppelgängers gewundert hatte. Er saß nämlich, halb verdeckt und optisch verfremdet, bei seinen Freunden. Erst nach dieser Entdeckung wurde ihm klar, dass die Ähnlichkeit zwischen ihm und seinem Doppelgänger auf dem Boot doch nicht so groß war, wie es der Irrtum vorgespiegelt hatte. Sein Doppelgänger muss etwas Schmeichelhaftes in seinen Zügen und seiner Gestalt gehabt haben.

Mit müden Augen in schwachem Licht, auf einige Distanz, sah Pitt in der U-Bahn seinen Doppelgänger sitzen. So könntest du aussehen, dachte er, aus der Sicht eines anderen. Er hatte manchmal den schrulligen Wunsch – oder ist das ein verbreiteter Traum? –, sich nicht nur mit eigenen Augen im Spiegel betrachten zu können, sondern sich mit den Augen derer, mit denen man es jeden Tag zu tun hat, zu sehen. Würde er sich selbst ein anderer sein? Pitts Doppelgänger blickte von seinem Buch hoch, zum Fenster hinaus, und durch die knappe Bewegung des Kopfes war er schon aus seiner unfreiwillig übernommenen Rolle als Doppelgänger gefallen. Überall leben Doppelgänger, aber es ist schwierig, sie zu finden. Wir sind auch nicht begierig, sie zu finden.

Stern-Stunde

Einen Zettel aus einem kleinen Ringbuch, datiert „Interregio SB –
MA 10. 7. 1995" hat Pitt aufbewahrt. Er wurde ihm in Ludwigshafen
von einem Herrn, Typ Studienrat, kurz vor seinem Ausstieg in die
Hand gedrückt, mit seiner Bitte, ihm seine Aufdringlichkeit nachzu-
sehen: er erinnere ihn an jemanden. Für Nachfragen blieb keine Zeit.
Auf dem karierten Zettel stand ein mit Bleistift geschriebenes Gedicht oder vielmehr: standen Knittelverse, die sich mit ihm, dem
Fahrgast Pitt, der sich auf der Suche nach einem Platz mit Tischplat-
te in das Bistro gesetzt hatte, beschäftigten. Das Buch, in dem er dort
gelesen hatte, waren die Prosa-Schriften Gottfried Benns. Trotz ge-
wisser Holprigkeiten (vor allem im 5. Vers) will Pitt die Reime, in
denen ein Unbekannter die Reise eines Unbekannten beschreibt, ab-
tippen. Es mag vorgekommen sein, dass ein Künstler auf einer Bahn
einen Menschen, den er für irgendein Bildmaterial braucht, konter-
feit hat. Dass einer seine Skizze jedoch in Verse fasst und es dem Objekt seines Interesses widmet, ist wohl sehr ungewöhnlich. Aber der
Nahverkehr steckt voller Magie.

> „Ein ält'rer Herr im Bistro saß,
> der weder Wurst noch Kuchen aß.
> Er war in einem Buche
> vermutlich auf der Suche
> nach dem Sinn des Autors Zeilen,
> war konzentriert, ganz ohne Eilen.
> Er las und schrieb und las, notierte
> und las und schrieb, und er sortierte.
> Er kam sehr zügig von der Stelle.
> Mein Urteil: dieser Mensch ist helle.
> Nur selten hielt er an, sinnierte,
> Notizen füllten schon die vierte

Seite seiner Ringbuchblätter.
Gekleidet war er wie ein Städter,
doch gar nicht modisch, eher bieder,
erinnerte mich immer wieder
an jenen weisen alten Herrn,
den Philosophen Günther Stern.“

Günther Stern: er wollte anders heißen und nannte sich als Philosoph Günther Anders. In den Versen musste sich der Name auf den „alten Herrn" reimen. Vielleicht hat die Zeit bis zum Ausstieg in Ludwigshafen nicht gereicht, um einen Reim auf Anders zu finden. Pitt ist ein bisschen beleidigt: er war zur Zeit dieser saarländischen Reise gerade mal ein Mittfünfziger. Sollte man den einen „älteren Herrn" nennen? Der Philosoph war vor drei Jahren gestorben, mit seinen neunzig Jahren war er wirklich ein älterer Herr. Als Pitt seine Begegnung aufschrieb, acht Jahre später, hatte er die Erinnerungen des klügsten Feuilletonisten, Fritz J. Raddatz, sein Lebensbuch „Unruhestifter", gelesen. Der Autor hatte Günter Anders in Wien besucht und ihn, den sehr alten, kranken Mann, in einer erschreckenden Verwahrlosung gefunden, einen „Chlochard als Philosoph", dessen Anblick ihn selbst, den so eleganten Geist, mit der Frage konfrontierte: „Wie werde ich mal leben, alt und krank?". Er hat, alt und wohlhabend, die Reise zum assistierten Schweizer Freitod unternommen.

Augenspiele

Nicht selten denkt Pitt auf den Reisen im Nahverkehr an Elias Canetti. In den Titeln seiner Bücher spricht er oft von unseren Sinnesorganen. Er sieht den „Ohrenzeugen" – ja, hundertfach werden wir auf jeder Reise zu Ohrenzeugen. Er sieht die „gerettete Zunge" – ja, Lippen und Zungen bewegen sich lebhaft in vielen Gesprächen, oft auch mit unsichtbaren Wlan-Partnern, die wir nur mit den Augen verfolgen. Und die „Fackel im Ohr"? – könnte das nicht der Kopfhörer sein, den die Reisenden in den Ohren tragen, aus denen uns in nachbarschaftlicher Nähe wispernde Rhythmen berieseln? Und das „Augenspiel"! Wo keine persönliche, keine körperliche Begegnung möglich ist: im Augenspiel entfaltet sich ein Mit- und Gegeneinander in der unermesslichen humanen Fülle.

Es gab ein Jahr, in dem hat Pitt den Nahverkehr gemieden, und das kam ihm wie ein Verrat vor. Nein, er musste ihn auf höchste gouvernementale Weisung im Stich lassen. „Bleibt zu Hause" – riefen im Chor alle Regierenden und Epidemiologen, die sich mit den unsichtbaren korpuskularen Berührungen, die sich zwischen Menschen ereignen, beschäftigen. Die Gestalt eines Krönchens haben die gefürchteten Winzlinge, die eine Menschheit, die Krone der Schöpfung, bedrohen konnten, angenommen, und fast klingt es zynisch, wenn die Wissenschaft eine furchteinflößende Pandemie mit dem Wort Corona verbindet. Es verletzt das Wort von der Korona, die jeden Menschen als Strahlenkranz in der Sakralität seiner Person (Hans Joas) umgibt.

Erst als die Masken sich aus der Beliebigkeit des Faschings befreit hatten und zu Gesundheitsschützern wurden, hat der alte Mann Pitt sich der U-Bahn wieder anvertraut, und auch nur in Zeiten, in denen er sich außerhalb der Ströme der arbeitenden Menschen bewegen konnte.

Die Maskierung der Menschen ohne Ausnahme, diese neue Einförmigkeit des Erscheinungsbildes trotz partieller Buntheit und

Extravaganz, war ein ungeheures soziales und kommunikatives Laborexperiment: die Reduktion des menschlichen Kontakts auf das Augenspiel. Es hatte einen großen Reiz, und manchmal fragt sich Pitt, ob wir es nicht alle gemeinsam in eine selbstverständliche dauerhafte Attitüde umwandeln sollten. Der Gedanke verliert seine Unsinnigkeit, wenn wir darüber nachdenken, was wir gewönnen.

Wir haben die Chance, die Intensität der Augensprache neu zu erlernen. Auch in den Räumen und auf den Wegen, auf denen Pitt den Maskierten begegnet ist, hatte er den Eindruck, dass der intensive, gleichsam mit elektrischer Energie aufgeladene Augenstrahl eine stärkere Verbindung, ja einen Kontaktzwang herstellt als das Lächeln zwischen Lippen und Wangen. Ohne lächelnde Augen bleibt auch ein lachender Mund tot.

In normalen Zeiten gilt es als unschicklich, Menschen, die einem begegnen, im intensiven Blick – der ja energischer ist als ein Anschauen – gleichsam zu fixieren. In gesellschaftlich verklemmt-ehrpusseligen Zeiten gab es bei den Standesherrschaften den berüchtigten Satz „Sie haben mich fixiert, mein Herr, geben Sie Satisfaktion". Heute kann der Stummelsatz „Was guckst du?" auch noch eine Attacke mit Todesfolge auslösen. Schon in der Mitte des 19. Jahrhunderts hat Arthur Schopenhauer in seinen „Aphorismen zur Lebensweisheit" vehement und mit drastischen Ehrverletzungen gegenüber Duellanhängern das Duellwesen verdammt.

Diesem Verdikt des gesunden Menschenverstandes lag natürlich eine große Philosophie zugrunde, nämlich der Gegensatz von Wille und Anschauung. Alles, was „Wille" ist – nämlich Begierde, Leidenschaften, Fress- und Sauflust, Geschlechtstrieb, Kampfeslust etc. –, stellt sich in der unteren Gesichtshälfte des Menschen dar. Alles, was die Welt rein, in intellektueller Klarheit und veredelter Erlösungskraft anschaut, liegt in Auge und Stirn (etwas simpel dargestellt, zugegeben). Schopenhauer hatte sogar etwas gegen Bärte einzuwenden, denn er warf den Bärtigen vor, durch ihre haarige Wangentracht ihre Tierheit und ihr Triebwesen täuschend verbergen zu wollen. In

dem bekannten Porträt Martin Luthers von Lucas Cranach wird der Gegensatz von Geistigkeit in den oberen Partien des Gesichts und der brutalen Kampfbereitschaft und Leidenschaftlichkeit in der Mundkinnpartie des Reformators prägnant vermittelt.

Das Auge als Organ der „Anschauung" ließe sich als Fenster zur Seele betrachten. Und wirklich lesen wir oft von den „seelenvollen Augen", die immer wieder – oft nicht frei von Kitsch – für Gefühls- und Gedankentiefe, Unergründlichkeit und das Rätsel des Persönlichen stehen. Manche sehen ihre Impression von Seelentiefe in ethnisch spezifischen Augenformen verkörpert, wo dann der Schritt zum Rassismus ziemlich klein ist. In der Pandemie des Jahres 2020 hatten kosmetische Chirurgen Hochkonjunktur, die den augenverkleinernden Schlupflidern mit feinstem Skalpell zu Leibe rücken – wenn schon nur die Augen für das Gesicht sprechen müssen, sollen sie die Schönheit haben, die das verborgene Gesicht verspricht.

Sprechende Augen! Soulful eyes. Ja, sie sprechen, aber wovon und in welcher Sprache? Das „Blümlein", das Goethe seiner Frau Christiane zur Feier ihrer Silberbegegnung im Ilmenauer Park gewidmet hat, ist „wie Äuglein schön". Leidenschaftlich und „brennend" und verzehrend bannend sind die „Schwarzen Augen", und ihre „feurige" Attraktion besingen Fjodor Schaljapin und Louis Armstrong in einem vollen und einem etwas krächzenden Bass. Am Vorabend der Corona-Katastrophe in der Tatort-Folge „Väterchen Frost" spielen „Otschi tschornyje" eine gewissermaßen tragende Rolle.

Schwarze Nacht, blaue See, grüne Flur, grauer Ascot-Zylinder, Schokoladensüße mit all den Einsprengseln von Bernstein, Opal und Gold. Daran mögen sich Poeten ergötzen und zum Schwärmen oder zu Liebesliedern verführen lassen. Für den Philosophen ist das Auge der Sitz des Geistes. In ihm schimmert und glänzt seine unendliche Lebendigkeit und Beweglichkeit. Wo sich alle Gesichter in ihrer oberen Hälfte begegnen, wird das Menschliche auf ein höheres Niveau gehoben, auf die Bühne eines Geniengesprächs, hinter dem alles, was Kulisse, manipulativer Zauber, Schminke und Putz ist, ins Unwesentliche versinkt. Über den Augen, gestützt von den Brauen, der Rundbogen oder das Trapez der Stirn wie ein Tempeldach zum Schutz des Schreins mit der Aufschrift: schau und erkenne mich und dich selbst. Die Wesen, die sich als Fremde durch ihre Augen begegnen, befreien sich von gesellschaftlichen Konventionen. Das ist nicht nur die Regel in Thomas Manns „Zauberberg": Denn „wenn nur die Augen sprechen, geht ja die Rede per Du, auch wenn der Mund noch nicht einmal ‚Sie' gesagt hat."

Nichts Schönes kann ohne Einschränkung gesagt werden. Im Augenspiel zwischen Geschlechtern liegt auch ein Element des Flirts – wenn ein Mindestmaß magnetischer Augenhöhe gegeben ist. In den Augen über der Maske jedoch verlöschen die sprühenden kleinen Funken, wenn sie unter niedergeschlagenen Lidern versenkt sind. Wenn sie beim Suchen, Blättern, Wischen, Lesen in der unendlichen Tiefe und Weite der Zeichen des Smartphones versunken sind. Das kleine Buch der Seele wird nicht aufgeschlagen. Manchmal hat das weibliche Gegenüber einen schwellenden Haarvorhang, oder ein Engelshaar teilt sich unter einem Madonnenscheitel. Dann fällt das Haar, manchmal, über die Augen, die Meditation über dem Screen störend. Eine Hand oder ein paar Finger streichen das Haar zurück aus den Wangen, links, rechts, und ist die unwillkürliche Bewegung nicht konvulsiv, sondern harmonisch, entschädigt ihre Grazie für den Verlust des Augenkontakts.

Echo

Seit Jahren freut Pitt sich darüber, auf der elektronischen Stirnanzeige des 171er Busses, der ihn oft vom U-Bahnhof Farmsen zu seinem Haus an der Station Stuhtsweg trägt, als Endstation den Namen eines favorisierten Autors zu sehen. Thomas-Mann-Straße: das klingt in Pitts Ohren so poetisch wie Endstation Sehnsucht. Die in den 60er Jahren an der Karlshöhe gebaute Siedlung mit Hochhäusern, niedrigeren Etagenwohnhäusern und Reihenhäusern kennt auch eine Stefan-Zweig-Straße, einen Werfelring, und eine kleine Verbindungstrasse trägt den hübschen Namen Buddenbrookweg. Vielleicht hätten die Stadtplaner die großen Namen der deutschen Literatur zentraleren und repräsentativeren Anlagen vorbehalten können, aber es ist wohl so, dass sich auch die Größten hinten anstellen müssen und mit Neubaugebieten vorlieb nehmen müssen, die in der Regel irgendwo am Stadtrand liegen. Doch man soll nicht mäkeln, wenn es um die öffentliche Geltung der Literatur geht, die beschränkt genug ist. Es gibt da noch einen stattlichen Parkweg in der Siedlung, eine kleine Fußgängerallee: die würde Pitt gern Gottfried-Benn-Steig genannt sehen (Allee wäre natürlich angemessener, obwohl nicht anzunehmen ist, dass der Dichter viele Fans in der Siedlung hat).

Er hatte sich an einem Sonnabendmorgen auf dem Weg in die Stadt seine Zeitungen in der Esso-Tankstelle gekauft, und deshalb war er schon an der Karlshöhe in den Bus gestiegen. Er trug das dicke Paket – die Boulevardbilder, die Stadtzeitung, seine favorisierte überregionale Zeitung und das Wochenblatt – noch unter dem Arm, als er sich neben einen jüngeren Mann setzte, dem zwei kleine Mädchen, offenbar seine Kinder, gegenübersaßen. Ehe Pitt auf einer Fahrt die Zeitungen in seine Aktentasche stopft, befreit er sie von all den Beilagen, die einem in der Bahn immer auf die Fußspitzen fallen. Die Mädchen sahen seinem rätselhaften Tun mit gespannter Aufmerksamkeit zu. Als er Lesenswertes und momentan Nutzloses getrennt und sortiert hatte, die Zeitungen in seiner Tasche versenkt und den Berg der am Bahnhof in den Papierkorb zu entsorgenden Blätter auf seinem Schoß balancierte, fragte das kleinere Mädchen: „Und was machst du jetzt mit dem ganzen Papier?" Ein kluges Mädchen, das schon verstanden hatte, dass er das Ausgesonderte als Makulatur betrachtete. („Herzlich Willkommen, Herr Müllionär", schreibt die Hamburger Stadtreinigung neben vielen anderen hübschen Wortspielen auf ihre Papierkörbe).

„Das kommt in den Papierkorb, daraus wird neues Papier gemacht."

„Damit du dir dann wieder neue Zeitungen kaufen kannst."

Pitt gehört zu den Leuten, die meinen, Kinder unbedingt belehren zu müssen, wenn sie mit ihnen in ein Gespräch kommen. „Ja. Und auch die Zeitungen, die ich in die Tasche gesteckt habe, kommen morgen in die Papiermühle. Sonst müssten immer wieder neue Bäume, aus denen Papier gemacht wird, in den Wäldern gefällt werden."

„In die Papiermühle! Das gibt es doch gar nicht."

Pitt wollte dem Mädchen erzählen, dass er, als er etwa in seinem Alter war, einen kleinen Packen Altpapier mit in die Schule schleppen musste, wenn er von seinem Lehrer ein neues Schreib- oder Rechenheft haben wollte. Doch der Vater an seiner Seite schnitt ihm den Gesprächsfaden brutal durch: „Nun lass die Fragerei!"

Schade. Pitt betrachtete das aufgeweckte Mädchen mit einem Lächeln. Es zuckte in seinen Mundwinkeln: er hätte seine Reminiszenzen so gern ausgebreitet, wie das ja mancher ältere Mensch liebt. Seine Augen und ein leicht bewegtes Brauenspiel werden dem Mädchen verraten haben, dass sein Interesse an der aufmerksamen Gesprächspartnerin trotz des väterlichen Verdikts ungebrochen war.

Die Schwestern beachteten ihn nicht mehr. Sie hatten einen albernen Kicherdialog in einem Pitt unverständlichen Kinderesperanto begonnen, und die Kleinere – sie war vielleicht fünf, sechs Jahre alt, die Schwester acht oder neun – tat sich dabei durch eine besondere, Pitt entzückende Lebhaftigkeit hervor. Der Vater saß stumm

und in sich versunken neben ihm, und für einen Nanomoment stand der Gedanke im 171er: wie schön wäre es, du führest mit zwei kleinen Töchtern in die Stadt, zum Einkaufen, ins Kino, zu Hagenbeck (er war als Vater und Patenonkel bezaubernder Kinder aus Altersgründen seit langem ausgemustert). Der Fünfjährigen war längst aufgefallen, dass Pitt das Neck- und Kicherspiel amüsiert beobachtete. Sie tat das, was alle tun, die sich beobachtet wissen: sie setzte sich in Positur, sie übertrieb. Doch ihren drolligen Charme verlor sie dadurch nicht. Pitt gibt es zu: er war hingerissen von dem neckischen Geschöpf. Niemand kann das Interesse, das er an einem anderen nimmt, verbergen. Und warum sollten wir es auch verbergen? Pitt bedauerte schon, dass er in zwei Minuten den Bus verlassen wollte (die Familie fuhr weiter nach Barmbek, wo die Oma wohnte, wie Pitt schon erfahren hatte).

Das kleinere Mädchen führte plötzlich seinen Plappermund in einem angestrengten Flüstern, nicht ohne Seitenblicke auf Pitt, an das Ohr der Schwester. Er wusste: von ihm war die Rede, und er hoffte, dass er bis zum Ausstieg noch eine Chance für einen kleinen Wortwechsel mit seinem munteren Gegenüber haben würde. Das ältere Mädchen blickte erst Pitt an und dann seine kleine Schwester und sagte sachlich: „Der Alte steht auf dich." Das ließ Pitt endgültig verstummen.

Die einzige Szene, die Thomas Mann in seinem Riesenwerk im Nahverkehr, in einer Münchener Straßenbahn, spielen lässt, zeigt einen Mord aus Eifersucht und verschmähter Liebe. Welch hübsche Kinderszene hätte er schreiben können, wäre sein Erzähler Dr. phil. Serenus Zeitblom im Bus auf der Strecke Thomas-Mann-Straße/Barmbek gefahren. Er wäre fähig gewesen, das kleine redselige Geschöpf so zu beschreiben, dass es Unsterblichkeit gewonnen hätte wie das Kind Nepomuk Schneidewein, das sie Echo nannten.

Ein Zufall

Erinnern Sie sich an die fördernden Zufälle, die Ihnen geholfen haben, ein kleines Problem zu lösen, über das Sie nachdenken, an diese Fingerzeige aus dem Unverhofften, die Sie daran glauben lassen, ein gottgleicher Regisseur schickte eine Schutztruppe von Souffleusen aus, alle mit dem Auftrag, Ihnen ein Stichwort zuzuwispern, wenn Sie in Ihren Gedanken stocken.

Sie denken über ein Geschenk für einen Bekannten nach, einen liebenswerten, doch unvertrauten, der Sie zu einer Jubiläumsfeier eingeladen hat, Sie gehen durch eine Galerie, in der Sie noch nie gewesen sind, oder schauen flüchtig ins Fenster eines Shops und sehen einen Gegenstand, der Sie jubeln lässt: heureka! Sie wollen einen Brief schreiben, einen heiklen, originell soll er sein, Sie suchen nach einem Zitat, einer Wendung, einem Bild, die wie eine sprudelnde Quelle den Schreibfluss beleben könnten, und Sie finden auf dem Kalenderblatt, das Sie gerade abreißen, den lösenden Tipp. Ihnen fällt im Wortschatz der Muttersprache oder im technischen oder wissenschaftlichen Jargon der Begriff für eine nicht alltägliche, ja exquisite Sache, die Sie beschäftigt, nicht ein, Sie haben sogar schon im Bildwörter-Duden geblättert und an Ihrer hirnlichen Kompetenz zu zweifeln begonnen, und im Briefkasten finden Sie einen Prospekt, der auf dem Titel das Gesuchte präsentiert. Man muss die Macht des hilfreichen, fördernden Zufalls nicht überschätzen wie die Herrnhuter, die aus zufälligen biblischen Fundstellen das Gewinnlos ziehen, das Entscheidungen beeinflusst.

Warum Pitt sich auf der Zeitungsseite „Deutschland und die Welt" für einen fünfspaltigen Artikel über die Tausende von fehlerhaften Totenscheinen interessierte – er weiß es nicht. Vielleicht hatten sich seine Augen an diesen bestürzenden Zahlen festgehakt, die ein Rechtsmediziner hochgerechnet hatte: 11 000 nicht-natürliche Todesfälle, die einfach übersehen werden, darunter wohl 1200 Tö-

tungsdelikte. Unglaublich! Er hatte manchmal den fabelhaft-findigen Ulrich Mühe als „letzten Zeugen" und seinen gleichermaßen ingeniösen hübschen Kolleginnen in seinem gruseligen TV-Seziersaal zugesehen. Die Justizministerin Müller-Piepenkötter, las Pitt zu seiner Beruhigung, wolle sich dieser skandalösen Defizite in der Leichenschau annehmen und im Kreis der Länderminister neue Regeln ersinnen.

Die U 3, in die Pitt am Baumwall eingestiegen war, hatte am Berliner Tor alle Fahrgäste nach Mümmelmannsberg entlassen und war ziemlich leer als U 2 nach Wandsbek-Gartenstadt weitergefahren. Pitt wunderte sich ein wenig, dass sich die junge Frau angesichts so vieler leerer Plätze neben ihn setzte. Kaum den Kopf vom Blatt gewendet, betrachtete er sie mit einem verrenkten Blick. Ein feines, etwas spitzes Gesicht mit einer streng wirkenden schmalen Stirn, deren Haut von dunklen, in einem Pferdeschwanz straff zurückgebundenen Haaren hochgerissen wurde. Ihr Gesicht erinnerte Pitt an das einer Mitschülerin, mit der er vor fast fünfzig Jahren oft ein paar Stationen mit der Straßenbahn gefahren war. Hatte er seine Nachbarin trotz seiner Konzentration auf das Zeitungsblatt aus den Augenwinkeln zu aufdringlich gemustert? Er sah, dass sich auch ihr Gesicht schon eine ganze Weile ihm zugewandt hatte, in einer Neigung allerdings, die auch bedeuten konnte, dass das Foto einer Überschwemmung in Mittelengland – Schlauchboot, von Rettern auf gelber Flut geschoben, vor Bilderbuchhäusern mit Sprossenfenstern und Schornsteinwald – oder vielleicht das Farbfoto der eben aus dem Frauengefängnis entlassenen Paris Hilton mit ihren züchtigen blonden Zöpfen die Aufmerksamkeit der jungen Frau gefesselt hatte.

„Entschuldigen Sie, bitte", sagte die junge Frau, sehr bestimmt. Pitt blickte sie ertappt schuldbewusst an. „Darf ich Sie fragen, welche Zeitung das ist, die Sie da lesen?"

„Die FAZ!" Und da er nicht sicher war, ob seine Nachbarin trotz ihres intelligent wirkenden Gesichts zu den klugen Köpfen zählte, die angeblich stets hinter dem Blatt steckten, sagte er: „Die Frankfurter Allgemeine."

„Lesen Sie den Bericht über diese Totenscheine? Ich habe die Überschrift gelesen, entschuldigen Sie, bitte." Jetzt schaute Pitt sie voll an. Sie war schwarz gekleidet, wirkte in ihrer unauffälligen Eleganz jedoch nicht wie eine Angehörige jener gotischen Bünde, die sich an nachtschwarzen Totenkulten ergötzen.

„Ja! Eine unglaubliche Geschichte. Tausende von unentdeckten Morden, weil die Ärzte Totenflecken nicht von Blutergüssen unterscheiden können." Er war zu weit gegangen: ob die junge Frau eine Ärztin war?

„Die FAZ von heute, ja? Die werde ich mir gleich besorgen, wenn ich aussteige."

„Sie interessieren sich beruflich für den Artikel? Sind Sie Ärztin? Oder Gerichtsmedizinerin?"

Nein, sie war Juristin, eine angehende. Sie schrieb eine Arbeit, die für ihr Examen wichtig war, und der Abgabetermin lag in der kommenden Woche. Das Thema der Arbeit war lang und umständlich formuliert, doch in seinem Kern ging es um Exhumierungen. Pitt erschrak vor der Vorstellung, seine schwarzgekleidete Reisegenossin könnte an einen Lehmhaufen in Ohlsdorf stehen und den Totengräbern assistieren, die einen verrotteten Sarg aus der Gruft heben.

„Ich gebe Ihnen das Blatt", sagte Pitt. „Aber erst muss ich sehen, ob auf der Rückseite etwas Spannendes steht." Er wendete das Blatt, öffnete die Zeitung weit und blieb einen Augenblick an einem großen Spendenaufruf für den Marcel-Reich-Ranicki-Lehrstuhl in Tel Aviv hängen: ja, da wollte er auch etwas spenden zu Ehren des großen Mannes, von dem er oft gehört hatte, die zentralen Themen der Literatur seien die Liebe und der Tod. Sonst nichts Spannendes auf der Seite, aufregend auch nicht das Foto von Bush und Putin bei ihrem Raketendisput in Heiligendamm.

Er hielt die ausgebreitete Doppelseite mit einer gewissen Feierlichkeit in seinen angespannt wackelnden Händen. Er wollte sie

 Ein Zufall

zerteilen mit dieser hoheitsvoll-bescheidenen Haltung, in der Sankt Martin auf seinem Pferd mit dem Schwert seinen Mantel zerschnitten hatte, um mit der Hälfte die Blöße des zu den Hufen kauernden Bettlers zu bedecken. Er ging mit den Händen zum Falz und riss den vorsichtig ein und zog die beiden Blätter in gleichmäßig knisterndem Tempo auseinander, ohne dass das Blattgeschenk mit seinem wertvollen Text verletzt wurde. (Und als er sich beim Schreiben gerade im Bildwörterbuch vergewissern wollte, ob der Ausdruck „Falz" treffend sei, fand er unter dem Stichwort „Schrift II" das Titelblatt der Frankfurter Allgemeinen).

Gern hätte Pitt jetzt erfahren, was es mit den Exhumierungen in der examenswichtigen Arbeit und generell auf sich habe – er hatte den Artikel über die schlampig ausgefertigten Totenscheine kaum bis zur dritten Spalte gelesen. Doch die junge Frau brachte gerade mal ein „Danke" über die Lippen: da hatte sie sich schon in die Lektüre des Berichts vertieft, wobei sie mit ihrer linken Hand den Pferdeschwanz in eine so heftige Bewegung versetzte, dass Pitt sich an seinem rechten Ohr getroffen fühlte. (Er hat sich am U-Bahnhof Farmsen im Kiosk eine neue FAZ gekauft: Deutschland, so erfuhr er im 171er Bus, ist das Land mit den wenigsten Obduktionen, und dafür – logisch! – ist es führend bei den Exhumierungen, die beim verspäteten Verdacht auf Tötungen angeordnet werden).

An der Habichtstraße sprang die junge Frau auf. „Ich bin Ihnen ja so dankbar. Wenn ich Sie nicht getroffen hätte! Das sind ganz, ganz wichtige Informationen für meine Arbeit. Und aktuell! Ich hätte sie ja nie gefunden. Das hebt die Note! Danke! Danke!" Und sie flog mit wippendem Pferdeschwanz über den Bahnsteig, das wehende Blatt in der Hand. Vor dem Ausgang setzte sie sich auf die Bank: sie hatte den Bericht (Dank an seinen Autor Peter Schilder) noch nicht zu Ende gelesen.

Pitt fragt sich, ob die junge Frau ihm nicht gleich nach dem Einsteigen durch die Trennscheibe hindurch, hinter der er gesessen hatte, über Kopf und Schulter geblickt hatte, zufällig, und dabei die sie elektrisierende Überschrift erhascht hatte. Vielleicht begegnet uns der fördernde Zufall nur, weil wir in einem unbewussten Spähen nach seiner hilfreichen Hand Ausschau halten

Er wäre glücklich, wenn er der jungen Frau als Kooperateur des Zufalls tatsächlich zu einer besseren Note verholfen hätte: bei Juristen sind sie in besonderer Weise Weichensteller für die Karriere. Mit Prädikatsexamen im Staatdienst gelandet, könnte sie dazu beitragen, die Zahl der verheimlichten Mordopfer zu senken. Teilen und sorgen – das hängt aufs engste zusammen, wie es der schönste Werbespruch sagt, den Pitt kennt, den der britischen Konsumgenossenschaften in Manchester: „Your caring sharing Co- op".

Die Visitenkarte

Es war sehr spät geworden. Pitt hatte etwas getrunken, und er fühlte sich nicht recht wohl. Die Nacht war kalt und feucht, er hatte am Berliner Tor lange auf den Zug warten müssen. Frösteln und Verlorenheit in den leeren Wagen, die Sitze fühlten sich klamm an, die Leere ließ das Gefühl eines von allen Seiten einströmenden Windes entstehen. Müdigkeit. Durch die Verbindungstür kam ein junger Mann in den Waggon. Fast alle Plätze waren frei, doch der junge Mann setzte sich Pitt gegenüber. Er trug einen dunklen leichten Anzug mit hochgeschlagenem Kragen, in den er sich bibbernd verkroch. An seiner Hand, die das Revers vor dem Hals hochraffte, leuchtete ein breiter Ring aus weichem, rötlich schimmerndem Gold. Indien.

Beim Anblick der schmalen dunklen Hand und des warm leuchtenden Ringes waren alle Eindrücke der Tage unter der indischen Sonne Maharashtras in Pitt lebendig. Er sah sich im Zug unter den flirrenden Ventilatoren, die eine träge Hitze nur schwach bewegten, ab

Bombay, Victoria Station, 7 Uhr, nachdem eine unsichtbare Hand das Sonnenlicht angeknipst und sich die Armseligen aus ihren Schlafteppichen gerollt hatten, auf dem Weg zur Katraj Molkerei in Poona, dem Millionendorf zwischen den ausgedörrten steinigen Hügeln, durch die der Zug schnaubte, viele Stunden lang. Seine indischen Partner, die ihn abholen wollten, hatten ihn am Flughafen verpasst. Ein Ingenieur hatte den etwas ratlosen Deutschen unter seine Fittiche genommen und ihm den Frühstückskaffee spendiert. Und während die Bombayer (heute Mumbaier) Vorortzüge mit den Trauben der in flatterndes Weiß gehüllten hageren Gestalten an den Eingängen vorüberknatterten, während die Bewohner der Slums am Bahndamm, die nackten Gesäße fast über dem Zug, ihre Notdurft verrichteten, während die Bettler, Kinder und Frauen und die fliegenden Händler mit ihren kümmerlichen Angeboten auf den ländlichen Bahnstationen ihre Hände am Fenster hochreckten, erklärte der indische Beschützer seinem Gast, warum seine Landsleute glücklich seien. Pitt hatte es ihm nicht recht geglaubt, obwohl das Wunderbare und Wunderliche seiner Situation – er war am Vortag in strengster Winterkälte von Hamburg geflogen – ihm eigentlich alles, auch das Verwirrende und ganz und gar Unbegreifliche, hätte glaubhaft machen müssen.

„Germany?", hatte der Inder in Indien das Gespräch, für das Pitt ihm dankbar war, eröffnet. „Gujarat?" fragte Pitt den Inder in Deutschland, nicht aufs Geratewohl, denn er hatte gelernt, die klugen lebendigen ovalen Gesichter mit der freien Stirn diesem Lande, in dem der Unternehmungsgeist eine bevorzugte Heimat hat, zuzuordnen. Auch der Inder in Deutschland war Ingenieur, arbeitete hier jedoch als Bauarbeiter. Der Inder in Indien hatte Pitt zum Abschied in Poona seine Visitenkarte gegeben und ihm gesagt, er solle ihn anrufen, wenn er Probleme hätte. Pitt gab dem Inder in Deutschland seine Visitenkarte und sagte ihm, er solle ihn anrufen, wenn er Probleme hätte. Er hatte den Inder in Indien nie wiedergesehen, er würde den Inder in Deutschland nie wieder sehen, so wie all die Reisenden und Durchreisenden, mit denen man nach angeregtem Gespräch

manchmal Visitenkarten tauscht, nie wieder in den Gesichtskreis treten. Der junge Ingenieur stieg in Barmbek aus, und Pitt erschauerte,
als er sah, wie er von der Tür mit seinem leichten Anzug in die fins-
tere Kälte sprang. Das Problem, das Pitt in Indien mit seiner Kleidung hatte, war physisch angenehmer gewesen.

Am nächsten Morgen um 10 Uhr saß der Inder, die Visitenkarte in den Händen drehend, in Pitts Büro. Ja, er habe Probleme mit
der Aufenthaltsgenehmigung und der Arbeitserlaubnis. Die Aufenthaltsgenehmigung müsse erneuert werden, zum dritten Male, und das
gäbe Schwierigkeiten, mit Sicherheit, er wisse das von Landsleuten,
schon beim letzten Antrag habe es sie gegeben.

Pitt wusste nichts über Aufenthaltsgenehmigungen, auch kam
ihm der Besuch sehr ungelegen. Er bat den Inder, am nächsten Tag,
wenn er es einrichten könne, wiederzukommen, sonst später einmal.
Der hatte auch mit der Krankenkasse Schwierigkeiten, wegen eines
kleinen Unfalls. Also morgen. Pitt hatte seine Hilfe angeboten, blan-
ko, er war ein inkompetenter Helfer, aber das Vertrauen des Inders
hatte ihn verpflichtet. Jetzt entwickelte er den Ehrgeiz, zeigen zu wollen, dass sein Protegé in der S-Bahn durchaus an eine Adresse mit
Einfluss geraten war. Er beschloss, sich sachkundig zu machen, und
schob seine Arbeit beiseite.

Er sprach mit dem Personalchef, bei dem er Erfahrungen mit
der Beschäftigung von Ausländern vermutete, telefonierte mit dem
Arbeitsamt, mit einem Bekannten in der Innenbehörde, der ihn an
einen Kollegen vermittelte. Mittags wusste er, dass man für eine Arbeitserlaubnis eine Aufenthaltsgenehmigung brauche und dass diese
erfahrungsgemäß nicht für asiatische Arbeiter, sondern nur für Studenten und Praktikanten mit strengen Auflagen erteilt werde. Er war
einigermaßen sachkundig und konnte sich wieder seiner Arbeit zuwenden, doch der Gedanke an die Verantwortung, die er für den Inder durch seinen Leichtsinn in der S-Bahn übernommen hatte, ließ
ihn nicht zur Ruhe kommen. Er nahm sich vor, seinen Schützling auf
die Ausländerstelle zu begleiten.

Der breite Flur vor der Ausländerstelle war zwar nach Weltregionen gegliedert, aber die Family of Man mischte sich wie auf einer Genfer Gartenparty oder einem weltstädtischen Bahnhof. Pitts Inder war nervös, er konnte nicht stehen und nicht sitzen, wirkte fahl unter der Bräune seines von Kummer gezeichneten, sonst so strahlend klugen Gujaratigesichts. Eine Landsmännin kam aus dem Zimmer, die hatte ihre Genehmigung erhalten, im fünften Jahr, ganz ohne Probleme, aber sie war Krankenschwester. Pitts eingeplante halbe Stunde dehnte sich ins Unendliche. Dann der Doppelschreibtisch mit Stühlen davor, zwei Männer, die ihre Kunden empfingen, ohne sie anzusehen. Der Inder hatte, wie Pitt, Steuern gezahlt, nicht schlecht, und Pitt entwickelt immer negative Gefühle gegen Beamte, die Leute, von denen sie bezahlt werden, wie Bittsteller behandeln.

Pitt trug, freundlich beherrscht und in sorgfältig vorbereiten Worten, das Gesuch vor. „Sie sind doch Deutscher!", unterbrach ihn der Beamte, den der überraschende muttersprachliche Laut gezwungen hatte, Pitt anzusehen. Der versuchte, den Zusammenhang zu erklären. „Mit Ihnen rede ich nicht. Nur mit dem Ausländer." Da gäbe es doch Sprachprobleme – ? „Die haben alle." Ein forderndes Ausstrecken der Hand. „Der Antrag". Pitt hatte den Antrag noch in seinem Büro ausgefüllt und vermerkt, dass sich der Antragssteller zur Ausbildung, als Praktikant, in der Bundesrepublik aufhalte. „Die Bescheinigung". An die hatte er nicht gedacht. Pitt war beschämt, dass er seinem Inder weder als Dolmetscher noch als Sekundant oder Lobbyist nützlich gewesen sein konnte.

Nach längerer Wartezeit standen Pitt und sein Inder am nächsten Vormittag wieder vor dem Beamten, der die Formulare nach gründlicher wortloser Prüfung in einen Aktendeckel legte. „Ich kann Ihnen gleich sagen, der Antrag wird abgelehnt." Warum? „Das erfahren Sie schon. Aber ich will Ihnen mal etwas sagen. Wissen Sie, wie viele arbeitslose Ingenieure es in Indien gibt? 60 000." Pitt räumte die Möglichkeit einer so hohen Arbeitslosigkeit unter den Ingenieuren Indien ein, erinnerte aber daran, dass es ja vielleicht gerade der Sinn der praktischen Arbeit in der Bundesrepublik – in der es zudem einen Mangel an tüchtigen und gut ausgebildeten Bauarbeitern gebe – wäre, sich im Wettbewerb um die raren Arbeitsplätze in Indien auf besondere Weise zu qualifizieren. Der Beamte entschied, einen Gutachter einzuschalten. Wen? Auf diese Frage bekam Pitt keine Antwort. Draußen auf dem Flur sagte ihm der Inder, er wolle seine Ausreise nach Kanada vorbereiten.

Im Büro überlegte Pitt lange, welche Stelle als Gutachter für Aufenthaltsfragen in Frage kommen könnte. Er machte sich eine Liste mit den Stellen, bei denen er eine gewisse Kompetenz für die Beantwortung schicksalhafter Fragen vermuten konnte. Doch für seinen Inder, das zeigte sich bald, waren sie alle nicht kompetent. Die richtige Adresse erfuhr er durch Zufall auf der Abendveranstaltung eines deutsch-indischen Vereins, zu der ihn eine Ahnung hingetrieben hatte. Den Geschäftsführer dieses Vereins, eines privaten Trägers der Entwicklungszusammenarbeit, hatte er kennengelernt, als er sich mit den Planungen für die Molkerei in Poona, ein Projekt der genossenschaftlichen Technischen Hilfe, befasste.

Der Geschäftsführer war ein vielbeschäftigter Mann, häufig auf Reisen, und um seine indischen Probleme mit ihm in Ruhe besprechen zu können, lud Pitt ihn zum Abendessen ein. Nachdem Pitt in Aussicht gestellt hatte, sich bei seiner Unternehmensleitung für eine Vereinsspende einsetzen zu wollen, schrieb der Geschäftsführer den Namen des Inders auf eine Serviette. Ja, der Vorgang würde, wenn überhaupt, auf seinem Schreibtisch landen. Pitt erfuhr auch, dass die verhängnisvolle Information über die arbeitslosen sechzigtausend indischen Ingenieure von ihm zur Behörde gelangt war. Die Beamten hätten aber eine wesentliche Bemerkung nicht berücksichtigt, dass nämlich die geringen Berufschancen der hochqualifizierten Ingenieure in Indien auf ihre einseitig intellektuell-theoretische Orientierung bei mangelndem praktischen Wissen und fehlender Bereitschaft, Hand anzulegen, zurückzuführen seien. Der Sinn der praktischen Arbeit von indischen Ingenieuren in der Bundesrepublik liege sozusa-

Die Visitenkarte

gen darin, den Ingenieuren den white collar vom Hals zu reißen, es handele sich gewissermaßen um ein moralisches Praktikum. Fabelhaftes Argument: ob es wirken würde?

Nach vierzehn Tagen lag die Ladung der Behörde vor. Mit großer Spannung warteten Pitt und sein indischer Schützling auf den Bescheid. Der Beamte schlug den Aktendeckel auf, stutzte, erhob sich mit einem Ruck und ging in das Zimmer eines Kollegen – oder eines Vorgesetzten? Er kam mit der Bewilligung zurück. Er reichte sie dem Inder mit dem angewiderten Blick des Bankkassierers, der der Polizei eine gefälschte Banknote übergeben muss. „Der Antrag ist bewilligt. Das wundert mich." Ein schwieriges Spiel gewonnen.

Nach drei Tagen kam der Inder nachmittags in Pitts Büro und bat ihn, einer Einladung in seine Wohnung zu folgen. Gemeinsam fuhren sie abends nach Barmbek. Der Inder wohnte in der überheizten Garage eines Einfamilienhauses. „Meine Frau", sagte er, als Pitt überrascht ein sanftes, verschüchtertes Wesen mit kindlichen Nachtaugen, das ihm aus einer dunklen Ecke im silber-blauen Sari entgegenschwebte, anstarrte. Er habe ein Problem, sagte der Inder, das Besuchervisum seiner Frau sei seit drei Monaten abgelaufen. Er müsse seine Frau in der Garage verstecken, ob Pitt nicht ...

Die Frau des Inders war schön, scheu, ängstlich. Sie sprach nicht, sie schaute Pitt nicht an. Er sah sie in der Garage sitzen, tagsüber, der Mann auf der Baustelle. Vielleicht schaute die Frau des Vermieters einmal hinein, verständigen konnte sie sich mit der Inderin nicht. Das Fenster der Garage war klein, ein vergitterter Auslug, ein Busch davor: vielleicht saß manchmal ein Vogel darin. Pitt ahnte, dass er der Frau nicht würde helfen können. Er sah sich telefonieren, recherchieren, diskutieren, auf langen Fluren sitzen, stundenlang. Die Inderin schenkte ihm eine Vase, in Form und Farbe war sie von der überirdischen Leichtigkeit und hellen Anmut ihrer Gestalt. In ihrem Lächeln lag der Dank für alles, was Pitt für den Mann getan hatte, und der Dank für das, was er für sie tun würde. Pitt versicherte, alles tun zu wollen, was in seiner Macht stehe, und er gab sich in seiner Ohnmacht zuversichtlicher, als er sein durfte.

Zwei Tage später war der Inder wieder bei Pitt. Er teilte ihm mit, er habe sich nun doch entschlossen, in Kanada zu arbeiten. Er stand schon im Fahrstuhl, als er Pitt sagte, er habe seine Visitenkarte einem Freund gegeben.

Who's next?

Wenn die Landeshauptstadt ein Vorort der Metropole ist, wird der kulturelle Horizont der größeren Stadt bedeutend erweitert. Wenn sich dazu die Programme der Stadttheater – Schauspiel und Oper in Frankfurt getrennt, in Wiesbaden unter einem Theaterdach – arbeitsteilig ergänzen, hat der Theaterfreund inspirierende Wahlmöglichkeiten. Der Gesamtspielplan einer regionalen Theaterlandschaft ist reicher, wenn – was das Musikalische anbelangt – die Oper, die Operette als „kleine" Oper, das Musical als „andere" Operette, als gleichberechtigte Formen des Singspiels zur Freude des Publikums koexistieren. Das Pittpaar ist viele Male von Frankfurt nach Wiesbaden ins Theater gereist – ja, gereist, denn immer noch kommt es einem vor, als sei die Fahrt mit der S-Bahn, obschon sie Teil des Nahverkehrs ist, eine wirkliche Reise, die mit der U-Bahn eine Fahrt. Doch die Reise von 30 Kilometern dauert nur etwa 50 Minuten, wenn der Zug der Linie S 1 an der Frankfurter Hauptwache, einem zentralen Verkehrsknotenpunkt der Stadt, bestiegen wird.

Warum bleibt einem eine Zugfahrt zu einem Stadttheater, in dem die Operette „Der Bettelstudent" gegeben wurde, im Gedächtnis wie die Erinnerung an eine persönliche Katastrophe? Noch nach

Jahrzehnten? Warum wird sie manchmal geweckt wie durch einen Wecker, der schrillend in ein traumloses Nichts fährt?

Es war ein Bericht von Brita Sachs in der Frankfurter Allgemeinen im November 2021 über eine Ausstellung in der Münchener Pinakothek der Moderne, die den Flashback auslöste. Die um das Münchener Architekturmuseum versammelten Architekten, Soziologen und Stadtplaner fragen: Kann die Architektur, die Obdachlosen Geborgenheit in Würde schenkt und den „Menschen auf der Straße" private Räume schenkt, die Städte bereichern, deren verstörende Nachtseite die Obdachlosigkeit ist? Kann gute Architektur das schreckliche Gespenst der in der ganzen Welt wachsenden „homelessness" verscheuchen helfen? Da Pitt im Zeichen der Pandemie nicht reisen mochte – wie gern hätte er es getan! –, bestellte er sich den Katalog unter dem Titel „Who's Next"? In ihm wanderte er durch die spannende Ausstellung. Er sah die Neonskulptur „The blowing homeless", eine grelle Leuchtfigur auf einer Parkbank in New York. Und sie war der Blitz, der in den Erinnerungsstoff schoss und ihn zum Glühen brachte. Er brachte das Erlebnis einer S-Bahnfahrt von Wiesbaden nach Frankfurt zurück, die in einem Melodienreigen begann und in einem verstörenden Bild von Obdachlosigkeit endete.

Wir – jedenfalls die Älteren unter uns – kennen die Songs einer der meistgespielten Operetten, des „Bettelstudenten" von Karl Millöcker. Nicht nur den berühmtesten, den des Obersten Ollendorf, den alle, die in der MeToo-Debatte engagiert sein müssen, auf ewig als faule Ausrede verwerfen – „Ach, ich habe sie ja nur auf die Schulter geküsst" –, und die couragierte Antwort der Laura, die dem Angreifer ihren Fächer ins Gesicht schlägt. Im Ohr haben wir auch die Arie des Simon, des fingierten Bettelstudenten, der das Herz Lauras nach Umwegen gewinnt: „Ich hab' kein Geld, bin vogelfrei".

Das Pittpaar war auf den Flügeln der Melodien auf den Schienen heimwärts gerollt, an diesem kalten späten Novemberabend, und statt an der Hauptwache in die U 3 umzusteigen, um zu seiner Wohnung am Holzhausenpark zu kommen, beschloss es geradezu übermütig, der Kälte und der Nacht zu trotzen und zu laufen. Vielleicht noch in einem Lokal der Fressgass einen Wein trinken? Die beiden gingen zum Ausgang Fressgass und stießen, etwas verschreckt und als erschrockene Störenfriede, auf ein Lager von Obdachlosen auf ihren Matten, unter ihren Decken, in ihren Schlafsäcken. Der U-Bahn-Schacht war in ein Obdachlosenheim verwandelt, für die Nacht, ein Wärmehalle, ein Schutzdach – wie in den Bombennächten des Krieges in London, Berlin und Hamburg, in denen mancher sein Obdach verloren hatte, ohne es unter dem schützenden Betondeckel schon wissen zu können. Auch hier hatte sich in Bangen und Grauen die Frage hundertfach erhoben, die heute in der ganzen Welt die um ihr Heim bangenden Menschen bewegt: „Who's next – wen trifft es als nächsten.“

Als Pitt jetzt den Bericht von Brita Sachs über die Ausstellung las, erfuhr er, der seit langem in Hamburg lebte, dass die Frankfurter den Obdachlosen nach zwei Jahrzehnten des Nachtasyls in der B-Ebene der Hauptwache jetzt ein komfortableres und menschenfreundlich betreutes Nachtquartier an der U-Bahn-Station Eschenheimer Tor eingerichtet haben. Im Katalog aus München fand er viele Beispiele aus vielen Städten der Welt, die zeigen, dass Sozialarbeiter und Stadtplaner mit Hilfe findig einfühlsamer Architekten fabelhafte Lösungen für die provisorische Unterbringung von Obdachlosen in den Kältemonaten oder in Dauerwohnungen ersonnen haben.

Sie können die Furcht vor der Frage „who's next“ nicht zum Verschwinden bringen, nicht den Albtraum verscheuchen: „Musst du selbst einmal, geplagt von welchen Schicksalsschlägen auch immer, ‚auf der Platte‘ leben müssen, für ein paar Wochen, für vier Monate, für fünf Jahre?“ Hundert Ursachen für den Verlust der Wohnung für eine überall zunehmende Zahl von Menschen und viele Fragen, und alle haben eine einzige Antwort verdient: ein Obdach muss sein, wenn du es haben willst und haben musst. Unser Europäisches Parlament hat sogar beschlossen, Obdachlosigkeit bis 2030 zum Verschwinden zu bringen. Der dann neunzigjährige Pitt möchte das erleben.

 Who's next?

Vogelfrei? Im Sommer vielleicht. Im Winter ein Vogel in einem Käfig auf einem harten Betonboden, der sich nur mühsam polstern lässt. Und jetzt singt der Simon, der Bettelstudent, gegen das Schicksal, das ihn an die Wand drückt, das ihm, dem Vogelfreien, die Flügel beschneidet, und er fragt sich in einem Refrain des Trotzes und banger Ahnung: „So, Schicksal, hau nur zu! Wir wollen seh'n, wer früher müd, ich oder du." Hol's der Teufel, singt er in seinem Teufelskreis, in dem der Leichtsinn mit seinem Unglück scherzt: „Kein Obdach, kein Kredit, kein Geld!" – das ist das Wesen des Kreises, dass er keinen Anfang und kein Ende kennt. Und das Schicksal? Das strickt sich aus lauter Zufallsmaschen, die kein Muster kennen. Mancher Zufall hat eine bösartige Tendenz, doch das meiste was zufällt, will uns fördern. Heute, am diesem 13. November, an dem Pitt den FAZ-Bericht von Brita Sachs über eine Münchener Ausstellung las, der ihn an den Simon auf der Wiesbadener Bühne erinnerte, hörte er von Simon und Britta, den Großkindern seines Bruders Willi in Hannover, dass sie einem Mädchen namens Karlotta das Leben geschenkt haben. Und „ihm ruhen noch im Zeitenschoße die schwarzen und die heitern Lose", wie Schillers „Glocke" sagt. Wenn es so alt ist wie Pitt heute, wird es die bange Frage „who's next?" nicht mehr geben.

Der Mitleser

Am Ende einer dreitägigen Reise nach Dänemark am Dammtor-Bahnhof sehr spät in die S-Bahn umgestiegen, hatte Pitt nicht mehr die Zeit gefunden, in die Schalterhalle zu gehen, um sich die Hamburger Tageszeitungen zu kaufen. In diesen Tagen, das wusste er, mussten sich Ereignisse in der Hansestadt entwickelt haben, die ihn, den engagierten und darum neugierigen Parteibürger, brennend interessierten, jedoch nicht so wichtig waren, dass sie in überregionalen Rundfunkmeldungen eine Rolle gespielt hätten. Er saß kurz vor Mitternacht in der Bahn. Ihm gegenüber saß ein Mann, der die Bildzeitung las. Die Buchstaben sprangen Pitt in die Augen: SO WURDE BÜRGERMEISTER SCHULZ GESTÜRZT. Der Bürgermeister war noch nicht lange im Amt, und Pitt gehörte zu denen, die gewünscht hätten, er würde noch lange im Amt bleiben. Der Mann hielt sich die ausgebreitete Zeitung fast lotrecht vors Gesicht und seine Augen kreisten über die Seiten, als könnten sie sich nicht entscheiden, an welchen Überschriften oder Bildern sie sich festhalten wollen. Komplett, nichts verbergend, die voll plakatierte Wahrheit des Tages vor Pitts müden, krampfhaft aufgerissenen und dennoch hellwachen Augen: SO WURDE BÜRGERMEISTER SCHULZ GESTÜRZT.

Der Mann hatte seinen spannenden Artikel jetzt gefunden und ließ die Blätter auf seinen Schoß sinken, so dass die Unterzeilen leicht wegknickten. Manche Leute haben unglaublich menschenfeindliche Lesegewohnheiten, sie behandeln ihre Zeitung als Privateigentum, falten sie, halten sie, wie es ihnen beliebt, wenden sie ohne Rücksicht darauf, ob der Nachbar die Tragweite des eben Erhaschten schon begriffen hat, knautschen, knittern und ballen sie, dass man sich krümmen muss, um das Ganze zu erfassen. Die Schlagzeile deutete die Enthüllung von Hintergründen an. Der Sturz in der Vergangenheitsform: ja, dass der Bürgermeister, der in Hamburg immerhin der Ministerpräsident eines Bundeslandes ist, zurückgetreten ist, war auch in Dänemark zu erfahren gewesen. Aber das Warum? Man muss doch wissen, warum ein Bürgermeister „gestürzt" worden ist und möglicherweise: von wem?

Pitt machte das Datum aus: Freitag, 1. November 1974. Schon einmal hatte es in diesem Jahr einen dramatischen Sturz gegeben, wenige Tage nach dem 1. Mai, an dem Pitt, seinen zehnjährigen Sohn auf den Schultern, am Hamburger Gewerkschaftshaus der Mairede Willy Brandts gelauscht hatte, der eben von einem Emissär seines In-

nenministers schockierende Informationen erhalten hatte, die schließlich zu seinem tragischen Rücktritt führten. Der 1. November – das war morgen, erst in wenigen Minuten heute. Der Mann muss das druckfeuchte Blatt direkt vom Lieferwagen bezogen haben – oder war er Drucker? Wie mochte die Schlagzeile von heute Morgen gelautet haben? – und gestern! Jetzt stand die Schlagzeile Kopf. Der Mann las, in der unteren Hälfte des Blattes, was Pitt wissen wollte, las langsam, bedächtig – soviel kann doch auf einer Seite dieses Blattes gar nicht stehen, das ist doch nicht das Abendblatt! Er schlug die Seite um, versteckte die Sensation, wollte Pitt wohl für seine Neugier bestrafen, las Seite 2 – und auf Seite 3, die offen vor Pitts Augen lag, nichts! nichts Politisches, lauter Belangloses. Der Sturz musste schon seinen Neuigkeitswert verloren haben, wenn er auf Seite 3 nicht mehr stattfand.

Vielleicht war der Nachfolger schon bestimmt? Wie heißt der Nachfolger? Kern, Paulig, Klose? Da – rechts oben eine Glosse: „... und Schulz' Fall". Die Buchstaben sind klein, nicht entzifferbar, die Hand des privilegierten Lesers zittert leicht. Warum zittert der so? Der Zug fährt doch ganz ruhig, schlingert kaum. Die schmerzenden Augen durchforsten das zitternde, bebende Blatt, keine weiteren Nachrichten: Sturz oder Fall? Die Sache bleibt unentschieden. Aber manchmal kann man ja auch Sturz oder Fall gar nicht unterscheiden.

Jetzt ist der Mann auf Seite 4. Er knickt, weiter zitternd, das Blatt im scharfen Winkel weg. Eine Schlagzeile im tiefen Schatten, Pitt streckt sich in scheinbarer Übermüdung auf seinen Sitz hin, will aber nur seinen Blickwinkel verbessern und liest: „Frau Bürgermeister ist gar kein bisschen traurig" – mit Bild, tatsächlich, sie lacht. Sturz, Fall, Rücktritt? Doch wohl eher ein Rücktritt? Aber doch wohl nicht aus Gesundheitsgründen! Die First Lady freut sich: ihr Mann will sich schonen. Da, die Nachfolge ist noch nicht entschieden. Bild fragt: Wer wird neuer Bürgermeister? Pitt sieht vier Köpfe, auf die ein starker Schatten fällt, kann die Gesichter nicht erkennen. Auf einem Kandidatenfoto glaubt er Helmut Schmidt zu erkennen. Das ist doch eine Halluzination um Mitternacht!

Der Mann wendet das Blatt, wirft einen flüchtigen Blick auf Seite 5, und während er umblättert, fällt für Pitt, den fiebernden Schmarotzer, eine Brosame ab: „Peter, es geht nicht mehr mit dir!" Also doch Sturz! Irgendeiner, der ihn duzt, hat ihm den Rücktritt empfohlen. Aber wer duzt sich nicht an der Spitze der SPD? Oder die Frau vielleicht? Vielleicht doch gesundheitliche Probleme. Übertreibung des Amtsfleißes?

Der Mann hat sich festgelesen, mit saugenden Blicken hängt er an den Blättern, blättert nicht, scheint dieselbe Nachricht wiederholt zu lesen, und die Blätter, die eine für Pitt sehr wichtige Nachricht verhüllen, zittern heftiger. Hoffentlich ist er nicht schon bei den Sportnachrichten. Pitt versucht, sich durch eigene Lektüre abzulenken, doch seine Gedanken bleiben bei der Zeitung, die ihm nicht gehört, die er nicht bezahlt hat. Jetzt blättert der Mann, blättert rasch, wirft fetzend die Seiten. Die letzte Seite hält er wie ein Plakat vors Gesicht, liest diagonal mit nickendem Kopf, und die Titelseite liegt offen, einladend ausgebreitet, vor Pitts Blicken, doch nur für einen Moment: „19 Stunden nach dem sensationellen Rücktritt ..." Der Mann faltet die Zeitung zusammen, Pitt rechnet die Zeit zurück.

„Entschuldigen Sie, mein Herr", hört Pitt sich sagen, und er hält dabei das Portemonnaie in seiner Hand, „wenn Sie die Zeitung nicht mehr lesen, könnte ich sie Ihnen vielleicht abkaufen?"

„Oh, bitte, Sie können sie haben. Ich schenke sie Ihnen."

Dankbarer hat nie seit Gutenbergs Tagen ein Mensch ein bedrucktes Blatt entgegengenommen. Pitt hielt die Zeitung in seinen Händen, auch sie schienen zu zittern, gleich würde sich alles enthüllen: Rücktritt, Fall, Sturz, Nachfolge, alles, es würde sich der Sinn, den die Fragmente zerhackt hatten, enthüllen. Doch er machte einen Fehler, sagte: „Ich war ein paar Tage verreist und konnte keine Zeitung lesen. Bürgermeister Schulz, Sie verstehen, das interessiert mich sehr. Besten Dank noch mal." Manchmal sollte man seinen Dank wortkarger fassen.

„Auf Reisen? Dann haben Sie gestern Abend wohl nicht die Talkshow gesehen?"

„Nein, leider."

„Da haben Sie was versäumt."

Pitt erschrak tief, als der Mann ihm die Zeitung aus der Hand riss. Machte er Eigentumsrechte geltend? Er wies mit dem Zeigefinger auf eine andere Schlagzeile auf dem Titelblatt, die Pitt bisher nicht einmal gestreift hatte mit seinen selektiv spähenden Augen. Genüsslich akzentuierend, las der Mann sie vor: „Romys Nacht mit diesem irren Typ." Der Erste Bürgermeister war gestürzt (worden?), doch da hatte es eine Talkshow gegeben, mit dem Dietmar Schönherr. „Je später der Abend – die kennen Sie doch." Ja, nein, ja – je später der Abend, desto quälender das Gerede der Menschen! In dieser Talkshow hatte sich etwas angebahnt zwischen Romy Schneider und einem Bankräuber, der seine Strafe verbüßt hatte, einem „Knacki in Lederjacke". Und Pitt machte seinen zweiten Fehler: „Ein Bankräuber, mit Romy Schneider, bei Dietmar Schönherr?" Man sollte seine Neugier immer auf eine einzige Tatsache konzentrieren. „Na ja, dieser Schriftsteller, wie heißt der doch, dieser Jurist, Examenskoller, den hat alles angekotzt und dann rein in die Bank, fünf Jahre, und die verkauft er jetzt, ganz lukrativ wohl. Die Romy Schneider war ganz scharf auf den, das konnte man sehen. ‚Sie gefallen mir‘, hat sie gesagt, ‚Sie gefallen mir sehr‘, vor –zig Millionen Leuten. Ich hab's gleich gewusst, als sie ihm die Hand auf den Schenkel legte, meine Frau sagt ja, auf den Arm, und dann, wie er ihr Feuer gegeben hat, Sie wissen doch, wenn die Frauen so die Zigarette im Mund haben, sie fassen sie nicht an, saugen und kucken so. Nach der Talkshow waren die beiden noch zusammen, na ja, geredet wollen sie haben, angeblich, bis halb fünf." Der Mann war gut über Romy Schneider informiert, er hatte einige ihrer Filme gesehen, und er verglich sie kennerisch miteinander.

Es war eine nicht nur wegen Romys Flirt bemerkenswerte Talkshow gewesen. Bubi Scholz war auch in der Talkshow aufgetreten, und diese Visite – sie war berichtenswert, obwohl Pitt nicht nach dem Boxer gefragt hatte – hatte in einem direkten Zusammenhang mit dem Weltmeisterschaftskampf in Zaire zwischen Cassius Clay und Foreman gestanden, einem Kampf, von dem der Mann zu Recht vermutete, dass Pitt ihn infolge seiner Reise auch nicht gesehen hatte, was ihn veranlasste, ihm die außergewöhnlich, ganz und gar überraschende Taktik Clays Runde für Runde zu erläutern, und auch die missionarischen Worte zum Ruhme Allahs, zu denen sich Muhammad Ali im Siegesrausch vor den Fernsehkameras der Welt hatte hinreißen lassen, wurden wortgetreu zitiert. Einige Bemerkungen des Reporters wurden – der Mann hatte in seiner Jugend auch geboxt – wortreich kommentiert und auch korrigiert: so einen Kampf sieht einer ja nicht alle Tage.

Der Mann hatte dem Beschenkten die Zeitung schon vor seinen Erinnerungen an Romys Filme zurückgegeben. Der hatte sie aufgeschlagen und seine Augen verstohlen über die Blätter gleiten lassen. In ihm kämpfte die schmerzhafte Neugier, mit der wir große Nachrichten erwarten, mit dem Gefühl für Anstand, das ihm höfliche Aufmerksamkeit gegenüber einem Manne gebot, der ihm immerhin eine Zeitung, wenn auch eine gebrauchte, geschenkt hatte und sich sichtlich Mühe gab, ihn an diesem späten Abend mit seinen Berichten über wichtige Ereignisse zu unterhalten. Der Mann kam noch einmal auf Romy Schneider zurück, beschrieb ihren Hut – „ganz in Schwarz" –, und Pitt fragte sich verzweifelt, welchen Grund Frau Bürgermeisters Lachen gehabt haben könnte. Der Mann rekapitulierte anerkennend die Karriere des Bubi Scholz, dem sie nie die Nase zerschlagen hatten, und Pitt marterte die unbekannte Ursache für das jähe Ende der Karriere des Peter Schulz. In demonstrativer, ja, unhöflicher Abwehrhaltung entfaltete Pitt das Blatt und steckte seinen Kopf tief hinein, doch der Mann zwang ihn, aus seinem Versteck hervorzukommen, indem er ihn aufforderte: „Sehen Sie mich an! Sieht man mir an, dass ich geboxt habe? Ja, der Bubi Scholz war clever, der hat sich nicht geprügelt, der hat nur gesiegt." Pitt schaute mit flehenden Augen in ein breites rotes Gesicht, in dem er durchaus Spuren

von Boxerfäusten zu entdecken glaubte: Ja, was meinen Sie wohl, warum ich Sie gebeten habe, mir die Zeitung zu verkaufen? Ich will sie lesen. Endlich! Aber er sagte es nicht. Höflichkeit ist ein selbstquälerischer Brauch.

Der Mann erkannte in Pitts nervöser Ungeduld nur ein starkes Interesse für seine Mitteilungen: er vertiefte sie, vertiefte sich liebevoll in den Bart Dietmar Schönherrs und den dänischen Dialekt seiner Frau, den er für ebenso „gemacht" hielt wie die heimatliche Redeweise von Chris Howland und Rudi Carrell, und beklagte sich bitter über die mangelnde Bodenständigkeit des deutschen Showgeschäfts. Pitt nickte, schüttelte den Kopf und steigerte seine Anteilnahme in einer forcierten Gebärdensprache, die es ihm ohne den Anschein von Unhöflichkeit erlaubte, rasch ein paar Worte über den Bürgermeistersturz zu lesen. Das war die Marter eines Mannes, der während eines spannenden Fernsehfilms von einem freundlichen Schwätzer am Telefon heimgesucht wird und sein Gehör, in unauflösbarer Halbheit, taub nach beiden Seiten, auf den Hörer und den Fernsehapparat aufteilt.

Er fühlte sich erschöpft, als der Zug in Poppenbüttel an seiner Endstation angekommen war, nach langen Minuten unmenschlicher Überwindung: er hatte die Versuchung rücksichtslos egoistischer Abkapselung mehrfach, den Hass auf das sprechende Gesicht ein paar Male, die nackte Mordlust wenigstens einmal überwunden, er war ein geschlagener Sieger über üble Triebe, und immer noch hielt er das Manna ungegessen in der Hand. Und noch lag eine Marterstrecke vor ihm, denn der Mann hielt es nach einer so lebhaften Konversation für richtig, ihn zum Ausgang des Bahnhofs zu begleiten, ja, er fragte ihn, auf welchen Bus er warten müsse. Noch eine gemeinsame Busfahrt, einen Albtraum im hellwachen Zustand? Er traute sich auch nicht, zum Taxenstand zu gehen: vielleicht wollte der Mann sich seinem Mitleser als Mitfahrer aufdrängen? Er rief sein lautes „Tschühüs" und lief in den Heegbarg, die nächste Laterne, unter der er genügend Licht für die erlösende Lektüre seiner Zeitung finden würde, fest im Blick. Ein Wind riss an den Blättern, doch ein Orkan hätte sie ihm nicht aus der Hand fetzen können. Ja, das Licht der Laterne war hell! Ein Auto hielt: „Kommen Sie, steigen Sie ein, ich nehme Sie mit!" Ein freundlicher Nachbar; es gibt zu viele freundliche Menschen auf der Erde. Pitt stammelte sein Dankeswort, und der Nachbar fragte ihn mit dem Blick auf die Zeitung vor seiner Brust: „Steht schon drin, wer Bürgermeister wird?"

Die sanfte Sensation

Eigentlich – das Wort sei erlaubt, auch wenn es seit Professor Adorno zu einem verpönten Jargon gehört – wollte Pitt, von Harburg kommend, schon am Hauptbahnhof aussteigen, doch er ist dann bis zur Stadthausbrücke weitergefahren. Es ist nur eine kleine Geschichte, die seinen zeitraubenden Sinneswandel begründet.

Nach der Veddel war ihm ein Afrikaner, drei, vier Sitzreihen vor ihm, aufgefallen. Seine Gestalt war beeindruckend imposant, hoch und breit im Kreuz, ein kahler oder kahl rasierter Schädel ruhte auf dem ledern glänzenden Wulstkissen eines pyramidalen Nackens, die Schulterblätter sprengten ein ärmelloses Lederwams, aus dem Oberarme mit ausdrucksvoll modelliertem Bizeps wuchsen. Die körperliche Erscheinung jedoch war es nicht, die Pitt auf den Fahrgast aufmerksam machte, vielmehr war es die Aufmerksamkeit anderer Fahrgäste, die Pitts eigener als Leitstrahl diente, sie auf den mächtig-massiven Mann ein paar Schritte vor ihm zu lenken.

Der schwarze Mann – er hatte wirklich diese Ebenholzschwärze nubischer Skulpturen – wurde lächelnd oder in einer schwärmerischen Hingerissenheit oder amüsiert nicht nur von zwei älteren Damen und einem Mädchen, sondern auch zwei Männern mittleren Al-

ters, die in seiner Nachbarschaft saßen, beobachtet, auch auf anderen Plätzen hatten Fahrgäste schon den Kopf gehoben.

Pitt fragte sich, ob nicht ein berühmter Star der Popszene an Bord sei oder die herausragende Figur eines Basketballteams – er kannte sich da nicht aus, aber auf einer Interregio-Fahrt von Saarbrücken über Kaiserslautern hatte er vor Mannheim beim Überqueren des Rheins einmal mehrere Minuten lang auf dem Gang neben Fritz Walter gestanden und sich nicht getraut, ihm ein erkennend-anbiederndes Lächeln zu schenken für all die Begeisterung, in die der Weltmeister den Halbwüchsigen versetzt hatte

Als der Afrikaner seinen Körper auf seinem Sitz um wenige Grade zum Gang wendete, sah Pitt, was das Entzücken der Fahrgäste hervorrief: er wiegte auf dem muskulösen Arm, dem rechten, ein Baby, ein winzig kleines. Das schlafende, sein Gesicht in verdrießlichen Falten an die Haut des Mannes pressende Kind schien eben aus den Händen der Hebamme in die Arme des Vaters gelegt worden zu sein.

So ganz neugeboren war das Kind nicht. Das sah Pitt, als der Vater, wohl animiert durch die verzückten Blicke seiner Nachbarschaft, das Kind auf seine rechte Hand setzte, es mit der linken zärtlich am Hinterkopf stützte und es auf diesem Thron leicht hob und senkte. Nein, das Kind musste, so stellte Pitt sich das vor, klein wirken vor den riesenhaften Dimensionen seines Vaters, vor der mächtigen Wölbung des Brustkorbs, vor der fülligen Breite des Gesichts, vor der hellen Wand der Zähne. Pitt hat diesen Kontrast beobachten können, als er, nach Hammerbrook, aufgestanden war, um zum Ausgang zu gehen. Dort sah er jetzt auch die Mutter des Kindes, nach der er schon Ausschau gehalten hatte: sie stand, klein und pummelig, mit der Kinderkarre im Einstiegsraum und unterhielt sich mit einer älteren Frau, wohl ihrer Mutter.

Von seinem neuen Standort aus konnte Pitt andere Gesichter sehen, die fasziniert auf das Vater-Kind-Bild schauten. Auf der schwingenden Hand war das Kind erwacht, und sein Gesicht hatte im

Lachen die Knautschfalten verloren und sich vergrößert. Das kleine Gesicht kommunizierte lebhaft mit dem großen, und ein helles Jauchzen antwortete den Brummlauten aus Ultratiefen. Auch die Mutter des Kindes und die Großmutter (?) schauten auf das Bild und nahmen vielleicht die allgemeine Aufmerksamkeit wahr, die es hervorrief.

Am Hauptbahnhof hätte Pitt aus- und umsteigen sollen. Im Austausch der Fahrgäste an dieser zentralen Haltestelle der S 3 nach Pinneberg wurden viele Plätze frei, und er beschloss spontan, bis zum Jungfernstieg weiterzufahren, um Vater und Kind noch ein paar Minuten länger aus der Nähe – von einem Fensterplatz aus – beobachten zu können. Er hat trotz seines fortgeschrittenen Alters immer noch diesen Vaterlosenkomplex mancher Kriegskinder.

Wie die aussteigenden Fahrgäste das Kind und seinen Vater mit einem wehmütig-innigen Blick verabschiedet hatten, so begrüßten die einsteigenden, noch ehe sie ihren Platz gefunden hatten, das Kind in seiner mächtigen Umhüllung durch den väterlichen Körper mit einem überraschten, staunend gerührten Gesichtsausdruck. Die mimische Reaktion der Fahrgäste begann Pitt ebenso zu faszinieren wie das alle bezaubernde Bild einer männlichen schwarzen Madonna im Fluchtpunkt so vieler Blicklinien.

„Ein Mädchen?", hörte Pitt es neben sich flüstern, und „Ja, glaub ich schon". Er war davon überzeugt, das Kind auf dem starken Arm sei ein Junge. Wenn er jetzt dem Vater direkt gegenübergesessen hätte, hätte er ihn gefragt. Auch am Jungfernstieg verließ er noch nicht die Bahn. Und wenn die Familie bis nach Altona, gar bis nach Pinneberg reisen würde? Nein, nur ein paar Minuten noch wollte Pitt das Leuchten, das Staunen, das Berührtsein, das Entzücken in diesem emotionalen Konsens der sich von Station zu Station erneuernden Reisegesellschaft in der kollektiven Anbetung eines Kindes genießen, wollte er sich beeindrucken lassen von seiner perspektivischen Winzigkeit vor der Riesenhaftigkeit seines väterlichen Beschützers, ein Menschengeschöpf aus der Hand des Vaters erleben, die sanfte Sensation, ein Ereignis, das in der Sprache des *Faust* ein wahres „Eräugnis" war.

Nahverkehr, persönlich

Gehören Taxen zum System des öffentlichen Personennahverkehrs? Pitt zaudert mit einem Ja oder Nein. „Öffentlich" ist ein Taxi, weil es für alle – insofern ein echter Omnibus – zur Verfügung steht, auch die von ihm angebotene Dienstleistung „öffentlich" ist und nach den Auflagen und Regeln der Gemeinden und des Gewerbes nicht verweigert werden darf. Die New Yorker haben an der Fifth Avenue dem am Straßenrand verzweifelt nach einem Taxi Rufenden und Winkenden ein Denkmal gesetzt: „öffentlich" mag das Taxi ja sein, rast es jedoch vorüber – anders als in den TV-Krimis, in denen stets ein Taxi für die Verfolgungsfahrt auftaucht wie vorbestellt –, hilft die Berufung auf das öffentliche Gut wenig. Ja, das Taxi befördert „Personen", jedenfalls in der Regel, denn natürlich ist es auch für den Transport von Sachen oder als Kurierfahrzeug geeignet. „Nahverkehr": die teuren Intercity- oder Überlandfahrten sind zum Kummer des Gewerbes selten, wenn sich auch mancher billig fliegende Tourist wundert, wie lang und teuer eine Taxifahrt vom ländlichen Kleinflughafen ins Herz der Metropole sein kann.

Und dennoch: irgendetwas in dieser komplexen Begrifflichkeit bleibt in der Schwebe und lässt uns zögern, im Taxi einen ÖPNV-Träger zu erkennen. In den spannungsreichen Begriffspaaren „Individual- und Massenverkehr", „Intimität und Anonymität", „System und Freiheit" sind unsere definitorischen Zweifel verborgen.

Was sich auf Schienen oder – wie Busse und Fähren – in einem knotenreich geknüpften Netz von Haltestellen bewegt, verbinden wir mit „Masse" – wenn es nicht gerade die Draisine ist, die einen Halligbauer durchs Watt auf seine Warft bringt, oder die Senatsbarkasse, die den Staatsgast durch den Hafen kutschiert. Im Automobil fährt das Individuum und es bleibt auch eins, wenn es sich zu viert auf den Sitzen drängt. Während der Fahrgast sich im schienen- und stationsgebundenen Nahverkehr einem gesichtslosen Fahrpersonal anvertraut

(„Nicht mit dem Fahrer sprechen!"), kann der Plausch mit dem Taxifahrer je nach Laune und Temperament auf beiden Seiten sehr intensiv sein. Der Fahrgast im Taxi ist Herr über das Ziel, wenn auch nicht immer über die Route (und sollte sich zurückhalten, wenn er meint, den Weg besser zu kennen als der Fahrer oder das Navi). Also: das Gefühl von Individualität, Freiheit, Intimität bewegen uns, das Taxi aus dem System des öffentlichen Personennahverkehrs auszuklammern. Hat einer – aus welchen Gründen auch immer – keinen Führerschein, kann er die Vorteile beider Verkehrssysteme gut kombinieren: er sollte für sich und seine persönliche Verkehrsplanung von einem „persönlichen öffentlichen Nahverkehr" (PÖNV) sprechen.

Im öffentlichen Nahverkehr wird das Fahrtentgelt, wenn auch nach der Entfernung in Zonen oder Ringen differenziert, als Pauschaltarif erhoben. Den kennt das Taxi, sieht man von Grundgebühren ab, nicht. In ihm klicken Raum und Zeit, man muss imaginäre Münzen in imaginäre Schlitze stecken, damit das Taxi nicht vor dem Ziel stoppt – wie der Gaszähler in den früheren Kleineleuteküchen, der gebieterisch nach neuen Münzen rief, sollten die Pellkartoffeln gar werden.

Am späten Abend kann Pitt nur am U-Bahnhof Farmsen in den Metrobus 27 einsteigen, nicht am S-Bahnhof Wellingsbüttel, denn von hier aus ist das nur tagsüber möglich: auf der Buslinie fährt abends ein kleines Sammeltaxi, das die späten Gäste ohne Aufgeld zum Normalfahrpreis aufnimmt und bis zur Haustür fährt, wenn sie an der Strecke liegt. Hier verbindet sich das Beste aus beiden Welten nach dem Ratschlag des Rechenstifts: berechenbares System und individuelle Wahl. Aus diesen pragmatischen Lösungen hat sich mittlerweile weltweit mit Hilfe der digitalen Kommunikation ein Taxibussystem entwickelt.

Wenn Pitt bei seiner Taxizentrale nach einem Wagen ruft, freut er sich, dass in Sekundenschnelle seine Abholadresse genannt oder angezeigt wird, kaum dass er seinen Namen gesagt hat. Er kommt sich vor wie ein Schlossherr, der nur an einem Klingelzug ziehen muss, damit der Chauffeur den Wagen vorfährt. Dass manche

von uns noch festverdrahtet in Netzen zappeln, hat seine Vorteile, denn Leute, die mit dem Handy aus einem Irgendwo ein Taxi rufen, können dieses Herrengefühl nur eingeschränkt genießen und müssen fürchten, dass Frechdachse ihnen das zu ihrem Standort herbeigerufene Gefährt vor der Nase wegschnappen. Eine Freundin des Pittpaars hat das am Fuß der glänzenden Elbphilharmonie erlebt. Im Strom der Tausend, die zur U-Bahn am Baumwall pilgern müssen, drängt sich ein rabiates Paar in das von ihrem Begleiter bestellte Taxi und will es nicht verlassen, bis es doch, im Lauf des störrischen Dialogs mit dem Smartphone fotografiert, die Okkupation beendet und das Hasenpanier ergreift.

Das Pittpaar fährt (in der Vor-Corona-Zeit) am Freitag mit dem Bus ins Einkaufszentrum und sammelt in den Tüten mancher Fachgeschäfte und eines SB-Warenhauses, die sich im Einkaufswagen zu einem schwankenden Berg türmen, den Haushaltsvorrat einer Woche. Es ruft ein Taxi aufs Parkdeck des Zentrums. Taxifahrer reagieren unterschiedlich auf die Zumutung, ihren Wagen der gehobenen Klasse als Lasttaxi benutzt zu sehen. Manche – doch das ist eine Minderheit – rühren die Tüten nicht an, weder beim Ein- noch beim Auslagern, stehen nur misstrauisch am offenen Kofferraum und intervenieren ärgerlich, wenn ihnen eine Tüte nicht standfest oder schleudersicher verstaut zu sein scheint, schließlich ist es schon vorgekommen, dass Flaschen zerbrochen und Milchpackungen ausgelaufen sind. Viele – ja, das ist die Mehrheit – helfen beim Aussteigen, die Tüten an die Haustür oder wenigstens an die Gartenpforte zu stellen. Manche geben nützliche alternative Einkaufstipps. Manche bleiben beim Einstieg wie beim Ausstieg stur am Steuerrad sitzen, entriegeln nur den Kofferraum und scheren sich um die Ladung nicht. Einer ist mit Pitts Frau und der ganzen Wochenladung losgefahren, während Pitt seinen Einkaufswagen an die klirrende Wagenschlange koppelte: er hat ihn wohl für einen Wagenschieber des Einkaufszentrums gehalten, so wie der Cheffahrer vor dem 5-Sterne-Hotel dem Boy auch keine sonderliche Beachtung schenkt.

Wenn Pitts Frau den Wocheneinkauf allein besorgt, klagt sie manchmal darüber, dass sie mit ihren beschwerlichen Siebensachen von Taxifahrern ausländischer Herkunft auf beklagenswerte Weise im Stich gelassen wird: sie vermutet dann eine ethnisch oder kulturell oder durch simples Machoverhalten bedingte Diskriminierung der Frau an sich. Pitt tröstet sie dann: er führt den gelegentlich erlebten Mangel an Gefälligkeit jenseits aller Grenzen und Kulturen darauf zurück, dass bei manchen Fahrern das Berufsethos im Argen liegt: sie wollen zeigen, dass der berufsfremde Taxidienst eigentlich unter ihrem Rang sei. Die hilfsbereite Majorität mag sich über diese Erklärung freuen, denn ihre Dienstbereitschaft erstrahlt in einem umso helleren Licht und hat ein Extrahonorar verdient.

Der öffentliche Nahverkehr ist frei von solchen Empfindlichkeiten, auf beiden Seiten. Natürlich können auch die Fahrer von Bahnen und Bussen, Männer oder Frauen, eine besondere Hilfsbereitschaft oder auch eine mechanische Gleichgültigkeit an den Tag legen: können entscheiden, ob sie auf einen von fern heranhastenden Fahrgast warten oder ihm noch einmal die Tür öffnen wollen, ob und wie sie Fahrgästen mit Handicaps helfen. Doch sie sind als kentaurhafte Wesen ihrem maschinellen System verhaftet und als Menschen Dienstvorschriften untertan, während der Taxifahrer – fast – alle die Freiheiten hat, die jeder Autofahrer genießt.

Das Gesetz, das die Menschen im Raum bewegt (siehe „Menschen im Raum"), entfaltet sich in der Karosserie eines Taxis in besonders elementarer Weise. Taxifahrer sind geborene Gesprächspartner, und weil Angehörige aller Berufe und Unberufe zeitweilig oder dauerhaft ihr Geld im Taxi verdienen, gilt ihr Berufsstand als besonders repräsentativ für die gesamte Gesellschaft oder den berühmten „Mann auf der Straße". Wenn Politiker im Parlament, auf Podien oder der talkshow-Plattform ihre Volksverbundenheit unter Beweis stellen wollen, berufen sie sich gern auf Gespräche mit den Taxifahrern, den männlichen und weiblichen: auf die Stimme des Volkes oder auf sein Herz, an das sie ihr Ohr legen. Ein Berliner Taxifahrer wusste sogar zu berich-

ten, dass er als erster deutscher Bürger vom noch nicht gewählten Bundespräsidenten erfahren habe, dass er den neuen Bundespräsidenten fahre.[2] Mancher Feuilletonist fand im Taxi das empirische Fundament seiner kühnen kulturwissenschaftlichen oder soziologischen Thesen.

Pitt gehört zu den Fahrgästen, die fast nie die Initiative für ein Gespräch im Taxi suchen, erweckt offenbar dennoch den Anschein einer gewissen kommunikativen Offenheit: er wird von seinen Fahrern fast immer ins Gespräch gezogen (doch, bitte, das mag allen anderen Fahrgästen ebenso ergehen). Dass Pitt der passive Partner ist, hat beileibe nichts mit Kontaktscheu oder Griesgrämigkeit zu tun, nein, er versucht immer wieder, sich dem gesetzmäßigen Zwang zum Gespräch, dem Menschen im Raum unterliegen, zu entziehen.

„Gürzenich. Zu der Hauptversammlung, nicht?" Pitt hatte dem Fahrer an Flughafen Köln-Bonn nur den Gürzenich als Ziel genannt. War denn die Hauptversammlung, zu der er strebte, so spektakulär, dass der Fahrer ihre Bedeutung kannte? Er saß neben dem Fahrer und nickte „ja".

„Die haben ja gewaltige Probleme." Pitt kannte die Probleme. Sie bedrückten auch ihn sehr, und er wollte nicht darüber reden.

„Kennen Sie den Boss, den sie vorgestern gefeuert haben?" Pitt kannte ihn, und jetzt genügte kein Nicken. „Ja, den kenne ich, sogar recht gut."

„Das ist ein Klassenkamerad von mir, vor dreißig Jahren." Er genoss Pitts Überraschung. Er sprach nicht weiter, denn jetzt konnte er mit einer Frage seines Fahrgastes rechnen.

„Ein Klassenkamerad?" Die Frage sollte nicht klingen wie: wie ist das möglich?, klang aber doch wohl so, und Pitt fühlte sich beschämt.

„Vor einer Woche hatten wir noch Klassentreffen. Alle fünf Jahre. Der war auch da, Ihr Bekannter. Und jetzt gestürzt, mirnichts-

2 Gemeint ist die plötzlich-telefonische Berufung von Joachim Gauck zum Nachfolger von Christian Wulff, der 2012, von Medien schwer angeschlagen, das Handtuch geworfen hatte.

dirnichts. Vor einer Woche war er noch ganz fidel, halt 'ne echte Kölsche Jung."

Pitt wollte nach der Schule fragen, weil er nicht über die Gründe für den Sturz des Bosses sprechen mochte. Der Fahrer ließ ihm keine Zeit dazu. „Dass der Probleme hatte, haben wir schon geahnt. Da hat einer angerufen, dreimal, ganz aufgeregt. Zweimal habe ich ihn abgewimmelt. Uns die Feier versauen! Das dritte Mal hat der mich angeschrien, so'n sturer Norddeutscher, stolpert übern spitzen Stein, da hab' ich ihn doch gerufen. Und dann war der ganz verstört und ist bald gegangen."

Jetzt hat Pitt doch viele Fragen nach Schule und den vielen Klassentreffen gestellt, auch eigene Erlebnisse angedeutet. Er wollte nicht über die Probleme der Gesellschaft, die ihr Scherbengericht über ihren Boss zelebrieren würde, sprechen. Doch eins sagte er ihm nicht: dass er vor einer Woche, an diesem fidelen Freitagabend, der sture Norddeutsche am Telefon gewesen war, der ihn genervt und schließlich angeschrien hatte – gut, er war wohl ein bisschen laut geworden, weil die Botschaft, die er zu überbringen hatte, wirklich eine dringlich-unangenehme war.

In Bremen sagte ihm ein Taxifahrer, er habe gerade am Vormittag einen Fahrgast nach Hamburg gefahren. Das ist im Berufsalltag eines Bremer Taxifahrers sicher ein bemerkenswertes und einträgliches Ereignis. Oder wollte der Fahrer ihm nur bedeuten, dass die von ihm gebuchte Fahrt unanständig kurz sei? Nein, der Fahrer wies auf sein Navigationsgerät: „Gut, dass wir das Navi haben. Der Fahrgast kannte sich in Hamburg nicht aus, ich ja auch nicht. So ein Vorort –"

Erleichtert sagte Pitt: „Ich komme aus Hamburg. Wo ging's denn hin?"

„Nach Farmsen. Kennen Sie den Aspersort?"

„Ja, kenne ich gut. Dort wohne ich." Die kurze Fahrt war zu Ende und für eine Verwunderung über diesen Zufall war keine Zeit.

Die schönste Zufallsgeschichte im Taxi hat Pitt in seiner Heimatstadt, in Hannover, erlebt. Im Schlafzimmer seiner Eltern, das

nach dem Krieg vier Jungen als Schlafraum dienen musste, hing ein Ölgemälde, eine Wassermühle klippklapp am rauschenden Bach, und die spritzigen Wellen waren so pastos aufgetragen, dass der Knabe Pitt manches Mal mit dem Nagel des kleinen Fingers an dem krustigen Bild, das ihm der Inbegriff malerischen Könnens war, gekratzt hat. Unter dem Bild der Name des Künstlers: G. Escher. Er war ein entfernter Verwandter seiner Mutter, er war der „Kunstmaler", wie er zum Unterschied zu einem Vetter, der ihr die Wohnung tapezierte, genannt wurde. Auf dem Armaturenbrett des Taxis, das ihn zur Wohnung seiner Mutter brachte, sah er das kleine Schild: G. Escher, Taxibetrieb, Kleefeld.

„G. Escher, Kleefeld. Entschuldigen Sie, ich kannte in Kleefeld einen G. Escher, einen Maler, einen Kunstmaler – "

„Ach! Das war mein Vater. Kannten Sie seine Bilder?" G. Escher jun. war auch Maler, sagte aber nicht „Kunstmaler". Zwei von seinen kleinen im Stil des deutschen Informel geschaffenen Werken hängen in Pitts Studio. Der ferne Vetter hat's ihm erklärt: ein Hungerkünstler wie sein Vater, den die Familie durchfütterte, wollte er nicht sein, und das Taxigewerbe als Brotberuf sei für einen Künstler, der ein prekäres Einkommen habe, ideal.

Jenseits aller PR-Prosa für den Nahverkehr erzählt Martin Amis in seinem Roman „Gierig" (in seiner Muttersprache heißt er „Money") die schönste Zufallsgeschichte, die im Taxi spielen kann. In der Weltmetropole New York, in der die Yellow Cabs zu Abertausenden als Insektenschwärme durchs Straßengitter rasen, hat sich sein Held Jedermann, der John Self, mit einem brutal rassistischen Taxifahrer, der ihn zur 45. Straße bringen sollte, an der 99. Straße so heillos zerstritten, dass er ihn einen „Stinkstiefel" nennt. Der Driver beendet die Fahrt, entriegelt die Tür aber erst, als John dem Fahrer, der ihn einen „Fettarsch" nennt, statt der geforderten 22 Dollar immerhin zwanzig gibt. Mühsam schleppt John sich mit seinem Koffer, vergeblich nach einem Taxi winkend, bis zur 96. Straße, und dort reißt er an einer Ampel die Tür eines Taxis auf und wirft den Koffer auf den Sitz. „Zum Ashbery, in der 45!", ruft er erlöst. Der Taxifahrer kennt die Adresse schon, es ist der Stinkstiefel. John zahlt die zwei Dollar, die er ihm schuldet, und noch ein paar mehr. „Danke, Freund!", sagt der Stinkstiefel. „Aber bitte. Ich danke Ihnen", sagt der Fettarsch. Ein Beispiel für die alte Wahrheit, dass man sich immer zweimal trifft im Leben – ein Treffen, das der Zufall mit Wonne arrangiert.

Kurz und nah

Selbstverständlich kennt der Nahverkehr den Nahbereich: das ist eine Tarifzone, die nur wenige Stationen umfasst. Der Fahrgast nutzt das kleinere Ticket für den Nachbarschaftsverkehr, für eine Fahrt zum Supermarkt, zur Schule, zum Postamt, zur Sparkassenfiliale. Der regionale Verkehrsverbund zeigt auf den Fahr- und Routenplänen durch Zahlen oder Symbole hinter den Namen der Haltestellen an, bis zu welcher Grenze die Fahrt verbilligt ist. Der selbst kassierende Busfahrer ist manchmal überfordert, einem Fahrgast, der auf eine andere Linie umgestiegen ist, zu sagen, ob er sich noch im Nahbereich bewegt, und wenn er gefragt wird, ob das ermäßigte Fahrgeld korrekt sei, sagt er schon mal aus Bequemlichkeit: „Wird schon sein."

Pitt hat einige Jahre lang oft den falschen Fahrschein gefordert und den richtigen erhalten. Viele Jahre lang hatte ihn der Verkehrsverbund Rhein-Main daran gewöhnt, die „Kurzstrecke" beim Fahrer oder am Automaten nachzufragen, wenn er zum Beispiel von der Holzhausenstraße mit dem Bus zum Palmengarten oder mit der Stadtbahn zur Hauptwache gefahren war. Der Hamburger Verkehrsverbund kennt für die kurze Strecke den Begriff „Nahbereich". Doch offenbar ist der hessische Begriff der Kurzstrecke auch für hanseatische Fahrer griffig und einleuchtend. Wann immer Pitt nach sei-

ner Übersiedelung in das Tarifhoheitsgebiet des Hamburger Verkehrsverbundes die „Kurzstrecke" verlangte, erhielt er das korrekte Billet für den Nahbereich.

Bis zum 9. Juni.

„Einmal Kurzstrecke, bitte", sagte er dem Busfahrer am Stuhtsweg. Der Fahrer machte keine Anstalten, seinem Rechner den erforderlichen Befehl zu geben. Er blickte hinaus auf den Spiegel: er hielt wohl Ausschau nach weiteren Fahrgästen. Pitt rührte mit dem Finger in den Münzen – zwei Fünfziger, zwei Zwanziger, ein Groschen (er sagt immer noch „Groschen" zum 10-Cent-Stück) und ein Fünfer –, um sich zu vergewissern, dass er den korrekten Betrag in die Mulde gelegt habe.

„Eine Kurzstrecke, bitte!" Pitt hatte jetzt den Eindruck, der Fahrer würde sich ihm zuwenden. Doch der sah ihn mit einem leer-gleichgültigen Blick an, als stünde er draußen im Wartehäuschen.

„Stimmt was nicht?" fragte Pitt.

„Eine Kurzstrecke wollen Sie haben?"

„1,55! Hier."

„Ach, 1,55. Dann müssen Sie den Nahbereich verlangen. Den wollen Sie doch, oder?" Er wartete immer noch. Er war einer von den Beamten (natürlich war er das nicht, aber Pitt sieht in allen Bahn- und Busschaffnern Amtspersonen), die einen pädagogischen Tick haben: sie belehren einen und wollen sehen, ob die Belehrung gefruchtet hat. Endlich: „Also welchen Fahrschein soll ich Ihnen nun geben!" Pitt war etwas störrisch und sagte: „Nahbereich – für die kurze Strecke."

„Einmal Nahbereich. So."

Dieser Fahrer war gewiss eine Ausnahmeerscheinung. Wie gesagt: Jahrelang ist Pitt terminologisch unbeanstandet in der Kategorie Kurzstrecke gefahren, obwohl er doch in die Kategorie Nahbereich gehörte. Der Fahrer war ein deutscher Fahrer. Auch der gehört mittlerweile zu den Ausnahmeerscheinungen. Denn den Fahrern mit ihrem Migrationshintergrund ist die Unterscheidung von nah und kurz nicht so wichtig. Ist „nah" ein räumliches Wort und „kurz" ein zeitliches? Wenn der Mensch „nahe" als Präposition benutzt (die natürlich den Dativ fordert und nicht den Genitiv, wie man's sogar im öffentlich-rechtlichen Funk hören kann), bezeichnet das Wort ein räumliches Verhältnis, sprechen wir von „Todesnähe", meinen wir ein zeitliches (oder sehen wir Freund Hein mit raumgreifenden Schritten auf einen Menschen zueilen?). Die Kurzstrecke produziert ein räumliches Bild, unser Kurzzeitgedächtnis ein zeitliches. Kurz oder nah – der Nahverkehr entfaltet sich in der Raumzeitdimension, die gleichermaßen für Lokales und Kosmisches gilt.

Heute ist der 10. Juni. Heute ist die seit langem angekündigte Tariferhöhung in Kraft getreten, die vom Verkehrsverbund auch als Tarifreform dargestellt wird. Natürlich hat Pitt an diesem Tag im Wartehäuschen nicht den Fahr- und Routenplan und nicht den Aushang mit den Tarifbestimmungen studiert. Der 10. Juni war ihm als Tag der Tarifzäsur schwach bewusst. Doch an diesem Tage wollte er seine Lernfähigkeit unter Beweis stellen. „Guten Morgen. Einmal Nahbereich, bitte!" Und er warf seine abgezählten Münzen mit dem disziplinierten Schwung eines Croupiers in die Mulde.

„Das reicht nicht ganz. Das kostet 1,65 – seit heute." Pitt erinnerte sich dunkel, im Abendblatt gelesen zu haben, die Tarifreform werde die längeren Strecken verteuern und die kürzeren verbilligen. Irritiert fingerte er das Portemonnaie aus der Gesäßtasche und suchte nach dem fehlenden Groschen. „Ja, daran muss man sich erst gewöhnen", sagte der Fahrer, der Pitt geduldig wohlwollend betrachtete.

Für den Nahbereich lohnt es sich für Pitt nicht, sich einen Sitzplatz zu suchen, und so blieb er nahe dem Fahrer stehen. Am Berufsförderungswerk stieg eine alte Dame ein. „Kurzstrecke. Die billige." Sie sagte das energisch, als verlangte sie nach einem Sonderangebot, das in den Zeitungen ausgelobt worden war, wie von diesen Billigfliegern, mit denen man für eine Tageskarte für den Großraum Hamburg nach London fliegen kann. Und sie fügte hinzu: „Das ist prima, dass ich jetzt zum Einkaufszentrum nur noch

1,30 zahlen muss." Das hätten die Oberen des Verkehrsverbundes sehr gern gehört.

Pitt ist wirklich kein Pfennigfuchser (Centfuchser), doch er sprach den Fahrer an: „Wieso 1,30? Ich habe 1,65 bezahlt, für die gleiche Strecke. Für den Nahbereich."

„Ja, für den Nahbereich."

„Und die Dame – 1,30!"

„Das ist Kurzstrecke. Was bis gestern Nahbereich war, ist heute Kurzstrecke. Wir haben jetzt die Kurzstrecke und den Nahbereich. Sie hätten Kurzstrecke verlangen müssen für 1,30. Wollen Sie einen neuen Fahrschein? Oder fahren Sie Nahbereich?"

Kurz und nah, Strecke, Bereich. Pitt hatte sich als lernfähig erwiesen, als ein Mensch guten Willens, der sich dem amtlichen Sprachgebrauch und jeder Reform anpasst. Seine Lernbereitschaft hatte ihn 35 Cent gekostet. Er verlangte sie nicht zurück. Unwissenheit muss bestraft werden. Kurz oder nah: er wird das zu unterscheiden wissen. Ein naher Verwandter ist kein kurzer Verwandter, obwohl: er kann es kann es bei den zeitbedingt seriellen Partnerschaften aber leicht werden.

Schwarzfahrer wider Willen

Das auch im Nahverkehr zu Anpassung erzogene und an kollektive Regeln gewöhnte Pittpaar wollte einmal dieses Gefühl des born-to-be-wild erfahren, wollte einmal diese würzige Luft von Freiheit und Abenteuer schnuppern und hatte sich also entschlossen, den absoluten Gegenpol zum ÖPNV zu besuchen, nämlich die Parade der sechstausend Harley-Davidson-Fahrer, die an diesem Sonntagmittag durch Hamburgs schönste Straßen donnern sollte (wobei Pitt noch nicht verstanden hat, warum diese besondere Spezies der Motorradfahrer in ihrem bizarren Individualismus, in ihrem alle Regeln sprengenden rasenden Mobilitäts- und Freiheitsfuror, ihr exklusives Hobby und die Einzigartigkeit ihrer liebevoll gepflegten Vehikel unbedingt in einem Massenpulk zur Schau stellen müssen).

Etwas atemlos war das Pittpaar zur Haltestelle des Metrobusses 27 gekommen, weil eine Autoparade das Überqueren der Straße erschwert hatte. Als der Bus schon anrollte, hatte Pitt – seine Frau hat eine Zeitkarte – beim Kramen in seinem Portemonnaie nicht die passenden Münzen für die Tageskarte zusammengebracht, so dass er einen 20-Euro-Schein in die Hand nehmen musste, was ihn an einem verkehrsarmen Sonntagmittag mit einer gelinden Panik erfüllte. Tatsächlich: „Kleiner haben Sie es nicht?" Gutwillig legte Pitt seinen Münzvorrat in die Mulde und bat seine Frau, in ihrem Täschchen nach weiteren Münzen zu fahnden. Der Fahrpreis kam in Münzen nicht zusammen. „Haben Sie wenigstens 20 Cent dabei?". Zwar dachte Pitt flüchtig daran, wozu man wohl eine solche Münze brauche, um auf einen Betrag von 5,10 € herauszugeben, doch er war seiner Frau dankbar, dass er sie bei ihr abholen konnte. Der Fahrer ließ seine 10-Cent-Münze nicht, wie gewöhnlich, in die Schale für das Wechselgeld fallen, sondern er drückte sie Pitt in die Hand. Er öffnete eine Tasche, suchte lange in ihr und fand zu Pitts Erleichterung die 10- und 5-Euro-Scheine, die Pitt in sein Portemonnaie stopfte.

Der Bus war noch nicht am Neusurenland angekommen, als Pitt von einem jähen Vakuumgefühl ergriffen wurde. Er zog sein Portemonnaie aus der Gesäßtasche: in seinem Münzfach, stets das Depot für die Einzelfahrscheine, kein Ticket! Leichte Sommerkleidung, also nur eine Gesäßtasche, zwei Hosentaschen, die Brusttasche des Oberhemds, alle schnell durchforstet: kein Ticket. Langer forschender, suchender Blick über den Boden des fast leeren Busses: klinische Sauberkeit, nirgendwo ein Schnipsel. „Hast du meinen Fahrschein eingesteckt?", fragte Pitt seine Frau, der sein

hektisches Gebaren schon aufgefallen war. „Den hast du mir nicht gegeben!" Dennoch eine etwas unwillige Recherche im übersichtlichen Täschchen: kein Ticket.

Das Pittpaar saß in der ersten Sitzreihe, rechts, schräg hinter dem Fahrer, dem die Irritation seiner Fahrgäste vielleicht schon aufgefallen war. „Entschuldigen Sie", sagte Pitt, der jetzt hinter dem Schwenkarm der Sperre stand, „Sie haben vergessen, mir einen Fahrschein zu geben."

Der Fahrer – er durfte es ja auch nicht – wandte Pitt nicht sein Gesicht zu. „Den haben Sie. Kucken Sie mal genau nach." Noch einmal prüfte Pitt seine Taschen, doch nur, um dem Fahrer zu beweisen, dass er das Menschenmögliche auf der Suche nach dem nicht vorhandenen Fahrschein unternommen habe; er entfaltete sogar das glücklicherweise saubere Taschentuch, aus dem ihm der Hausschlüssel entgegenfiel, entleerte die Schein- und Kartenfächer seines Portemonnaies und bückte sich noch einmal nach schwer einsehbaren Winkeln unter den Sitzen. „Nein, ich habe keinen Fahrschein bekommen. Bitte, geben Sie mir den Fahrschein!"

„Sie haben ihn! Da!" Der Fahrer hatte auf eine Taste gedrückt, die ihm offenbar anzeigte, dass der Fahrschein gedruckt und deshalb auch ausgehändigt worden war, und dies in einer Stringenz, die keinen Widerspruch duldete. „Kucken Sie mal in die Scheine, die ich Ihnen gegeben habe." Pitt hatte das schon getan, doch er tat es noch einmal, schon eingeschüchtert durch die maschinelle Wahrheit. Er stand jetzt direkt neben dem Fahrer an der Kasse und musste zurücktreten, weil zwei Fahrgäste, die zahlen wollten, zustiegen.

„Sie haben mir keinen Fahrschein gegeben. Bitte, geben Sie ihn mir jetzt." Der Fahrer startete den Bus, offenbar vehementer als sonst, denn Pitt musste sich einen Halt suchen.

„Ich kann Ihnen keinen zweiten Fahrschein geben. Dann habe ich ein Minus. Dann muss ich Ihren Fahrschein bezahlen."

Das Argument traf Pitt tief. Manko, Kassen- und Inventurdifferenz, schreckliches, lästiges, peinliches Ereignis für jeden Arbeitnehmer mit Kassenverantwortung. Als Werkstudent hatte Pitt in einer Sparkassenfiliale am Winterhuder Marktplatz einer Kundin drei Prämienlose verkauft und den Gegenwert von 27 Mark nicht kassiert, mit roten Ohren hatte er vor der Wohnungstür der Kundin gestanden, die lange behauptete, ihre Lose, wie immer, bezahlt zu haben. Als Manager eines Einzelhandelsunternehmens kannte er die Milliardenbeträge, die jährlich auf geheimnisvolle Weise verschwinden. Er war beweispflichtig, dass er seinen Fahrschein nicht – auf welche zauberische Weise auch immer – verloren hatte. Wie konnte er diesen Beweis führen? Unmöglich. Wer sich Ärger ersparen will, übe Verzicht, auch auf eventuelle Rechtsansprüche.

Wollte der Fahrer ein mitfühlendes Herz zeigen? „Wissen Sie", sagte er, „wenn der Schein weg ist, kaufen Sie sich keinen neuen. Am Sonntag gibt es ganz selten Kontrollen." Wenn du geschwiegen hättest!

Misstrauisch, ja feindselig blickte Pitt den Hochbahnbediensteten mit seiner laxen Dienstauffassung an. „Geben Sie mir jetzt den Fahrschein!", rief er laut. In dieser Sekunde war er sich sicher, ihn nicht verloren zu haben. Wieder drückte der Fahrer auf seine ominöse Taste, die ihm angeblich bewies, dass sein Apparat das Ticket ausgespieen haben musste, ja – der Bus hielt an der Ampel vor dem U-Bahnhof – er öffnete sein Scheinfach, um Pitt zu zeigen, dass sich das Ticket nicht in ihm verkrümelt habe, und in erregten lauten Worten wies er noch einmal auf seine persönliche Haftung für ein Manko hin.

Obwohl schon versöhnt durch diese bemüht kooperative Sucherei nach dem Schein, blieb Pitt bockig. „Gut", sagte er, „wir können das wohl nicht klären. Ich kläre das mit Ihrer Zentrale. In der Steinstraße." Und seine Frau bat er: „Schreib doch das, bitte, auf ..." (Einstiegshaltestelle, Abfahrtzeit, Busnummer kann Pitt hier nicht nennen, auch wenn er sie verfremden würde: sie könnten irgendeinem der verdienstvollen Fahrer Scherereien bereiten).

 Schwarzfahrer wider Willen

„Ich muss den Fahrschein aus meiner Tasche bezahlen!" rief der Fahrer – ja, er traf Pitt ins Herz mit seinen Worten! Doch er drückte auf seine Tasten, und aus dem Schlitz schob sich eine vermisste 9-Uhr-Tageskarte für 5,10 € mit der hübschen Fußnote: Gute Fahrt. Das grandiose Spektakel des über Esplanade und Gorch-Fock-Wall tosenden Harleyheers konnte Pitts Aufmerksamkeit nicht fesseln, nicht die gewaltigen Maschinen mit ihrem ausladenden chromblitzenden Röhrenwerk, nicht die soldatischen Rundhelme über den Rauschebärten, nicht die Wikingerhörner und wehenden Fuchsschwänze, nicht die tätowierten Muskelpakete zwischen den schwarzen Lederkostümen und den Lenkstangen, nicht die zarten oder drallen Bei- oder Selbstfahrerinnen in Zöpfen oder flatterndem Blondhaar, nicht die drei- oder vierrädrigen Gefährte, die es ihren Fahrern erlaubten, mit beiden Händen in die lachende, staunende, knipsende Menge am Straßenrand zu winken, nicht der bunte Schmuck der Fahnen vieler Nationen. Er dachte an den Busfahrer im Metrobus, dem 27er. Vielleicht machte der gerade seine Zigarettenpause in Billstedt und ärgerte sich über 5,10 €, für die er geradestehen musste, weil ihm ein unverschämter Fahrgast unter Androhung von Scherereien ein unbezahltes zweites Ticket abgetrotzt hatte.

Oder –? Wenn ein Betrugsversuch vereitelt worden wäre? Das Röhren, Knattern, Knallen und Donnerrauschen der tausend rasenden Ungetüme, die in Dreierreihen, häufig etwas auseinandergezogen wie ein Karnevalszug, dem Heiligengeistfeld zustrebten, war versunken, der infernalische Gestank der auf besonders irrsinnige Weise das Klima killenden Motorenhorden blieb unbemerkt: Pitt fragte sich, ob eine Hochbahnzentrale, die seiner Beschwerde nachgehen würde, den Fahrer tatsächlich zu einer Rechtfertigung zwingen oder einer Manipulation überführen könnte. Und wenn der Fahrer wegen irgendwelcher anderen früheren Beschwerden schon einige Minuspunkte auf seinem Konto wüsste und deshalb durch Pitts Drohung mit der Zentrale so erschreckt gewesen wäre, dass er

5,10 € darangegeben hat, sich den Ärger mit seiner Zentrale zu ersparen? Dann wäre Pitt der Betrüger oder der Erpresser. Es war an Pitt zu erschrecken. Noch einmal durchsuchte er seine Taschen und alle Fächer seines Portemonnaies, krempelte sogar die Hosenaufschläge um: was ist nicht schon in Falten gefallen („Falten und Fallen" heißt ein Lyrikband von Durs Grünbein). Wenn er den Fahrschein finden würde, wurde er ihn an die Hochbahndirektion schicken, den Fahrer um Entschuldigung bitten und in den Brief eine Zehn-Euro-Note legen, mindestens.

Ein paar Wochen lang hat er Ausschau gehalten nach dem Fahrer, der entweder ihn betrügen wollte oder den er betrogen hatte. Er hat ihn nicht gefunden. Vielleicht hatte er sich sein Gesicht nicht eingeprägt in der Aufregung um den nicht vorhandenen Fahrschein. Er kann sich an die Züge eines menschlichen Gesichts eher erinnern, wenn Sympathie es anziehend macht.

Sollte der Fahrer diese Geschichte lesen und Pitt überzeugen, dass er am Tag der Harleyparade tatsächlich einem verhuschten Fahrgast das Ticket bezahlt hatte: Er wird ihn entschädigen, großzügig. In der kritischen Streitsituation hatte ihm die Großzügigkeit gefehlt, sich durch eine wortlose Doppelzahlung aus einer peinlichen, nervenaufreibenden Lage zu befreien. Aber ist es engherzig, sich in einer Welt subtiler Fallen nicht über den Kassentisch ziehen lassen zu wollen?

Untergrundkunst

Kunst im öffentlichen Raum des Personennahverkehrs? Kann Kunst helfen, Menschen jenseits jener wortlosen Kommunikation zusammenzuführen, die Gabriele Wohmann in ihrem Gedicht „Berlin, U-Bahn" beschreibt?

„Der Blinde hat mich angestarrt,
Der Stumme hat auf mich eingeredet.
Der Taube hat mich belauscht.
Ich habe nicht sehen können.
Ich habe nicht hören können.
Ich habe nicht sprechen können.
Bestes Einvernehmen."

Die finanzkräftige Airbus-Stadt Toulouse – auf deren U-Bahnlinien A und B nur rund ein Zehntel der Fahrgäste des Pariser Metronetzes fährt – hat versucht, mittels der Kunst in der Metro zwischen verschiedenen Bevölkerungsgruppen und unterschiedlichen Stadtvierteln eine Verbindung zu stiften. Ein abstraktes Konzept, transportiert über abstrakte Formen, das – wie uns Angelika Heinick in der Frankfurter Allgemeinen Zeitung vom 23. Juli 2007 berichtete – nur von zwei Prozent der Toulouser Fahrgäste bewusst wahrgenommen wird.

Ein Projekt bekämpft erfolgreich die Sprachlosigkeit und antwortet direkt auf die in geschlossenen Räumen angelegte kommunikative Kraft. In der Station „Jeanne d'Arc" hat Sophie Calle die Sehnsuchtsbotschaften von Kleinanzeigen im Raum des anonymen Nahverkehrs zum Klingen und Leuchten gebracht. „Am Sonntag, 1. Juli, bin ich dir in der Station Marengo begegnet, du warst mit Freunden unterwegs, und unsere Blicke haben sich mehrmals gekreuzt. Ich vergesse dich nicht ..." (Noch nach sechzig Jahren kann Ralph Giordano, wie er in seiner „Lebensgeschichte" erzählt, „das Mädchen in der S-Bahn" in seiner „unsäglichen Lieblichkeit", das er in Hamburg zwischen Hochkamp und Hauptbahnhof gesehen hat, nicht vergessen, nicht die „Augen, in denen die Zärtlichkeit der ganzen Welt" lag. Und auch Charles Baudelaires Gedicht „auf eine die vorüberging" soll hier, nicht nur in den „Blumen des Bösen", seinen Platz finden: „Ich weiß nicht, wo du gehst, du nicht, wohin ich flieh .../ Dich hätte ich geliebt und du hast es gewusst", von Carlo Schmid für uns übersetzt).

Der Wiedersehenswunsch läuft in rosa Buchstaben auf schwarzem Hintergrund über eine Reihe von Bildschirmen im Schalterraum und auf den Bahnsteigen. Die Fahrt mit der U-Bahn, ja der ganze ÖPNV, wird zum „Transport amoureux", zur „Liebesglück verheißenden Reise", wie unsere Reporterin schreibt. Über der Rolltreppe leuchtet die Adresse http://www.transport-amoureux.vu, die jeden Fahrgast einlädt, jedem anderen Fragen oder Antworten, Bitte und Gewährung nebst Telefonnummer oder Mailadresse zu übermitteln.

Schwach in der kommunikativen Wirkung, aber gewiss menschlich-bewegend im Moment der Aufmerksamkeit und Zuwendung ist die von Pierrick Sorin in der Station „Trois Cocus" geschaffene interaktive Videoinstallation. Sie lädt die Fahrgäste ein, den Kopf für ein Foto wie auf den alten Jahrmärkten durch eine runde Scheibe einer hinter ihr platzierten Kamera entgegenzuhalten, die auf Knopfdruck sein Gesicht auf drei großen Bildschirmen erscheinen lässt. Bajazzo-Prinzip: schaut her, ich bin's.

Ein Kunstwerk für die Ewigkeit hat eine Künstlerin aus der flüchtigen Galerie von Gesichtern in den U-Bahnen von Moskau, London, Paris, Berlin, New York und Bukarest geschaffen. Die Fotografin Loredana Nemes hat Menschen in der Untergrundbahn („Under Ground" heißt ihr Buch) nicht mit versteckter Kamera, sondern ganz ungeniert mit der Rolleiflex im Schoß fotografiert, und die Fahrgäste haben ihr die Neugier nicht verwehrt, ob sie nun sprachen oder lasen, aus dem Fenster schauten, plauderten oder dalberten, dösten oder meditierten. Pitt hat in diesem schönen Album die meisten Gesichter wiedererkannt: denn sie haben, der Zeit und dem Ort enthoben, seine Aufmerksamkeit in Tausenden und Abertausenden von Minuten gefesselt, ja, manche Fotos halten Szenen fest, Ausschnitte aus den Inszenierungen der Situation, als habe die Fotografin Pitts Erlebnisse oder Geschichten illustrieren wollen.

Loredana Nemes hat ihre Kamera, die sie nicht versteckt hat, wohl doch vor den Augen der fotografierten Fahrgäste verborgen. Wer lässt sich gern im Schlummer fotografieren, wenn mit dem Aus-

schalten des Augenlichts auch das Licht des Geistes, das jedes Gesicht von innen beleuchtet, ausgeknipst ist. In seinem Roman „Die Schöne des Herrn" lässt Albert Cohen seinen traurigen Helden Solal in das Schaufenster eines Pariser Fotografen blicken, und er sieht nur sanftmütige Gesichter, die „ihre alltägliche Bosheit abgelegt" haben: „ihre Seele ist im Sonntagsstaat". Wie gelingt es der Underground-Künstlerin, in die Gesichter ergreifend schöner junger Frauen diesen Ausdruck träumerischer Nachdenklichkeit zu legen? Dass auch unsere Augen fotografieren, hat Ralph Giordanos S-Bahn-Erinnerung an das unverlierbare Bild bewiesen.

Wenn Pitt seinen Farmsener U-Bahnhof verlässt und auf den Bus warten muss, betrachtet er oft das zweiseitige Betonrelief an der Pfeilerwand, die das Vordach des Bahnhofseingangs stützt. Es ist gestaltet nach einem Entwurf des jungen Horst Janssen, der 1961 in einem Wettbewerb der Hamburger Hochbahn gekürt wurde. Es wirkt archaisch, als sollte es nicht das Tor zur lichten Höhe des Bahnsteigs, sondern das einer finsteren Höhle zieren. Pitt erkennt in den Ornamenten einen Sonnenbaum, der seine Wurzeln im Finsteren hat. Sie erinnern ihn in ihrer brutalen Schwere, die so gar nichts gemein hat mit dem genial-nervösen Feinstrich des Zeichners, an die Darstellung des Cargador del Tiempo aus der Maya-Kultur, der die Last der Zeit auf seinen Schultern stemmt. Ein kleines grünes Schild, graffitoverschmiert, erklärt den Ursprung des Kunstwerks (es ist inzwischen auf Initiative der SPD in Farmsen von der Hochbahn restauriert worden). Wäre es nicht vorhanden, würden dann die Fahrgäste in Hamburg, die nach Wellingsbüttel oder Steilshoop fahren, die steinerne Dekoration als Werk eines großen Künstlers erkennen? Würden sie sich als kunstkundiger erweisen als die Toulouser Fahrgäste?

Eine Station weiter, an der ehemaligen Trabrennbahn, die flatternden Mähnen der im farbigen Rudel jagenden Pferde: längst ist die Rennbahn unter einer preisgekrönten Wohnsiedlung begraben, doch der Geist des Orts wird noch lange lebendig sein. In St. Georg, an der Station Lohmühlenstraße, hat Eduard Bargheer 1960 ein farbiges Mosaik geschaffen, in dem bei genauem Hinschauen eine Mühle mit Teichen in dörflicher Umgebung zu erkennen ist: ein bisschen Finkenwerder und ein bisschen Blankenese und zwischen Geburts- und Sterbeort die Sonne Ischias, seiner geliebten Insel.

Der Genius des Ortes wird in einigen Frankfurter U-Bahnstationen in großwandigen Fotografien, Malereien und Mosaiken beschworen: an der Universität, am Museumsufer des Mains, am Zoo. Ja, man atmet etwas freier, wenn der Blick nicht nur auf Riesenreklameschilder, öde Fliesenwände, grau kannelierte Röhrenwölbungen fällt, sondern auf Bilder, die an Wirklichkeiten außerhalb des künstlichen Lichts der Underground-Welt erinnern. Gegen die architektonischen Wunderwerke der in Marmor, Messing und Kandelabersonnen schimmernden Stationspaläste der Moskauer Metro wirken die engen schmuddeligen Tunnelfluchten der New Yorker Subway wie Rattenlabyrinthe. Ausdruck von Systemunterschieden: private Armut, öffentlicher Prunk dort, hier öffentliche Armut, privater Prunk.

Für die Millionen, die in Berlin zu den Sehens- und Merkwürdigkeiten der Museumsinsel pilgern, hat der Architekt Max Dudler einen „Kulturbahnhof" geschaffen, wie ihn Othmara Glas am Tag seiner Eröffnung am 9. Juli 2021 in der Frankfurter Allgemeinen in ihrem Bericht „Der Himmel unter Berlin" genannt hat, einen unterirdischen öffentlichen Platz unter einem Sternenhimmel mit 6662 Lichtern, ein Raumerlebnis, das Fahrgäste vergessen lässt, sich im Unterirdischen zu bewegen. Inspirieren ließ sich der Raumkünstler von Karl-Friedrich Schinkel und seinen klassizistischen Schöpfungen, die das Stadtbild Berlins geprägt haben. Die gewölbte Decke des U-Bahnhofs „Museumsinsel" – auf der Linie U 5 unter den Linden – erinnert unter ihrem Unendlichkeitsblau an das von Schinkel geschaffene Bühnenbild der „Zauberflöte". Wie in Stationen anderer Städte wecken auch hier Fotografien an der Wand hinter den Gleisen die Vorfreude auf die überirdischen Erlebnisse im Licht der Großstadt.

Die in den Zügen mancher städtischer Verkehrsnetze über den Köpfen der Fahrgäste schwebenden Bildschirme können wir als

Untergrundkunst

künstlerische Videoinstallationen betrachten, wie wir sie auf der Kasseler Documenta sehen. Impressionistisch die Bildsequenzen, surreal die News-Häppchen, poppig die Trickgeschichten, die Lyrismen der Kurzsätze: sie fesseln unsere Aufmerksamkeit, doch wir kennen die Inhalte längst, und die Gesichter, die sich zu den lebendigen Bildern erheben, gleichen den Gesichtern der Engelputten zu Füßen der Sixtinischen Madonna.

Auch die Werbebotschaften der Plakate in den Wechselrahmen, die uns in den Zügen für Momente unterhalten, erheben schüchtern oder keck einen künstlerischen Anspruch, und zu Recht. Wollen sie auf uns wirken, müssen sie sich dem Gebot der Verdichtung, den Farbgesetzen, der formalen Logik unterwerfen. Die Erwerbskunst der Gebrauchsdesigner und Auftragsautoren können wir in unbefangener musischer Neugier betrachten, weil ihr Witz zu all den Pointen der Geschichten passt, die wir im Nahverkehr erleben, und ihre Motive in dem Leben verwurzelt sind, dem wir auf den Schienen morgens und abends entgegenstreben und manchmal auch, wenn wir Muße haben, am goldenen Mittag.

Toulouse, Metropole des einfallsreichen Nahverkehrs: auch Pitt ist ihr verbunden, im absoluten Fernverkehr. An vielen Tagen hört er das pfeifende Dröhnen des Beluga, dieses Walfischs der Lüfte, der Fertigteile der Flugzeuge der Airbus-Familie von Toulouse an der Garonne nach Finkenwerder an der Elbe zur Montage transportiert. Mit seinem gewaltigen Leib (XL!), der fünfzig Tonnen tragen kann, kämpft er sich heute – am 25. November 2021 – im tiefen Flug schwerfällig durch die Nebelwände, schon in der dritten Runde des Landeanflugs, exakt über Pitts Kopf, in einem Herbstgarten, in dem er die Reste des Laubs von Eichen und Espen harkt.

Necropolitan Transit

Der Verkehr der Metropolen: „Metropolitan" nannten die Londoner ihre erste Ringbahnstrecke. Als der Student Pitt in den späten 1950er Jahren aus einer mittelgroßen Landeshauptstadt in einen Stadtstaat kam, erlebte er staunend den Unterschied zwischen den Straßenbahnen und den U- und Hochbahnen auf ihren Lang- und Rundstrecken. Mal im Untergrund, mal auf tiefliegendem offenen Schienenstrang, mal auf Dämmen, mal auf Stelzen, die sich zu kühnen hochschwebenden Brückenkonstruktionen aufschwingen, sind sie dem kriechenden Straßenverkehr enthoben.

Eine Nachbarin, eine rüstige Dame in den Achtzigern, war die Überlebende einer Großfamilie und weitverzweigten Sippe, die in jener Novemberwoche, die der Vergegenwärtigung der Toten gewidmet ist, unter den Millionen auf dem Ohlsdorfer Friedhof einen großen Verwandtenkreis zu besuchen hatte. Verwundert erfuhr Pitt, dass die alte Dame ihr großes Gedenkprogramm auf dem mit zweihundert Hektar wohl größten Parkfriedhof der Welt ohne Wandermühen mittels zweier im Viertelstundentakt verkehrenden Buslinien absolvieren konnte. Zwischen den offiziellen, im Fahrplan ausgedruckten Haltestellen kann man die Busse stoppen an den Punkten geringster Distanz zu den Gräbern der Lieben. Aber die Topographie des Totenparks sollte man kennen. Überraschend auch, dass private Autos durch die Alleen fahren durften (nach einer neuen Erhebung sind es 14 000 am Tag, denen man neuerdings mit Barrieren gegen die Transitraser zu Leibe geht). Immerhin: sie sollen ihr Tempo pietätvoll drosseln und können von den Rennradlern überholt werden.

Die Nekropole Ohlsdorf. Necropolitan Transit auf den Linien 170 und 270 vom Haupteingang des Friedhofs in der Nähe der S- und U-Bahnstation Ohlsdorf auf ihren Routen zum Maisredder und zum Bramfelder See. Pitt hat das Alter erreicht, in dem er häufiger in einer der Dutzend Kapellen von Nekropolis erscheinen muss. Nicht selten

ist er Fahrgast in den Bussen. Dabei bewegt ihn oft ein touristisches Interesse, so zur Zeit der überwältigenden Rhododendronblüte Ende Mai, Anfang Juni, oder wenn ihn der Reiz der herbstlichen Färbung der uralten Laubbäume lockt oder eine kulturhistorische Neugier auf Denkmale und die Geschichten, die sie erzählen, ihn antreibt. Manchmal sitzt er ganz allein im Bus. Immer aber sieht er auf dem Platz hinter der Fahrerkabine seine betagte Nachbarin sitzen, die den Kopf mit dem vollen, silbern leuchtenden Haar nach links und rechts wendet, die Hand am Griff einer großen rollenden Einkaufstasche, die allerlei gärtnerische Utensilien birgt. Sie konnte – im Besitz einer Seniorenzeitkarte – von morgens bis abends in den Bussen sitzen wie der Eisenbahnnomade, von dem Pitt gerade las, der sich aus dem Erlös der in den Zügen gesammelten Pfandflaschen für 3600 € eine Bahncard 100 gekauft hat und jetzt seine in puncto Ernährung, Wärme, Sanitäres recht komfortable fahrende Mietwohnung Tag und Nacht genießt.

Der Nahverkehr zu den Entferntesten. Nicht Fernen, denn sie sind ihren Besuchern nah. Und manche Namen auf den Steinen gewinnen ein besonderes Leben, zum Beispiel über den Gräbern Hans Albers' oder Heinz Erhardts oder Hans Lothars oder Henry Vahls oder Jan Fedders, die in ihren oft lustigen, manchmal traurigen Filmen immer wieder auferstehen.

Als die Kirchhöfe innerhalb der städtischen Wallanlagen zu eng wurden und auch die neueren Friedhöfe vor den Toren der Stadt – zum Beispiel dem Steintor und dem Dammtor, über die heute in großen Bahnhöfen die Züge rollen – aus hygienischen Gründen untragbar wurden, sicherte sich ein weit vorausschauender Senat große Feld- und Waldflächen in der Ohlsdorfer Gemarkung, die den Sterbetafeln einer wachsenden Großstadt gerecht werden konnten. Weitsicht ist immer zu loben. Allerdings: die heutigen Überkapazitäten auf den Rasenbrachen, die sprunghaft wie die Zahl platzsparender anonymer oder Urnenbeisetzungen wachsen, konnte er nicht ahnen. Was aber Pitt verblüffte: die großzügig breiten Alleen (Boulevards könnte man sie, wären sie profan, nennen), die vom Friedhofsplaner

Johann Wilhelm Cordes – wahrscheinlich gegen den Widerstand politischer Instanzen und selbsternannter Experten der Sepulkralkultur – in einer Zeit durchgesetzt wurden, in der an doppel- oder dreispurigen Autoverkehr nicht zu denken war. Zwar gab es auch damals schon Belastungsspitzen, die zu denken gaben: als zum Beispiel der „königliche Bürgermeister" Johann Heinrich Burchard beigesetzt wurde, dessen Leichenwagen vor mehr als hundert Jahren wohl 250 Karossen, Hunderte von berittenen Polizisten und Tausende Hamburger von der Petrikirche bis zu seiner Grabstätte in der Nähe des Nordteichs begleiteten.

Überhaupt: Vor den Stadt- und Verkehrsplanern der vorletzten Jahrhundertwende können wir nur den Hut ziehen! Welch weiträumiger Perspektivreichtum! Wie beherzt wurden Achsen und Schneisen in eine Zukunft geschlagen, deren Massenphänomene nur kühne Geister vorhersehen konnten. Vielleicht haben die vordemokratischen Verhältnisse – patrizische Regierungen, eingeschränktes Wahlrecht, schwache Parteien – die Rigorosität der Planungen begünstigt. Oder auch militärstrategische Entscheidungen wie in Paris, wo ein Georges-Eugène Haussmann mit der Riesenbrechschere durch altertümliche Stadtkerne gehen durfte.

Friedhofslinien 170 und 270 – Transit durch die Geschichte eines Jahrhunderts. Der Bus 270 gleitet nordwärts, über die alte Kapellenstraße, vorbei am Althamburgischen Gedächtnisfriedhof, der die Gebeine prominenter Hanseaten aus früheren Jahrhunderten sammelt, vorbei an der pyramidenförmigen Kapelle 1 – die Kapelle 2 ist über die Nebenallee zu Fuß zu erreichen – über die Teichstraße zum Großen Nordteich, der früher das Drainagewasser aufnahm, linker Hand der Millionenhügel mit den großen Grabstätten reicher Familien, bewacht vom bronzenen schlafenden Löwen der Familie Hagenbeck, weiter zum modernen Kolumbarium der Kapelle 8 mit ihren Aschetöpfen in den Wandnischen unweit der Grabbiotope der Dichter und Schauspieler, weiter über den Westring zur Kapelle 7, wo sich Betuchte die stattlichen Totenvillen errichtet haben, die man Mauso-

leum nennt – sie sind wieder auf dem Immobilienmarkt der Nekropole verfügbar. Weiter geht's über den Ostring zur Kapelle 6, Haltestelle für die Krieger-Ehrenallee, die ihren Namen in glücklich pazifistischer Zeit an die Theaterdirektorin Ida Ehre abgeben musste, was die toten, in Torheit geopferten Soldaten in den riesigen deutschen Gräberfeldern von 1914–18 und 1939–45 nicht mehr berührt. An der Kapelle 12 zwischen Mittel- und Lärchenallee steigen die Besucher aus, die sich in die Totengedenkbücher in den Tempelchen bei den britischen Soldatengräbern von 1914–18 und 1939–45 – den Commonwealth War Graves – eintragen, erschüttert und begeistert von den reinlichen, geradezu episch beschrifteten Grabsteinen im sattesten Rasenteppichgrün und nie welkendem Blütenschmuck. Unweit der Kapelle 13 im Geviert von Eichen-, Mittel-, Kirschen- und Sorbusallee liegt das Kreuz der Massengräber für 37 000 Bombenopfer, in seinem Mittelpunkt das tempelartige Mahnmal, von dem aus in alle Himmelsrichtungen auf breiten Grabhügeln grobe Balken wie Leitersprossen die Namen der Stadtteile nennen, in denen die Toten lebten.

Diese wie Deiche in der Landschaft liegenden Großgräber mit ihren winzigen Erinnerungstafeln an den Rändern, an denen das Pittpaar drei kindliche Verwandte besucht, sind auch mit dem Bus 170 erreichbar. Diese Linie, südwärts fahrend, führt über die Ringstraße zur Kapelle 4 (eine Kapelle 5 ist einmal abgebrannt) und Kapelle 3, bei der die fast 9000 Opfer der Choleraepidemie von 1892 bestattet wurden, zum alten Wasserturm, der ein paar Jahr später errichtet wurde. Von ihm aus ist es ein Sprung zum Garten der Frauen, in dem wir auf metallenen, wie Buchseiten aufzublätternden Tafeln die Lebens- und Tatendaten berühmter Frauen lesen können, von der 1901 sehr jung verstorbenen Schauspielerin Anni Kalmar, der Karl Kraus eine Stele errichtete, bis zur statiösen Hurenikone Domenica aus der Herbertstraße, der die Freunde von St. Pauli eine Grabstätte stifteten. Bei Kapelle 9 – etwas abseits dort die Gräber der sowjetisch-russischen Kriegsgefangenen – und bei Kapelle 12, von wo aus man die Gräber der Opfer der Sturmflut von 1962 besuchen kann, berühren sich die beiden Buslinien zum Umsteigen. Ehe der 170er am Maisredder seine Durchfahrt beendet, kann man ihn an den Friedhöfen niederländischer, polnischer und russischer Terroropfer und an den Urnengräbern der Widerstandskämpfer, die von der Geschwister-Scholl-Stiftung betreut werden, zum Halten bringen. Zum Innehalten.

1472 Seiten umfasst der Fahrplan des Verkehrsverbunds für die Metropole. Er führt zu ungezählten Stationen im Netz von U-Bahnen, S-Bahnen, Regionalbahnen, Bussen und Fähren. 4 Seiten genügen für die Nekropole. Aber Nekropolis ist verkehrstechnisch in Metropolis integriert, die Toten haben ihre Haltestellen, im Einzugsbereich ihrer Wohnungen. Man hat gehört, dass ein Handy in den Sarg eines Verstorbenen gelegt wurde und das Telefon mit dem Klingelton aus einer Lieblingsmelodie des Verblichenen klingelte, so lange der Akku geladen war. Alleen, Hauptstraßen, Nebenstraßen, Fußwege, Rasensteige, stille Pfade lassen sich einer Station im öffentlichen Personennahverkehr zuordnen. Die Grabstellen sind ein Teil der Stadt: Inklusion des Ewigen. Verkehrsadern verbinden die Toten und die Lebenden. Sind die Kamerawagen von Google's Street View schon über den Friedhof gefahren? Metropolitan Transit.

Im Märchenland

Manchmal fragt sich der notorische Bahn- und Busfahrer Pitt, warum bestimmte andere Leute mit Bahn oder Bus fahren. Zugegeben: eine etwas anmaßende Frage. Gibt es einen Habitus, der dem Autofahrer eigen ist, so dass er in Bahn oder Bus wie ein protestantischer Christ in der heiligen Messe wirkt?

Das Paar, Anfang dreißig wohl, saß schon im 27er Bus, als Pitt an seiner Haltestelle am Stuhtsweg zustieg und, was nicht seiner Ge-

wohnheit entsprach, bis ins Heck des Busses ging, weil er dort freie Plätze erspähte. Er hatte eine längere Fahrt vor sich, bis nach Billstedt, und er suchte einen Platz, wo er ungestört lesen konnte. Die Heckplätze dieses Bustyps, auf einem leicht ansteigenden Plateau auf der Hinterachse, sind angeordnet wie in einer Kajüte oder der Stammtischecke einer Kneipe: vier Sitze an der Heckscheibe, links und rechts je drei sich gegenüberliegende Plätze, isoliert durch Trennscheiben, heimelig wirkend auch durch Haltestangen in einem frischen Gelb. Das Paar saß unter der Heckscheibe, dem Lieblingsplatz kleiner Jungen oder schlaksiger Schüler, die den Bus auch schon mal mit einem Liegewagen verwechseln.

Die junge Frau wirkte in einem grauen Anzug mit hellen Streifen dominant energisch, was durch eine kunstvoll gebändigte blonde Löwenfrisur unterstrichen wurde. Als Pitt sich in der Kajüte niederließ, blickte sie kurz auf vom Anzeigenteil des Abendblatts. Der junge Mann in seinem beigefarbenen Sommeranzug hatte ein Diplomatenköfferchen wie ein Pult auf die Knie gelegt und blätterte in Papieren, wobei er die störende Krawatte in ihrem kräftigen Muster immer wieder zur Seite wischte.

Am Pflegezentrum Farmsen war eine ältere Frau zu dem Paar und zu Pitt in die Hecknische gekommen. Der Bus hatte schon seine schwankende Fahrt aufgenommen, als sie raschen wiegenden Schrittes, ohne sich irgendwo festzuhalten, durch den Gang gekommen war. Für eine Altenpflegerin war die Frau zu alt. Pitt erkannte in ihr den Typus der klugen engagierten Frau – Jugend in altem Gesicht, forschend blickende Augen, Freundlichkeit in jeder Runzel der Wangen –, die als ehrenamtliche Helferin wirkt, in Seniorenclubs, in Kirchengemeinden, in Krankenhäusern und Pflegeheimen. Sie vertiefte sich in ein Blättchen, das nach Vereinsmitteilungen aussah.

Dinkies, tippte Pitt, double income no kids. Das Paar hatte ein Haus in Wellingsbüttel besichtigt, in der Waldingstraße, Pitt ging dort manchmal spazieren, und er fragte sich, ob das Haus, in dem vor kurzem die Witwe eines Zahnarztes – übrigens vom Gärtner – ermordet worden war, zum Verkauf stehe. Die junge Frau hatte im Abendblatt weitere Angebote entdeckt, auch in Wellingsbüttel, in Hoheneichen. Ihrem Mann – oder Lebensgefährten, Eheringe sind ja als solche nicht mehr so recht zu erkennen – passte die ganze Richtung nicht, buchstäblich: er hätte sich lieber nach einem Domizil in der Nähe der Universität der Bundeswehr umgesehen. Wahrscheinlich war er dort Dozent. Die junge Frau wandte nämlich ein, er würde wohl nicht ewig an der Helmut Schmidt – so heißt die Uni – bleiben. Die Papiere auf dem Kofferdeckel des Mannes waren offenbar Bankinformationen, vielleicht schon Kreditanträge, denn der Mann raffte sie und stauchte sie kategorisch mit der Ansage: „Und überhaupt, 500, das ist für uns überhaupt nicht drin." Protest bei der Gefährtin: das seien nun mal die Preise in den Gegenden, in denen man anständig wohnen könne. „Oder willst du vielleicht in deinem kleinbürgerlichen Horn versauern?" Es gebe auch Angebote unter fünfhundert, auch in den Walddörfern, der Makler habe gesagt, dass jetzt die Großelterngeneration – ganz oder ins Seniorenheim – abtrete, die sich in den fünfziger Jahren auf den großen Grundstücken die schicken Häuser gebaut hätten, und das drücke den Preis für alle Objekte.

Die ältere Frau – Pitt will sie Seniorin nennen – hatte ihr Blättchen gesenkt und blickte, mit einer gewissen Strenge im Gesicht, auf das Paar. Sie sagte: „Entschuldigen Sie, dass ich mich in Ihr Gespräch einmische. Es geht mich ja auch gar nichts an. Aber wenn Sie in Horn ein Haus suchen – Sie müssen da nicht versauern. Da werden immer wieder mal schöne Häuser angeboten – in der Märchensiedlung. Da müssen auch nicht die Großeltern erst abtreten."

„Märchensiedlung? Wie hübsch", sagte die junge Frau. „Wo ist denn das?"

„Am Schiffbeker Weg. Das ist nicht weit von der Bundeswehr." Sie atmete tief, man merkte ihr an, dass ihre Frage sie Überwindung kostete. „Fünfhundert? Meinen Sie tausend? Euro?"(Wenige Jahre später hätte sie von siebenhundert sprechen müssen).

Der Mann legte seiner Frau die Hand auf den Arm und warnte sie mit einem grimmigen, durch ein knappes Kopfschütteln unterstützten Blick, sich auf ein Gespräch mit der neugierigen oder nur störend redseligen Seniorin einzulassen. Pitt schaute verständnisinnig hoch: auch er verhält sich reserviert gegenüber Älteren, die sich im Café an seinen Tisch setzen und aus ihrem Leben oder von den Reisen der letzten dreißig Jahre erzählen, obwohl er doch ihr Generationengenosse ist.

„Fünfhunderttausend! Euro!" In der Stimme der Seniorin lag ungespielte, in Ungläubigkeit verstärkte Überraschung. „So viel Geld!" Vielleicht war sie auch fassungslos, junge Leute über so gewaltige Summen im Bus disputieren zu hören. „Wissen Sie, wie viel Geld mein Vater gebraucht hat, um unser Haus zu bauen, nach dem Krieg? Fünftausend Mark. Reichsmark. In der Märchensiedlung."

„Das ist ja märchenhaft!", rief der junge Mann. Er hatte seine Papiere in das Köfferchen gelegt und ließ die Schlösser zuschnappen. Auf seinem Gesicht stand der Ausdruck gespannten Interesses. Vielleicht war er ein Dozent der Ökonomie, oder vielleicht witterte er eine Chance, seine Frau aus ihren finanziellen Höhenflügen herabzuziehen. „Fünftausend? Wie war denn das möglich. Meinen Sie Eigenkapital?"

Der Senat habe den Ausgebombten am Schiffbeker Moor Baugelände auf Erbpacht zur Verfügung gestellt. Der Vater sei Maurer gewesen. Mit einer kleinen vorläufigen Entschädigung für die Ausgebombten und einem ebenso kleinen Darlehen der Wohnungsbaukasse hätten die Eltern und die beiden älteren Brüder das Haus gebaut, ohne Keller zwar, auch nur das Untergeschoss – das Dachgeschoss sei erst in den fünfziger Jahren dazugekommen –, und auch sie – „ich war damals fünfzehn" – habe mitgewirkt beim Steineklopfen an den Barmbeker Ruinenbergen, unter denen auch ihre schöne Wohnung begraben lag.

„Dann waren Sie ja eine Trümmerfrau!", rief die junge Frau, die sich zu einer lebhaft teilnehmenden Zuhörerin entwickelt hatte und schon auf der Kante ihres Sitzes saß, als wollte sie gleich den

Platz wechseln und sich neben die Erzählerin setzen; auch ist das Fahrgeräusch eines Busses, sein Brummen und Ächzen im lebhaften kurvenreichen Straßenverkehr einem Gespräch auch über geringe Distanzen nicht günstig.

„Ein Trümmermädchen!", rief die Seniorin. Man habe unterscheiden zu lernen gehabt zwischen den Steinen aus ausgebranntem Schutt und aus den durch Sprengbomben gelegten Trümmerhaufen. Nur die Steine aus den Sprengungen seien für einen Hausbau tauglich gewesen, die in den Feuerstürmen verbrannten – „gerösteten", sagte sie – seien zu bröselig und bröckelig gewesen. Da habe man manchen Stein vergeblich geputzt, und ob Sprengung oder Brand oder meistens beides – wer wollte das wissen, das sei ja wirklich ein Gomorrha gewesen, im Juli 1943. Sie sei recht geschickt und flink gewesen beim Klopfen, bis ihr kleiner Bruder beinahe von einer einstürzenden Ruinenmauer erschlagen worden sei. Danach musste sie auf den Bruder aufpassen und konnte nur noch die Stapel der vom Mörtel befreiten Steine bis zum Abtransport mit dem Leiterwagen bewachen – wie die Nuggets im Goldgräberdorf, so begehrt seien die Steine gewesen.

„Und die Wasserrohre, die sanitären Installationen, die Elektrik?" fragte die junge Frau. „Haben Sie die auch aus den Trümmern geholt?" Nein, da habe es Hunderte von Lumpen- und Altmetallsammlern – „heute nennt man das ja Recycling" – gegeben, die hätten alles abgegrast. Die Wasserleitungen seien erst später eingebaut worden, nach der Währungsreform, nein, sie hätten einen Brunnen gehabt, und im Winter habe der Vater mit Stroh und Lumpen die Pumpe eingemummelt, um sie gegen den Frost zu schützten. „Dieser Winter 46–47, der strengste seit hundert Jahren, Wasser haben wir gehabt, aber natürlich war die Jauchegrube eingefroren, können Sie sich das vorstellen, mein Vater hat ein Plumpsklo in das Bretterhäuschen gebaut, in dem wir während des Hausbaus gewohnt haben."

Bis zu seinem Tode, in den siebziger Jahren, habe ihr Vater das Häuschen in der Märchensiedlung zu einem Schmuckstück ausgebaut, und ihr Sohn, mit dessen Familie sie jetzt zusammenlebe, habe

es durch An- und Umbauten in eine richtige Villa verwandelt. „Da können Sie sich ruhig ein Haus suchen, in unserer Märchensiedlung, da müssen Sie nicht in Wellingsbüttel kucken." Pitt hatte erwartet, sie würde gleich auf ein vorteilhaftes Hausangebot in der Nachbarschaft zu sprechen kommen.

„Schade, ich bin kein Maurer", sagte der junge Mann. „Fünftausend, fünfhunderttausend, eins zu hundert, wenn ich mal die ganze Umrechnerei von Reichsmark, D-Mark und Euro außer Acht lasse. Tolle Wertsteigerung in siebzig Jahren. Nein, Wertschöpfung, muss ich sagen. Wissen Sie was, meine Dame, ich werde mir Ihre schöne Märchensiedlung einmal anschauen."

„Besuchen Sie mich! Vielleicht wenn Sie ein Haus gefunden haben. Ich kann Ihnen über jedes Haus eine Geschichte erzählen – "

„Ein Märchen", sagte die junge Frau in einem Ton, der verriet, dass sie niemals auf der Suche nach einem Schlösschen ihren Fuß ins Märchenland setzen würde.

„Besuchen Sie mich zum Kaffeetrinken, auf meiner Terrasse. Sie erkennen sie an den vielen Engelstrompeten, die liebe ich nämlich. Ich wohne am Similiberg Nr. …"

Das Paar stieg an der Rodigallee aus. Ja, in seiner lichten beschwingten Eleganz passte es nicht zu den Menschen, die im Bus nach Billstedt fahren. In ihrem BMW hätten sie doch in Wellingsbüttel und anderswo, durch das Navi unterstützt, viel leichter ihren Weg zu den Wunschhäusern finden können als im Bus, und einen Makler machten Fußgänger doch eher misstrauisch.

Die Seniorin verließ den Bus noch nicht an der Station Rübezahlstraße, wie Pitt vermutet hatte, sondern an einer, die gar keine märchenhafte Aura hatte. Pitt sah zu seiner Rechten diese märchenpoetischen Straßenschilder – Zwergenstieg, Riesenweg, Däumlingstwiete –, und als im Fahrtrichtungsanzeiger ein Prinzenweg aufleuchtete und auf der linken Straßenseite ein Pitersenstieg in den Schiffbeker Weg einmündete, sprang Pitt auf und aus dem Bus, der ihn eigentlich drei Stationen weiter hätte befördern sollen.

Er war auf der Suche nach dem Similiberg. Er wollte keinen der Männer, die ihre Hecken schnitten, nach dem Weg fragen. Am Drosselbartweg („Wem gehört diese schöne große Stadt?" – „Sie gehört dem König Drosselbart") wandte er sich zunächst nach links, kam am Froschkönigweg jedoch rasch an die Grenze des Märchenlandes, wo Vogelnamen die Straßen zu regieren begannen. Er ging zurück zu Goldelse, Prinz, Däumling, Riesen und Zwergen, überlegte, ob er beim Märchenfriseur sein rapunzellanges Haar schneiden lassen sollte, überquerte die Straße, an der die Seniorin ausgestiegen war, und kam zum Silberberg, zum Glasberg, zum Similiberg. Haben die sieben Zwerge in einem Similibergwerk gearbeitet? Aber die haben doch keine nachgemachten Edelsteine zu Tage gefördert, doch keinen Modetalmi? Ob die Senatsbeamten anno 45, anno 46 sich den Spaß gegönnt haben, die Siedler, die aus Trümmersteinen und Ruinenresten in ameisenhafter Emsigkeit an ihren Häusern bescheidenster und billigster Träume bauten, mit ein bisschen Ironie zu begleiten? („Ach Gott, was ist das Haus so klein, wem mag das elende winzige Häuschen sein?"). Haben sie die putzigen Namenspatrone Wegen zugeordnet, die in eine schier irreale Welt, in ein Märchenland jenseits von Krieg, Bombenhagel, Hunger, Mangel führten? Oder hat sich Pitt (er kannte das Märchen nicht) am Goldelsestieg verlesen, stand dort nicht der Goldesel, der große Wunscherfüller, dem man nur das Bricklebrit! zurufen musste, um einen Haufen Goldstücke geschissen zu bekommen?

Nach der Überquerung der Sterntalerstraße wurde Pitt von Rosenrot, Schneewittchen, Rotkäppchen, Aschenputtel, Bärenhäuter, Gänseliesel, Rautendelein begleitet – welche Figur hat er vergessen? Wie die Rippen von der Wirbelsäule gingen die kleinen Straßen vom Wunschring ab, und in seiner Nähe waren auch Wege, die dem Sultan, dem Aladin und dem Sesam-öffne-dich gewidmet sind. Ein Garten- und Häuserparadies reiner Wunscherfüllung, ganz und gar phantasmagorisch, denn Pitt hatte ja im 27er erfahren, aus welch kärglichen Anfängen, mit welch simplen Mitteln, mit welch unermesslichem Fleiß die Villenkolonie entstanden war.

Einen Ausstellungspark für die Baugeschichte der letzten siebzig Jahre durchwanderte Pitt: da standen noch die einfachen, nur leicht veredelten Häuschen, deren Pläne geschickte Hobby- und Nothandwerker auf dem Küchentisch gezeichnet haben mochten, da standen die durch zahlreiche Anbauten, Umbauten und Verlängerungen vergrößerten Einzel- und Reihenhäuser, jetzt Anwesen von den Ausmaßen der Ewing-Ranch im texanischen Dallas, die Architektenhäuser mit den großen, die Sonne fangenden Atelierfenstern, die Tempelbauten mit den Säulenportalen, die Walmdachbungalows mit den eingebauten Doppelgaragen, Häuser, die durch überdimensioniert scheinende Gauben zu kippen drohten, die Häuser aus den Massivhauskatalogen, die ihre schlichten Vorgänger verdrängt hatten. In Eternitplatten, Schindeln, weißen und roten Klinker, Rauputz, Holz waren die Häuser gekleidet, auf Betonziegeln wucherten Moose und Pilze, und die helle Nachmittagssonne blitzte aus den glänzend engobierten Dachpfannen in Grün und Schwarz und Blau. Die Gärten groß und bunt, in barocker Klarheit, anheimelnder Bäuerlichkeit, japanisch meditativ, putzig verschroben mit Zwerg- und Schaffamilien, Blumen fallend und quellend aus Traufen, Torbogen, Schubkarren, Wäschetrommeln, uralte Birnbäume, efeuüberwucherte Stämme, die einmal Kirsch- und Apfelzweige getragen hatten, Fülle und Pracht wie in den Prospekten der Gartencenter und Baumschulen.

Das alles hatte mit ein paar tausend Mark angefangen, Reichsmark, die ihren Wert schon verloren hatte, angetrieben von einem ungeheuren Willen und einer Energie, wie sie nur die Not vermittelt, war gewachsen mit jeden Meter umbauten Raums, drei Generationen hatten ihre Ansprüche an Wohnen, Leben und Zusammenleben nach Maßgabe der von Jahrzehnt zu Jahrzehnt steigenden technischen, sanitären und architektonischen Leitvorstellungen und des sich erweiternden finanziellen Spielraums, der immer eng genug blieb, realisiert. Eine gewachsene kleine Stadt verwirklichter Träume, ein Märchenland: am Wunschring hat keiner gedreht, an Aladins Lampe keiner gerieben.

Doch: das junge Paar im 27er vielleicht. Sterntaler: 500 fallen vom Himmel, als Tausender. Großeltern hungerten und quälten sich, Eltern knapsten und werkelten, Enkel zaubern: 500 – auch wenn die „nicht drin" sein sollten. Es stehen doch wohl Schatzkammern offen, es gibt den Sesamschlüssel. Siebzig Jahre muss unser junges Paar nicht warten, bis aus einer Hütte aus den Steinen des Trümmermädchens eine Villa geworden ist, in der die Seniorin ihre hübsche Einliegerwohnung hat. Pitt hat ihr Haus gesehen, auch die Terrasse mit den Engelstrompeten.

Eine Ohrfeige, bitte

Die Station Hauptbahnhof Süd ist ein Austauschplatz: die aus Richtung Norderstedt in die Stadt pendelnden Passagiere verlassen die U 1, die in die Walddörfer strebenden steigen in drängendem Pulk ein. Pitt saß bereits am Jungfernstieg auf seinem Platz in der Nähe der Tür, in der ein Mann, zwei Krücken wie Schwerter kreuzend, mit einem Körper wie ein massiver Pfahl in der Mitte der Pforte, den Zugang versperrte, ungeachtet der murrenden und drängenden Traube in seinem Rücken.

„Fährt der Zug nach Wandsbek-Gartenstadt?", rief der Schwertträger. Als nicht nur Pitt, sondern auch ungeduldige Ausgesperrte ihr „Ja" gerufen hatten, räumte der Frager nicht die Schwelle. „Kann mir mal einer einen linken Platz freimachen, für meine rechte Arschbacke, in Fahrtrichtung!". Die Frage klang nach einem Befehl. Links, rechts? Pitt saß, mit dem Rücken zur Fahrtrichtung. Ein junger Mann machte seinen Fensterplatz frei und bat seine Sitznachbarin, auf ihn hinüber zu rutschen.

Mit einer Behändigkeit, die Pitt einem Gehbehinderten nicht zugetraut hätte, nahm der Mann den freigemachten Platz ein, wobei er sich auf die ganze Sitzfläche plumpsen ließ, mit dem vollen Gesäß, keineswegs, wie Pitt vermuten musste, mit einer Pohälfte, um vielleicht ein steifes, ein in seiner Beweglichkeit eingeschränktes Streckbein komfortabler in den Gang hinausstrecken zu können, wie das manche Riesen in den Flugzeugen tun. Dass er mit beiden Fußspitzen wippte, war offenbar nicht auf eine neurologische oder muskuläre Anomalie zurückzuführen, sondern auf die wispernden Rhythmen, die aus seinen verkabelten Ohren drangen.

Ein grobgestrickter Mann: die runde Mütze, der regenbogenbunte Schal, eine auf dem Bauch liegende Umhängetasche, die Handschuhe, die an einer Kordel vom Nacken baumelten, ein schwarzer Pullover, alles schien mit Riesennadeln gestrickt zu sein, selbst die Jeans schienen aus einem besonders rauen Stoff geschneidert zu sein. Etwas feiner gestrickt war der Beutel, den der Mann aus dem Ausschnitt des Pullovers nestelte. Nicht hinschauen! Zu spät. Der Mann begann, die Funktion des Beutels zu erklären, der ihm als Geldbörse diente, seitdem ihm, mehrere Male unter wechselnden Umständen, das Portemonnaie abhandengekommen war.

Doch lange musste sich Pitt von seiner Zeitungslektüre nicht abhalten lassen. Der Mann – vielleicht hatte er die Aufmerksamkeit seines Gegenübers und seiner Sitznachbarin für sein Verlustschicksal nachlassen gespürt – nickte ein. Ja, während er noch sprach, fielen ihm die Lider nieder, grub sich das Kinn mit seinen Stoppeln in die Wollmaschen. Ein bisschen gerührt, auf jeden Fall erleichtert, betrachtete Pitt einen Augenblick lang den Schlummernden, ehe er sich wieder auf sein Blatt konzentrierte, nicht ohne die kurz aufflackernde Frage, wie es wohl möglich sei, von solch hysterischen Rhythmen am Kopf in einen Schlummer geleitet zu werden.

Vielleicht war eine schrille Koda schuld daran, dass der Mann, die Augen weit aufreißend, den Kopf heftig nach oben rucken und den Körper nach vorn schnellen ließ. Er hätte die Krücken auf Pitts

Zeitung katapultiert, wenn Pitt das jähe Erwachen nach dem Sekundenschlaf nicht irgendwie erwartet hätte. Wieder senkten sich die Lider – sie wirkten eigenartig blass auf dem rot gedunsenen Gesicht mit seinen breitflächigen Wangen –, wieder erfuhr der Körper sein wohliges Erschlaffen, begann der Kopf sanft zu pendeln unter den Erschütterungen des Zuges. Erwachen, einnicken, Augen aufreißen, wegsinken, doch dann ging ein Ruck durch die Gestalt. „Die Schlaflosigkeit", ächzte der Mann, „die ewige Schlaflosigkeit. Ich muss doch wach sein in Wandsbek-Gartenstadt. Hellwach! Hören Sie, ich muss wach sein. Unbedingt."

Pitt bot dem Mann an, ihn gegebenenfalls rechtzeitig vor der Zielstation zu wecken. „Ich muss wachbleiben. Wach, wach, wach", rief der Mann. „Bitte, können Sie mir nicht eine Ohrfeige geben? Aber kräftig. Richtig zuschlagen. Eine gepfefferte Ohrfeige, die mich richtig wach macht. Es ist sehr, sehr wichtig, dass ich wach bin in Wandsbek-Gartenstadt, hellwach."

Ja, Pitt stellte sich zwei, drei Lidschläge lang vor, der geradezu flehentlich ausgesprochenen Einladung zu folgen und den Mann auf seine breite, rote, rechte Wange zu schlagen, aber wirklich nur wenige Augenblicke. Der Mann schlummerte schon wieder.

Übrigens: Kurz vor der Station Wandsbek-Gartenstadt ist er erwacht, als hätte ein Wecker aus den Miniaturlautsprechern in seinen Ohren geklingelt. Ohne ein Zaudern, ohne ein Schwanken, die Krücken wie müßige Skistöcke unterm Arm, ging der Mann auf den Bahnsteig, und Pitt hätte dem Zug gern eine Wartepause gewünscht, um erspähen zu können, ob der Mann einem Rendezvous zustrebte oder ob er vielleicht im Gehen und Stehen von Schlaf übermannt würde, wie Präsident Obama, der während seines strapaziösen Wahlkampfes einmal vor dem Mikrophon eingenickt sein soll, oder der viel ältere Präsident Biden bei der Klimakonferenz in Glasgow, wo offenbar sehr viele sehr langatmige Bla-Bla-Bla-Reden (wie Greta sagte) gehalten worden sind.

Eine Rettungstat

An den Anblick von Vätern, die ihr Kind, die Augen starr an das
Smartphone geheftet, am langen, länger werdenden Arm hinter sich
herziehen (was übrigens, wie Pitt als Vater selbst einmal erfahren hat,
zu einem „Ellbogenarm" führen kann), oder von Müttern, die ihr
Kindchen jenseits ihres kleinen Bildschirms unbeachtet, unangespro-
chen im Wagen durch die Gegend schieben, hat Pitt sich gewöhnt,
und tausendmal wohl hat er den Impuls unterdrückt, Eltern aus ihrer
Absorption durch das sozialschädliche Instrument durch ein kriti-
sches Wort herauszureißen (ein eigenes Thema: das so genannte soziale Medium als Treiber der Vereinzelung).

Der Fall von Nichtachtung eines Kindes durch die Mutter, den
er heute in der Nähe des Studios Hamburg in der Buslinie 9 erlebte,
lag jedoch anders. Das Kind einer wunderschönen schwarzen Frau
– Pitt tippte auf Eritrea – lag schlafend auf dem Schoß seiner Mutter, die wohl das Recht erworben hatte, die seelisch-körperliche Ab-
wesenheit ihres Kindes durch ein intensives Screenstudium zu nutzen. Pitt war so wohlwollend, anzunehmen, das Kind sei nicht eingeschlafen, weil die Mutter den Sprachkontakt verweigert hatte. Es war
ein anmutiges Bild: diese körperliche Symbiose einer streng konzen-
trierten, am Inhalt des Geschauten offenbar hoch interessierten Frau
und eines schlafenden, schlaff an ihren Körper geschmiegten Kindes.

Pitt hatte den Eindruck, das Kind straffte, vielleicht durch
Träume bewegt, seinen schmalen Körper, sein Köpfchen schliche sich
unmerklich aus der bergenden Armbeuge der Mutter. Seine zierliche
Leiblichkeit, so schien es Pitt, war ins Rutschen geraten. Wann würde der Arm der Mutter, die das Handy anmutig, in ziemlicher Distanz vor die Augen hielt, mit einem entschlossen energischen Ret-
tungsgriff das Kind zurück an ihren Körper ziehen? Das fragte sich
Pitt in wachsender Unruhe. Das Kind könnte – schon eine Arrhyth-
mie der Zugbewegung könnte dafür ursächlich sein – aus seinem

Schlafsitz zu Boden fallen. Zwei Sitze hinter Mutter und Kind saß ein alter Mann mit einem furchteinflößend großen Hund, den er an einer ziemlich langen Leine hielt.

Die Mutter auf das drohende Malheur aufmerksam machen? Eine Mutter! Sie ist doch der verkörperte Schutzinstinkt, sie würde blind und taub und gelähmt das Kind in den allersichersten Armen halten. Nein, taktlos. Vielleicht durch eine auffällige Geste – ein lautes Husten, ein ächzendes Bücken zum Schnürsenkel – die Aufmerksamkeit der Mutter auf die gefährliche Lage ihres Kindes lenken?

Ja, das Kind rutschte, es war unverkennbar. Die Mutter war an den Bildschirm gebannt. Was hätte sie aus der Trance reißen können? Doch eine entschlossene Intervention: „Hallo, junger Mann, fallen Sie nicht runter!" Dumm, der Junge schlief fest, durch seine missliche Lage nicht im Geringsten irritiert, er hätte Pitt nicht gehört, wohl auch nicht die Mutter, wenn sie ihn hätte wecken wollen. Pitt machte sich Vorwürfe wegen eines sicherlich nicht schlimmen Unfalls (den Biss eines im Schlaf gestörten Hundes nicht in Erwägung gezogen), der noch gar nicht geschehen war.

Doch er hatte recht: die Körpereinheit von Mutter und Kind war instabil. Es war nicht das Kind, das vom Schoß der Mutter rutschte, sondern eine Handtasche, die sich unter dem Körper des Kindes in Bewegung setzte und zu Boden fiel. Zwar fuhr die Hand der Mutter reptilienschnell hinab zur Tasche, zwar riss sie das Kind hart an den Klettverschluss ihrer mütterlichen Brust – aber sie war nicht so schnell wie Pitt, der das Unheil hatte kommen sehen und der jetzt aufgefahren war, um die Tasche zu bergen. Ohne auf den ärgerlich aufgeschreckten Hund zu achten. Er war dem Geschick dankbar, dass er eine Tasche und nicht ein Kind einer irgendwie schuldbewusst dreinschauenden Mutter entgegenhalten musste.

 Eine Rettungstat

Ist Jungheinrich ein Kauf?

Nein, der stämmige glatzköpfige Mann im mausgrauen, nur durch ein dezentes Firmenlogo am Oberarm als Uniform erkennbaren Anzug ist nicht der Bodyguard des Geschäftsmanns, zu dessen Rechten er sitzt. Seinem Gesicht fehlt die unauffällig spähende Aufmerksamkeit, es ist eher das einer in der Sommerhitze dösenden Dogge. Eine zufällige Sitznachbarschaft. Eine beschützens-, eine bewachenswerte Persönlichkeit könnte der Geschäftsmann sein, dessen nachtblauer Anzug in dieser fließend weichen Geschmeidigkeit einen sportlich trainierten Körper umschmeichelt, und seine gelbe Krawatte scheint zu signalisieren: Achtung VIP! Ihm gegenüber ein zweiter Geschäftsmann im modischen Konfektionsanzug mit blauweiß gestreifter Krawatte ohne Leuchtkraft. Auf den Gedanken, sein Nachbar zur Linken könnte mit ihm in Verbindung stehen, käme niemand – ein bärtiger Wuschelkopf in Jeans und knittrigem Leinensakko, auf ein Taschenbuch konzentriert, vielleicht ein Studienrat.

Die Herren im Anzug sind nicht mehr jung. Sie kennen sich offenbar aus Ahrensburger nachbarschaftlichen Kontakten, denn sie sprechen über kommunale Interna und über ein gemeinsames Hobby, das Reisen auf den großen Kreuzfahrtschiffen, die sich neuerdings im Hamburger Hafen drängen wie Barkassen zur Hafenrundfahrt, und sie vergleichen erfahrungsreich Komfort und Routen. Die klangvollen Namen fallen, Aida, Aurora, Amadee, und die beiden älteren Herren stellen mit einer gewissen Genugtuung fest, dass sich Kreuzfahrten vom gehobenen Rentnerimage lösten und das Publikum sich erfreulich verjünge – was der Studienrat, den Kopf hebend, durch ein Stirnrunzeln vielleicht als eine Information über eine interessante Studiosus-Alternative registriert oder vielleicht, in grüner Gesinnung, kritisiert.

Der Herr mit der unauffälligen Krawatte ist, so meint Pitt, der seriöse Typ, der für seinen Weg von Ahrensburg – wahrscheinlich

Ost – in die Hamburger City die U-Bahn aus Gründen ökono-
misch-ökologischer Vernunft wählt. Seine Aktentasche ist zu leicht für
einen Kofferraum und zu unförmig für einen Beifahrersitz. Der Herr
mit der leuchtenden Krawatte scheint durch eine höhere Macht direkt
aus seiner S-Klasse in die U-Bahn gehoben worden zu sein. Er hat
auch keine Aktentasche bei sich, er trägt in der Hand, deren Bewegung
durch einen klobigen Siegelring – Pitt meint ein Wappen zu erkennen – gehemmt zu werden scheint, einen hochglänzenden Flyer, mit
dem er manchmal sein scharf geschnittenes Gesicht in nachdrücklicher
Grazie umwedelt, dass sich die Augenbrauen zu sträuben scheinen.

Pitt gegenüber sitzt ein junger Mann in einer pludrigen Trikot-
hose (Fanartikel von St. Pauli?), über die ein labbriges, schon am frühen Vormittag verschwitzt wirkendes T-Shirt hängt. Vielleicht hat
der im Berner Gutspark ein paar Joggingrunden bewältigt, ehe er zu-
gestiegen ist. Sein feucht klebendes Haar wird von einem Gummiband zu einem dünnen Pferdeschwanz zusammengebunden, den er
manchmal, wie ein kokettes kleines Mädchen, über die Schulter nach
vorn fallen lässt, um gedankenverloren mit den Haarspitzen in seinen
Fingern zu spielen, als brauchte seine linke Hand eine motorisch-sen-
sible Bewegung wie die rechte, die mit einem unendlich langen Daumen nicht endende Botschaften in das Handy tippt.

Die Herren aus Ahrensburg sind in ihrem Gespräch beim Ziel
ihrer gemeinsamen Reise angelangt: der Hauptversammlung im Con-
gresszentrum Hamburg (wobei der S-Klasse-Habitué dankbar für die
Belehrung ist, dass der optimale Ausstieg die Station Stephansplatz
sei). In eine Werkhalle in Norderstedt sind erhebliche Investitions-
mittel geflossen, offenbar im Zusammenhang mit einem vielverspre-
chenden Joint Venture in Asien. Ein breit geöffneter Geschäftsbericht, bunt von kräftigen Markierungen, wird von Knie zu Knie geschoben, findet aber nicht die Aufmerksamkeit des Herrn mit dem
Siegelring, der seinen Fächer nur für einen Augenblick sinken lässt.
Er findet ein anderes Thema spannender, nämlich die spanische Im-
mobilienkrise, von der man nicht wisse, ob sie nicht deutsche Banken

erneut unter unkontrollierbaren Druck setzen könne. Dazu die mit einem satten Lächeln bekundete Erleichterung: er habe dem Betonboom an den Sonnenküsten schon immer misstraut. Der unauffällig korrekt gekleidete Geschäftsmann hat sein Engagement bei der Gesellschaft, an deren Hauptversammlung er seit Jahren teilnimmt, verstärkt. Er hat großes Vertrauen in die Vorstandscrew – handelt es sich um eine Reederei, um eine Werft? –, die in Performance und Commitment ihresgleichen suche. Hat der Herr mit der gelben Krawatte den mit der gedeckten nicht eben „Professor" genannt? „Entschuldigen Sie, wenn ich dazwischenquatsche. Ist Jungheinrich ein Kauf?" Der verschwitzt wirkende Jogger deutet mit dem Zeigefinger auf den Geschäftsbericht, der jetzt auf der Aktentasche des mutmaßlichen Professors liegt: hat der Jogger einen Gabelstapler, eine Gabelstaplerarmada, auf einem Foto erkannt? „Jungheinrich! Prime Standard, nicht? Kommen Sie, meine Herren, geben Sie einem Kleinanleger mal einen Tipp?" Pitt ist froh, dass nicht er im Kreuzungspunkt der scharf verächtlichen Blicke sitzt, in den der Jogger, der sich zum Aussteigen anschickt, geraten ist. Wandsbeker Chaussee. „Seien Sie doch nicht so geizig mit Ihren Tipps. Auf dem Arbeitsamt kriege ich die ja nicht."

Wenn der Sportsmann aus den Gesprächsbrocken der beiden Aktionäre von Jungheinrich eine Insiderinformation für sich erkannt und tatsächlich gekauft hat am Tag der Hauptversammlung im CCH, dann hat er einen kleinen Gewinn gemacht. Pitt hatte den Schlusskurs des Vortages in seiner Frankfurter Zeitung, in der er gerade – mit den durch die Neugier verursachten Unterbrechungen – gelesen hatte, angekreuzt und den Ausriss aufbewahrt, und er vergleicht ihn mit der Kursnotiz von heute, einen Tag später: eine positive Differenz von 39 Cents, knapp zwei Prozent. Der Kleinanleger hätte aber mehr als zehn Aktien kaufen müssen, um mit dem Fahrgeld, mit dem er seine Insiderinformation gekauft hat, nicht doch im Minus zu landen. Nein, da er ja keinen Zusatzaufwand gehabt hat, könnte er seinen Gewinn voll als Zusatznutzen des Nahverkehrs verbuchen.

Das Manuskript

Der Zufall hat eine große, nicht bezweifelbare Verknüpfungsgewalt und dennoch: wer wird Pitt die Geschichte glauben, die er aus einer Handfläche gelesen hat? Er muss in seiner Jugend merkwürdig weltfremde Schulen besucht haben, denn im Katalog der Schummelmethoden, an den er sich dunkel erinnert, kam die Handfläche als Spickzettel nicht vor. Lag es daran, dass die Schreibgeräte der 50er Jahre nicht die Präzision und ihre Tinten nicht die Haltbarkeit hatten, um eine feuchte weiche Haut für ein paar Stunden lesbar zu beschriften?

Er verstand gar nicht recht, was er an jenem 13. April 2010 las, an einem Dienstag (seinem Dienst-Tag im Seniorenbüro), im „Spiegel" gelesen hatte. Der war mit einem zornig dreinschauenden, leicht sommersprossigen, von blonden Strähnen umfransten Mädchengesicht auf dem Titel unter der Überschrift „Hilfe! Pubertät!" erschienen. Aber nicht in dieser Geschichte tauchte die Frau auf, die sich die Amerikaner in ihrem gleichermaßen großartigen und erschreckenden demokratischen Gemeinwesen zur Vizepräsidentin gewählt hätten – als Vertreterin und Nachfolgerin eines republikanischen Kandidaten an der Schlaganfallgrenze –, wenn nicht Barack Obama die Wahl gewonnen hätte. Der „Spiegel" berichtete über einen Auftritt Sarah Palins auf der Showbühne eines der erzkonservativen Erweckungsprediger, die über eigene, von Millionen „tea party"-Anhängern begeistert besuchte Radio- und TV-Sendungen verfügen. „Sarah, we are in love with you!", antworteten brüllende Männer, wenn die Kandidatin in mädchenhafter Keckheit wiederholte, was ihre Kritiker ihr im Wahlkampf vorgeworfen hatten: dass sie Iran und Irak nicht recht auseinanderhalten könne, dass sie gesagt habe, man könne von Alaska nach Russland hinüberschauen, und dass sie sich wie eine Grundschülerin Wörter auf ihrer Hand notiert habe.

Muss man dieses winzige, verborgene Redemanuskript auf der Handfläche nicht ein Manuskript im buchstäblichen Sinne nennen? Natürlich kann man diesen „Teleprompter für Arme" nicht vergleichen mit den von Heerscharen von Ghostwritern gefütterten Telepromptern anderer Kandidaten von Kennedy bis Trump. Pitt stellte sich vor: wenn Sarah Palin, entsetzt über den verwerflichen modernen Geist, ihre Hände emporgehoben hat, die Handflächen in weihevoller Grazie nach innen, dann hat sie auf ihren Spickzettel geschaut und dabei vielleicht die schönen Augen leicht nach oben verdreht, wie das Hans Albers mit seinen unwiderstehlichen blauen Augen tat, weil er am Set seine Texte von einer Tafel ablesen musste.

Das Gesicht der jungen Frau in der U 3 – siebzehn, neunzehn? – lag hinter einem glänzenden Vorhang blonden Haars verdeckt. Aber es interessierte Pitt wenig; erst als die junge Frau den Schwall des Haars mit ihrem Stift von der Wange fortschleuderte, bemerkte er seine leere Hübschheit, die ihm auch an Sarah Palin unter der artigen Fransenfrisur nicht gefallen hat. Nein, es war das Spiel der Hände vor dem Gesicht, die Bewegung des Stifts auf der Handfläche, die Pitt an eine unbekannte Art der Maniküre oder an eine chiromantische Beschwörung denken ließ, bis er erkannte, dass eine Sarah Palin in seiner Nachbarschaft saß, die sich Stichworte für ihre Rede auf die Haut ritzte. Und der zweite Gedanke, eingegeben durch die Schulmädchenhaftigkeit der Erscheinung in der Diagonale, war der andere: Hauptschule. Nein, altersgemäß: Berufschule, Fachschule. Es werden Formeln in die Haut gebrannt, vielleicht schon Resultate, Begriffe, Paragraphen, immer wieder ging der Blick durch die Hände hindurch auf ein Blatt Papier, das auf der Tasche der jungen Frau lag. Die Handfläche reichte nicht aus, den Inhalt des Blattes auf sie zu kopieren. In einer durchaus anmutigen Drehung der Hand wurde jetzt die Seite des Zeigefingers beschrieben, und fasziniert wartete der Beobachter auf den Augenblick, in dem die junge Frau die vielen Ringe von den anderen Fingern ihrer Linken ziehen würde, um Platz für weitere Inschriften zu finden.

Würde die Examenskandidatin die Hand mit dem filigranen Wissenstattoo unter ihrer bunten Bluse verbergen wie Napoleon die seine unterm Uniformrock? Pitt war viele Jahre Mitglied eines Prüfungsausschusses in der Industrie- und Handelskammer gewesen und hatte hundertmal in ratlos-verstörte Gesichter geblickt, wenn der Studienrat seine Paragrafenfragen oder die Filialleiterin ihre Warenkundefragen stellte: hatte er jemals eine Hand in etwas atypischer Haltung erblickt, die sich plötzlich aus verkrampfter Faust in eine schwebende Anmut öffnete?

Wie viel Wissen passt in eine Hand? Vielleicht eine Unendlichkeit, denn es mochte sich bei der bevorstehenden peinlichen Wissensbefragung ja um eine der rationellen multiple-choice-Tests handeln, die alles Wissen, alle Bildung mittels einzelner Buchstaben oder Zahlen auf die Fähigkeit des assoziativ arbeitenden Kurzzeitgedächtnisses bringt. Und kein die Schrift in der Hand verwischender oder löschender oder entstellender Schweißausbruch in Examensnot? – den hatte Pitt doch sogar als Prüfer erlitten! Über die Merkwürdigkeit des Zufalls, der Sarah Palin und die unbekannte Examenskandidatin, die Orte Tulsa in Oklahoma und Wandsbek in Hamburg verbindet, hatte Pitt erst nachgedacht, als die junge Frau, bis zur letzten Sekunde schreibend, an der Station Wartenau aufgesprungen war, ihre Linke in der Luft wedelnd, als wollte sie Tinte trocknen. Ein Mensch im Examen. Jeder Auftritt vor Menschen ist ein Examen. Die Handschrift ein Rettungsring. Handliches Wissen für den Moment. Ein Teleprompter für Azubis. Oder für künftige populistische Führer*innen in der „demokratischen Regression" (Armin Schäfer/Michael Zürn).

Mit sich allein in Gesellschaft

Aus dem Gedächtnis grob rekonstruiert: die zehn Gebote eines unanstößigen, anständigen, ja „anmutigen" Essens in Gesellschaft, die eine liebevolle Tante dem Neffen, der an einem Tag der Woche in ihrem peinlich reinlichen Heim ein Tischgast war, predigte. Ja, sie hatte wohl recht: Tischsitten sind ästhetische Regeln.

Du darfst nicht mit deinen Händen herumfuchteln und deinen Tischnachbarn nicht anstoßen.

Du darfst Messer und Gabel nicht so halten, dass dein Tischnachbar sich bedroht fühlt.

Du darfst die Ellenbogen nicht auf den Tisch stellen, weil du dann deinen Tischnachbarn von seinem Platz drängst.

Du darfst dein Messer nur zum Schneiden benutzen, nicht zum Schieben, denn sonst gibt es ein Geräusch, das deine Tischnachbarn erschreckt.

Was du im Mund gehabt hast, darfst du nicht zurück auf den Teller legen, damit dein Tischnachbar sich nicht ekelt.

Du darfst nicht über das Essen nörgeln, denn das könnte deinen Tischnachbarn den Appetit verderben.

Du darfst nicht mit vollem Mund sprechen, denn du könntest deinen Tischnachbarn mit Krümeln bespucken.

Du darfst dein Gesicht nicht über den Teller beugen, weil du damit deine Tischnachbarn missachtest.

Du darfst die Speisen auf dem Teller nicht zerdrücken und verrühren, denn das bietet deinen Tischnachbarn ein hässliches Bild.

Du darfst nicht schmatzen oder laut kauen, denn das ist deinen Tischnachbarn widerlich.

Eine nur annähernde, eine nur vorausgeahnte Verletzung der Gebote humaner Tischsitten veranlasste die Tante, sie zu wiederholen, in nur leichten Variationen. Nicht dass der Neffe in puncto Essmanieren unbelehrbar gewesen wäre oder eine flache Lernkurve gehabt hätte, wie man das heute nennt! Doch er war eine Rappelschnuut und verlor in seiner Impulsivität nicht selten die Körperbeherrschung. Als der Neffe der Regelpredigt längst nicht mehr bedürftig zu sein schien, hatte er erkannt, dass die Tante – wie einst der Dr. Luther in seinem Katechismus mit seinem „Was ist das?" – eine kluge Lehrerin war, die kein Gebot erließ, ohne es zu begründen. Der Generalgrund – das war einsichtig – lautete: Mach dich deinem Tischnachbarn angenehm.

Warum, denkt Pitt, wenn er in den Vehikeln des Nahverkehrs sitzt, hatte die Tante nicht dieses Gebot in ihrem Benimmrepertoire: du darfst nicht aus der Flasche trinken. Gut, bei Tisch tut man das nicht, denn dort stehen Gläser auf einem Tischtuch, und meistens hat auch nicht jeder Tischgenosse seine eigene Flasche. Es ist, begünstigt wohl durch die Ernährungsberatung in hundert Zeitungen und Postillen, bei vielen Menschen das Gefühl entstanden, auch eine nur zwanzigminütige Bahnfahrt nicht ohne kräftige gluckernde Züge aus einer Wasserflasche, wie zu einer Wüstenexpedition verstaut am Körper, in Taschen und Rucksäcken, überstehen zu können. Nein, die Tante sah keine Notwendigkeit zu gebieten, nicht aus der Flasche zu trinken.

Auch ein anderes Gebot hielt die Tante nicht für erforderlich: du darfst nicht „vor den Leuten essen" (so hätte sie es genannt). Für sie waren Mahlzeiten an einen Tisch, an einen ordentlich gedeckten, gebunden. Sie kannte nicht die unzähligen Nahrungsquellen, die sich an den Wegen des modernen Menschen auftun, in Form von Backshops, Trinkbüdchen, Coffee-to-go-Stationen, Pommes- und Würstchenbuden, Eiskübeln. Auch waren bei geselligen Großveranstaltungen noch nicht die kaltwarmen Büfetts mit ihrem verschwenderischen Angebot vom Braten bis zum Fingerfoodhappen im Schwange, wo Menschen in halböffentlicher Atmosphäre in

akrobatischer Geschicklichkeit Teller und Gläser auf Treppenstufen, Fensterbänken, Ruhepolstern und an umlagerten Stehtischen balancieren und mit vollgestopftem Hamstermund aufeinander einreden oder -schreien. Die Tante hatte recht: das Essen in der Öffentlichkeit, das Essen ohne Regel und Abstandsgebot, ist ein Graus. Ein Tisch oder wenigstens – wie beim Picknick im öffentlich-intimen Park – ein Tischtuch ist die Voraussetzung für eine gesittete gesellige Mahlzeit, die sachlich logischen Regeln gehorcht. In der S-Bahn wird mit hübsch gereimten Sprüchen vor dem Verzehr warmer Speisen gewarnt, genauer: vor dem Gestank, den sie verbreiten. Das Essen im Nahverkehr ist geradezu zur Regelwidrigkeit verurteilt. Das dick belegte oder trockene Baguette oder das Brötchen wird zwar oft mit einer gewissen Dezenz aus der Tüte gegessen, aber wie ungeheuer wolfsweit muss der Mund aufgesperrt werden, um einen kräftig abgebissenen Brocken zum Zermahlen unterbringen zu können, wie hässlich heftig malmen die Kiefer. Eine Banane, von der die Schalenstreifen schlapp herabhängen, gibt jedem Gesicht etwas Äffisches. Manchmal steigen Düfte auf, die asozial sind, weil sie Hungergefühle wecken. Der krachende, von einem nur befürchteten Spritzen des Saftes begleitete Biss in den Apfel und die schmatzende Zerkleinerung des herausgebrochenen Stückes erinnert Pitt nicht an Schneewittchen, sondern an das Hausschwein im Gelass unter der Treppe, dessen Lieblingsspeise im Trog die grünen Äpfel waren. Immerhin: im Nahverkehr ist wenigstens in den Bussen das Verbot des Eisgenusses ausgeschildert, nicht aus Rücksichtnahme auf die Kleidung der Mitreisenden, sondern auf die Sitzpolster. Allerdings ist das öffentliche regelwidrige Essen im Nahverkehr wegen der relativen Kürze der Fahrt gerade noch erträglich, im Gegensatz zum Fernverkehr, wo ganze Abteile oder Sitzgruppen oft Orte von Speiseorgien werden.

Die Ästhetik gesitteter Tischmanieren, zu deren Fürsprecherin sich die Tante gemacht hatte, schönt die menschliche Erscheinung. In der Tischgesellschaft, die sich formvollendet ins Benehmen setzt, ist der essende und trinkende Mensch graziös und schön. Lässt er die Form fallen wie ein als Last empfundenes Kostüm, tritt die Hässlichkeit zutage, die für die erotisch nicht inspirierende Nacktheit der Normalfall ist. Der essende Mensch im Nahverkehr, mit sich allein in Gesellschaft, ist hässlich (wollte Pitt schreiben: isst hässlich?). Das Essen verzerrt sein Gesicht, ja den Körper in seiner Haltung, in der Haltlosigkeit zeigt sich tierische Dumpfheit, physiognomische Schlaffheit, geistlose Kaumechanik.

Ganz mit sich allein, in einem nicht beobachtbaren Naturzustand – etwa strähnig ungewaschen am Küchentisch bei offen stehender Kühlschranktür, mit der Zeitung in der Hand – kann der Essende sich nicht als hässlich oder nur unanmutig empfinden, denn er sieht sich nicht: er ist nicht das Objekt eines Schauens, das sich von Regeln der Ästhetik beeinflussen lässt. Doch allein mit sich in Gesellschaft sinkt er herab auf eine animalische Seinsstufe, auf der ein Mensch nur hässlich sein kann. Das sollte jeder bedenken, der in den Waggons des Nahverkehrs Speis und Trank aus Taschen, Tüten und Rucksäcken kramt.

Hat es Zeiten gegeben, in denen das Essen in fremder Gesellschaft, außerhalb des Rituals der Tischgemeinschaft, tabu war, eine Epoche, in der die Tante ihre Regeln in Stein gehämmert hatte? Früher durften Damen auf der Straße nicht rauchen, heute müssen sie es, weil sie bei Tisch in geschlossenen Räumen nicht rauchen dürfen; bei den fröstelnd vor den Glastüren der Konferenzsäle und Büros stehenden Rauchern denkt keiner mehr an das Geschlecht, es sind nur Leidensgenossen. Vielleicht wurde früher, als es im Nah- und Fernverkehr Raucherabteile gab, weniger gegessen.

Pitt hat sich an der U-Bahn-Station Jungfernstieg eine lecker knusprige Laugenbrezel gekauft, sie aus der verräterisch raschelnden Tüte genommen und sie in seine Aktentasche in den Knick einer Zeitung gelegt. Er lässt seine Hand unauffällig, als kramte sie in der Tasche, hineingleiten, bricht sich einen Brocken, mehr eine Krume, aus

dem widerständigen Gebäck und führt das Triangel von Daumen, Zeige- und Mittelfinger zum Mund, als wollte es die Lippen in nachdenklich wirkender Gebärde betupfen. Er wünscht sich, er hätte eine Reptilienzunge, die, unsichtbar in ihrer Blitzesschnelle, die Beute schnappt. Er erinnert sich an einen panischen Moment im Gedränge eines kürzlich erlebten Büfettkampfes, als das Schnittchen über seinen verkrampften Mundwinkeln zerbrach und der Belag links und rechts auf Kragen und Krawatte fiel und die Hand, die das Glas hielt, der Esshand nicht helfen konnte, das brechende Brot zurück in den Mund zu stopfen, und auch der Kopf nicht hoch genug zur Decke gereckt und das Kinn nicht weit genug ausgefahren werden konnte, um das Aalfilet nicht auf den Teppich fallen zu lassen.

Pitt erinnert sich an den Studenten John Kemp, den Philip Larkin, Englands berühmter Lyriker, in seinem frühen Roman „Jill" als Provinzler in eine bedeutende Universitätsstadt reisen lässt. Der Hunger beginnt ihn zu plagen, und er wagt es nicht, das Eiersandwich und das Schinkensandwich, das die Mutter in braunes Papier gepackt hat, auszuwickeln, denn das Zugabteil ist voll besetzt und niemand isst. Er hatte von seiner Mutter – hatte er auch eine Tante? – gelernt: es ist unschicklich, in der Öffentlichkeit, und dazu gehört ein Zugabteil, zu essen. Und es geschieht das Entsetzliche: sterbenskrank vor Hunger schleicht er sich auf die Toilette, macht sich über seine Sandwiches her und stopft einen Rest durch einen Ventilator im Fenster, als ein zorniges Rütteln an der Tür des WC (steht die Abkürzung für „worst case"?) ihn ertappt erschrecken ließ.

Als er in sein Abteil zurückkommt, sieht er, wie die zwei älteren Damen Servietten, Sandwichpakete, Obstpasteten und Thermosflaschen zu einem ungenierten Picknick ausbreiten, ein hübsches Mädchen seine Käsebrötchen aus dem Silberpapier wickelt und ein betagter Geistlicher, offenbar mit Prothesenproblemen, seine Kekse mümmelt. Und nach ein paar Minuten irritierten Aus-dem-Fenster-Schauens wird er zart angestoßen von einer der Damen, der kleineren, dickeren, die ihm ein Fresspäckchen in einer Serviette hinhält:

„Hättest du gern ein Sandwich, mein Junge?". Sein stoisch verlegener Widerstand hält nicht lange, denn als die spendable Dame vermutet, dass er krank sei, greift er doch zu und wird von allen Mitreisenden mit Sandwiches und Apfelschnitzen und von dem hübschen Mädchen, das die Fingerspitzen ableckt, mit Kuchen traktiert. Doch dem jungen Mann bleibt das schöne Abenteuer der improvisierten Tischgemeinschaft im rollenden Raum suspekt: „Während er kaute, hielt er seine Augen auf den schmutzigen Boden gerichtet und fühlte sich zutiefst gedemütigt."

Die Tante hatte den Neffen einmal tantenseelenallein vor einen Teller Griesbrei mit Rosinen gesetzt, objektiv ein leckeres Gericht, für den kleinen Gast dagegen Inbegriff kulinarischer Abscheulichkeit. Nach einigen Überwindungslöffeln hatte er den Brei, den Teller sorgfältig auskratzend, aus dem Fenster geschüttet. Ach, dass er nicht in einer sausenden Bahn gesessen hatte, die den Brei im Fahrtwind atomisiert hätte! „Wie kommt denn da der Brei aufs Dach?" Den entsetzten ungläubigen Schrei der Tante aus der Tiefe des Hofes wird er nie vergessen. Er hatte alle Tischregeln, die für den privaten wie für den öffentlichen Raum, vernichtet. (Pardon, Pitt hat die peinliche, ja traumatische Episode in seiner Novelle „Warum wurde Purzel umgebracht?", allerdings mit anderen Figuren, schon einmal erzählt, doch hier hat sie thematisch einen besseren Platz).

Standpunkte zur Pünktlichkeit: starten oder warten

Da Pitt seit Jahrzehnten Mitglied der Vereinigten Dienstleistungs-
gewerkschaft ist, könnte jeder der Fahrer, könnte jede der Fahrerin-
nen der Busse oder Bahnen sein Kollege oder seine Kollegin sein. Er
muss daher die folgende Betrachtung, die auch einen kritischen Unterton haben soll, mit kollegialem Verständnis und in solidarischer
Nachsicht schreiben.

Jedermann, jede Frau hat auf Bahnsteigen diese Szene erlebt:
Der Fernzug – sagen wir: nach München – ist abgefertigt, die Tür des
ICE steht noch offen, ein Mann mit polterndem Blechkoffer ist die
Rolltreppe heruntergerannt, erreicht den Zug bis auf wenige Schritte, da schnappt die Tür des Zuges zu. Der Mann steht atemlos und
zornig im noch sanften Fahrtwind, auf seinen Zügen malen sich Ratlosigkeit und Verzweiflung. Er muss mindestens eine Stunde auf die
nächste Abfahrt warten. Was kann ihm in dieser Stunde nicht alles
entgehen? Auch ist die Platzreservierung verloren. Wir haben Mitleid mit dem Mann. Wir haben seine Niederlage nicht nur beobachtet, wir haben sie selbst schon erlebt.

Ein um Haares- und Trittbrettbreite verpasster Zug im Nahverkehr ist ärgerlich, doch nicht katastrophal, denn der Takt führt nur
zu geringfügigen Verspätungen – die natürlich unangenehm folgen-
reich sein können.

Pünktlichkeit im Nahverkehr hat eine zwiespältige Bedeutung.
Aus der Sicht der Bahnleitung ist sie ein heiliges Versprechen. Aus der
Sicht des Fahrgastes kann sie stören, wenn sein persönlicher Takt und
der Takt der Bahn in Bruchteilen auseinanderfallen. Am Treppenaufgang oder hinter der Glastür des Aufzuges, der von Fahrgästen mit
schwerem Gepäck, aber vor allem von Älteren, Behinderten und Lauf-
faulen benutzt wird, sieht man auf der Anzeigetafel die Zahl der Minuten bis zur Abfahrt. Hält der Zug bereits an der Bahnsteigkante, wo
er manchmal auch längere Zeit zum Starteinsatz oder zum Umsteigen

wartet, erscheint auf der Anzeigetafel oft der Laufbefehl „fährt sofort".
Sieht man noch die Zeitung vor dem Gesicht des Fahrers oder der
Fahrerin, weiß man, dass der Befehl nicht wörtlich zu nehmen ist.

Beim Umsteigen – zum Beispiel von der Linie U 1 auf die
Ringlinie U 3 in Wandsbek-Gartenstadt – können die Takte von
Bahn und Fahrgast dadurch auseinanderfallen, dass die haltenden
Züge auf beiden Seiten des Bahnsteigs eine beträchtlich unterschied-
liche Länge haben. Bist du in Volksdorf in den ersten Waggon vor
dem Fahrstuhl eingestiegen, hast du in Wandsbek-Gartenstadt die
Entfernung mehrerer Waggonlängen zu überwinden, um dem Lauf-
befehl „fährt sofort" erfolgreich nachzukommen.

Der Zug war pünktlich – ist das nicht eine berühmte Erzählung von Heinrich Böll? Sofort heißt sofort. Der pünktliche Fahrer
oder die pünktliche Fahrerin starten den Zug fahrplangenau, nicht
später, nicht früher (wenn man es auch oft erlebt, dass die Busse, zumal in verkehrsarmen Zeiten, zwei oder gar drei Minuten früher an
der Haltestelle sind und den pünktlichen Fahrgast, der verwundert
auf seine Uhr schaut, nicht einmal mehr im Rückspiegel sehen). Er
oder sie können den Fahrgast (aber Fahrgästin will Pitt nun wirklich
nicht sagen), vor dem sich die Glastür des Fahrstuhls schleppend öffnet oder der vom fernen letzten Waggon seines Zuges zum Umsteigen herbeieilt, auch stehen lassen. Das ist nicht unhöflich, das ist korrekt. Das ist die Unhöflichkeit, die in Korrektheit liegen kann.

Pitt stellt sich vor, dass der Mann oder die Frau im Führerstand
eine Sekundenbandbreite freier Entscheidung haben: starten oder
warten, den herbeihastenden Fahrgast ignorieren oder ihm eine
freundliche, eine ihm entgegenkommende Zeitbrücke bauen. Pitt
kann nicht beurteilen, welche Zeitzwänge im Führerstand („an der
Kurbel" möchte Pitt in Erinnerung an die alten Straßenbahnen im
Hannover der fünfziger Jahre sagen) herrschen. Vielleicht überschätzt
er den Grad der Entscheidungsfreiheit, der dort gegeben ist. Doch
oft hat er den Eindruck, Opfer einer kaltherzigen, ja grausamen
Pflichtexekution zu werden. Der Fahrer oder die Fahrerin sehen ihn,

den Herbeieilenden, geradlinig und aufmerksam an, ja, geradezu erwartungsvoll, so scheint es – und dann schnappen die Türen zu und der Zug setzt sich in Bewegung. In diesem Augenblick erhebt sich die Frage: Ist Bosheit im Spiel? Genießt jemand seine Macht? Freut sich eine*r, eine Lektion in Pünktlichkeit zu erteilen, auf der ja in der Tat die Zuverlässigkeit des Systems beruht?

Pitt hat sich ein für allemal entschieden, die Pflichtmenschen im Führerstand als korrekte Anwälte ihres Systems in Raum und Zeit zu sehen, denen es jedes Mal einen Stich ins Herz gibt, wenn sie ohne Ansehen der Person und der Umstände dem Gebot der Pünktlichkeit folgen müssen und im Kontinuum der herandrängenden Fahrgäste entschlossen ihre plangemäße Zäsur setzten. Das ist eine Erleichterung: er fühlt sich nicht als vernachlässigtes Opfer des Systems, sondern ist dankbar für seine Erhaltung, die ihm – nicht heute, aber morgen – zugute kommt.

Ein metaphysisches Rätsel

Zweitausend Male wohl hat Pitt an einem Montagmorgen, häufig in Bussen und Bahnen des Nah- und Fernverkehrs aller Typen, sein Magazin aufgeblättert, aber an diesem Januarmorgen ist sein Lesebehagen gestört. Die Seiten mit der Story „Die entgleiste Stadt" von Jochen-Martin Gutsch und Wiebke Hollersen, die er sich aus dem Inhaltsverzeichnis herausgepickt hat, sind entgleist. Vielmehr: nur die Seite 61. Sie ist in einer Diagonalen derart geknickt, dass die rechte obere Ecke des Blattes weggeschnitten und die linke untere Ecke beim Heften des Magazins unter den Falz verschwunden ist und als Dreieckszipfel neben der Seite 94 wieder erscheint. Die Seite 62 ist nicht lesbar, und als Pitt – er hat weder Schere noch Messer in der

Tasche – versucht, das Blatt zu entriegeln, vergrößert er das Missgeschick, das die Maschinen geliefert haben: das Blatt zerreißt. Für diesen Fehler der Produktion wird es einen Fachausdruck geben, so lustig wie etwa der Begriff „Zwiebelfische", mit denen die Schriftsetzer, als es ihren schönen Beruf noch gab, die in ihrem Setzkasten in falsche Fächer gelandeten Buchstaben bezeichnet haben.

Ein Fiasko, noch nie erlebt. Ein symbolisches Fiasko, denn die „Spiegel"-Geschichte beschreibt ein Fiasko. Unsere Metropole – im 21. Jahrhundert! – ohne funktionierende S-Bahn, „eine Krise ohne Ende". Hatte sie nicht einen legendären Ruf, die Berliner S-Bahn? Zwar waren ihre Waggons bis vor gar nicht langer Zeit ratternd und ruckelnd, altertümlich und auch in neuer Version nicht sehr elegant, aber sie war ein Wunder an Pünktlichkeit und Zuverlässigkeit in ihren langen Radiallinien. Pitt hat in Berlin und seiner reizvollen Umgebung manchen Ausflug nur unternommen, um wieder einmal mit der Berliner S-Bahn zu fahren. Die Fahrten waren stets genau so spannend wie die mit der U-Bahn vor dem Mauerfall, die durch gespenstisch leere Bahnhöfe raste, wo man die kalten Hände aus den Nischen einer Geisterbahn auf dem Rummelplatz nach sich greifen fühlte. Schlimm wäre es, meinen die Autoren, ginge es in ihrem Bericht nur um eine „Berliner Nahverkehrsposse". Es ist schlimmer, und Pitt stimmt ihnen zu: es geht um den „politisch geduldeten Verfall öffentlicher Einrichtungen". Manager und Politiker haben einen Stamm städtischer Zivilisation gefällt, nicht mit der Axt, sondern mit der Handsäge, die an zwei Griffen hin- und hergezogen werden muss.

Was war in der Hauptstadt geschehen? Schon im zweiten Jahr hatte das System der S-Bahn vor dem Winter kapituliert. Eine Hauptschlagader des Verkehrs war Anfang 2011 verstopft. Von 562 S-Bahn-Zügen waren nur noch rund 200 unterwegs – ungefähr so viele wie im Nachkriegsberlin 1946. Wie tüchtig waren die Bahnmanager nach dem Krieg, könnte einer sagen, wie kläglich haben sie versagt siebzig Jahre später, ein anderer.

Es gibt Schuldige und Schuldfaktoren, natürlich, das ist klar. Ein Konzern, der den Nahverkehr unter die Regie des Fernverkehrsmanagers stellt, der sein lokales Produkt wahrscheinlich gar nicht ausprobiert; ein Bahnvorstand, der die Schienenstränge seiner Züge im Geiste wie die Linien von Breiten- und Längengraden den Globus umspannen sieht und Anleger mit goldgeränderten Aktien verwöhnen will; Politiker, die nicht mehr wissen, wie man das Wort Gemeinwohl buchstabiert, geschweige denn definiert; Bürger, die sich höchstens dann an die Schienen ketten, wenn wieder einmal die Behälter mit der strahlenden Fracht – Abfallprodukte der Stromerzeugung, die den Schienenverkehr ermöglicht – über sie rollen sollen; Ingenieure und Techniker, die nichts mehr vom KISS-Grundsatz („keep it simple, stupid") wissen; das Streben nach Komfort und komplizierter Elektronik, die jede robuste Konstruktion überwuchert wie beim Telefon, durch das die Leute ja auch nur „hallo" sagen wollen. Aber auch wir Fahrgäste sind schuldig: irgendwann fingen wir ja an, die Holzklasse als Zumutung zu empfinden. Man nennt so einen schleichenden Prozess des Verfalls ein kollektives Versagen.

In diesen Tagen wird es auch in Hamburg für ein paar Tage zu – angekündigten – Zugausfällen kommen. Weichen im Bereich des Hauptbahnhofs, über die alle S-Bahnzüge rollen, müssen erneuert werden. Auch Hochbahn-Linien lagen schon für viele Wochen still, weil Brücken erneuert werden mussten. Ja, es gibt Menschen, die solche Unbequemlichkeiten kritisieren, doch nur wenige, denn die meisten wissen: jedes technische System, dem wir uns anvertrauen, auf das wir Pläne bauen, ist ein lebendiger Organismus, der sich in allen seinen Teilen permanent erneuert. Bei der Bahn führt jeder Investitionsstau zwangsläufig in den langwierigen Verkehrsstau.

Pitt sieht, dass ein paar Plätze von ihm entfernt ein Fahrgast das gleiche Magazin wie er liest. „Entschuldigen Sie, mein Herr, könnten Sie einmal nachschlagen, ob in Ihrem Heft die Seite 61 ordentlich gedruckt und geheftet ist?" Nein, so mutig ist Pitt nicht. Er wird nicht erfahren, ob der Fehler ein Ausrutscher ist, eine singuläre Panne oder ein Fehler im System, der eine Teilauflage des Heftes zu Makulatur machte (Pitt wird sein Heft jedoch am Kiosk nicht reklamieren). Vielleicht gibt es im nächsten Heft eine Erklärung oder eine Entschuldigung – wie sie manche Redaktionen ja auf die erste Seite setzen, wenn es zu Ausfällen im Falle höherer Gewalt oder Streiks gekommen ist. Mal im Internet nachschauen? Murphys unvergessenes Gesetz: wenn etwas schief gehen kann, geht es schief. Pitt wünscht, dass seine schiefe, total entgleiste Seite ein Einzelfall sein möge, der bizarre Einfall einer Maschine, die ein einziges Mal ihr Gleis verlassen wollte.

Dieses Rätsel aber muss einen metaphysischen Hintergrund haben: Warum in aller Welt hat es ausgerechnet die Seite erwischt, auf der der Satz steht: „So wird aus einer Krise des Nahverkehrs eine Krise des Gemeinwohls."

Nächstenliebe im Gedränge

„ÖPNV: Das Grauen hat einen Namen. Öffentlicher Personennahverkehr. Der Mensch kommt Personen nahe. Öffentlich. Personen, mit denen er anderswo nicht verkehren würde."

Diese Sätze fand Pitt – auf einer Bahnfahrt natürlich – im ZEIT-Magazin, dem alten, nicht dem gerade nach langer Versenkung neu erstandenen. Die Sätze, denen alles in ihm widerspricht, kann er sich auf zweifache Weise erklären. Erstens: Sie sind schon sehr alt und berücksichtigen nicht den Komfortsprung, den der Nahverkehr inzwischen gemacht hat. Zweitens: Sie sind der Ausdruck einer Überempfindlichkeit. Eine dritte Möglichkeit, die Pitt ausschließen möchte, ist die Hochnäsigkeit unseres intellektuellen Zeitgeistes, die der amerikanische Soziologe Michael J. Sandel in seinem Buch „The Tyranny of Merit" kritisiert: die Besserverdienenden und Besserge-

bildeten (in denen der Soziologe Reckwitz auch „Singularitäten" erkennt), schauen verächtlich auf die herab, die sich den Individualverkehr nicht leisten können.

In einem subtil-schwierigen Buch – seine Lektüre ist für Bahnfahrten nicht anzuraten – hat Silvia Bovenschen die „Spielformen der Idiosynkrasie", der „Über-Empfindlichkeit", dargestellt. In ihrer Recherche stieß sie darauf, dass Cäsar und Wallenstein das Miauen von Katzen, René Magritte Pfadfinder und den Geruch von Öl eklig fanden und sie selbst von den Worten „schmackhaft" und „bekömmlich" angewidert sei; der wunderbare Deutschlehrer Michael Maar hat sich in seiner Stilkunde „Die Schlange im Wolfspelz" empfindlich gegenüber der Floskel „auf Augenhöhe" gezeigt (das schöne Bild ist aber in Geschichten des Nahverkehrs wirklich unvermeidbar!). Die vielen Anlässe für das „Grauen", das hochsensible Naturen empfinden: der noch vom Tee befeuchtete Löffel in der Zuckerdose, die Butterschlieren im Marmeladenglas, das Quietschen der Kreide auf der Tafel (oder das Kratzen des Filzstiftes in der TV-Werbung für den Yello-Strom), die Haut auf der Milch. Warum sollte es nicht eine Idiosynkrasie geben, die sich gegen den Nahverkehr oder einzelne seiner Phänomene richtet?

Der Brockhaus aus dem Jahre 1989, von Silvia Bovenschen zitiert, spricht von einer „hochgradigen Abneigung oder Überempfindlichkeit eines Menschen gegenüber bestimmten Personen, Lebewesen, Gegenständen, Reizen, Anschauungen u. a." Wenn unsere ÖPNV-Kritikerin Dorothee Friedrich von ihrem „Grauen" spricht, dann ist das noch eine Steigerung des Empfindens von Widerwillen, Abscheu oder Ekel. Diese Missstimmungen werden auf ein empfindliches Nervensystem zurückgeführt, was immer das sein mag.

Ohne nervlich besonders dünnhäutig sein zu müssen, sind wir wohl alle empfindlich oder gar überempfindlich gegen irgendetwas. Im Nahverkehr reagiert auch Pitt empfindlich auf gewisse Erscheinungen. Wenn er zum Beispiel im Bus, mit dem Rücken zur Fahrtrichtung sitzend, fünf Fahrgäste im Blickfeld hat, die mit der Mimik glotzender Wiederkäuer ins Leere starren, Männlein wie Weiblein, dann empfindet Pitt auch ein „Grauen", das sich steigert in der Vorstellung, der Kaugummi werde am Ende der Busfahrt fünffach auf den Gehweg gespien und zu einer hässlichen Narbe plattgetreten, wie man sie auf Boulevards tausendfach sehen kann. Eine junge Frau aus der Gruppe der Wiederkäuer – äußerst attraktiv wäre sie ohne dieses stumpfsinnige Kiefermahlen – trägt ein T-Shirt mit der Aufschrift „heartbreaker – mein's rührst und brichst du nicht!" (Apropos Shirt: das unterm offenen Hemdkragen sichtbare Unterhemd, das bei vielen für schick gilt, ist für Pitt ein unangenehmer Anblick).

Wer im Nahverkehr eine Abneigung gegenüber „bestimmten Personen", wie der Brockhaus formuliert, empfindet, kann sie nur an ihrer äußeren Erscheinung festmachen: also an der Kleidung, der Frisur, ihren körperlichen Spezifika, den mimischen Merkmalen, manchmal der Sprechweise, manchmal seinem Verhalten, seltener olfaktorischen Auffälligkeiten. Kein menschliches Gesicht ist hässlich, aber einige Gesichter sind besonders schön. Keine Gestalt ist disharmonisch, denn jede folgt ihrem rätselhaft ganzheitlichen Konzept, doch einige Gestalten sind von besonderer Grazie. Keiner grunzt wie ein Wolfsmensch, aber einige haben, in Diskant und Bass, eine Engelsstimme.

Huschen unsere Augen, immerfort vergleichend, von den Schönheitsbildern hinab zu den Bildern ästhetischer Unvollkommenheit, wenn wir eine „Abneigung gegenüber bestimmten Personen" entwickeln? In ihr Inneres können wir in flüchtiger Begegnung ja nicht schauen. Warum blicken wir gereizt auf etwas, das uns nicht gefallen mag? Arthur Schopenhauer hat einmal in Menschen, die ihm in ihrer Durchschnittlichkeit nicht behagten, eine „Fabrikwaare der Natur" gesehen. Aber auch seinesgleichen – die Feingeister, Selbstdenker und Ästheten – muss sich in seinem „tat twam asi", das die Unterschiede zwischen allen Geschöpfen aufhebt, als Dutzendware erkennen: auch das bist du.

Sie reist mit Personen, mit denen sie anderswo nie verkehren würde, unsere ÖPNV-Reporterin. Ist sie Menschenverächterin, gar

 Nächstenliebe im Gedränge

eine Menschenfeindin? Immanuel Kant hat in seiner „Anthropologie in pragmatischer Hinsicht", seiner Menschenkunde, von der „ästhetischen Misanthropie" gesprochen. An ihr leiden Menschen, die Herrliches vom Menschen erwarten und enttäuscht sind, dass sie weit dahinter zurückbleiben. Sie haben einen übersteigert hohen Begriff von der möglichen Schönheit, Bildung, Anmut, Charakterstärke des Menschen, und in der Wirklichkeit scheinen ihnen nur Karikaturen oder Gegenbilder ihres Ideals zu begegnen. Sie entwickeln diese ästhetisch begründete Menschenfeindschaft, diese Abneigung gegen das Hässliche als das Defizitäre. Zu dieser Gruppe gehören idealistische Politiker oder Pädagogen, die am Ende ihres Lebens einer zynischen Wurstigkeit verfallen. Kants ästhetische Misanthropie vermutet Pitt hinter der Magazin-Analyse. Dort heißt es: „Denn der Mensch hat Stolz und Würde. Er fährt. Personen aber werden befördert." Die Autorin stößt sich im Nahverkehr an diesen passiven, dinghaft transportierten Personen, die hinter das Idealbild des autonomen Menschen, der wohl notwendigerweise in Selbststeuerung sein Auto fahren muss, zurückfallen, eine Abneigung, die sie von jedem Verkehr mit ihnen abhalten würde.

„Der Mensch fühlt sich im ÖPNV weit unter seinem Niveau untergebracht", sagt die ÖPNV-Testerin (möglicherweise fliegt sie oft Business Class). Da haben wir es wieder: das Leitbild, das für die Reise des wohlhabenden, kultivierten, an Komfort und Luxus gewöhnten Menschen gelten soll. Dagegen fällt alles ab: sogar die Fahrt in der Stretchlimousine mit Bett, Bar und Fernseher, denn die muss sich ja auch durch drangvollen Straßenverkehr quälen. Goethes Kutsche am Weimarer Frauenplan: eine komfortable Kammer auf Rädern, gezogen von vier Pferden, doch brachen Achse und Rad, dann endete die Reise in Graben und Chausseeschlamm und wurde manches Mal ganz aufgegeben. Das Interieur von Bahnen und Bussen ist nicht immer auf der reinlich-anheimelnden Höhe des liebevoll und voller Besitzerstolz gepflegten und ausgestatteten Innenraums des eigenen Autos; es unterliegt, wie alles öffentliche Gut, den Abnutzungs-,

Missbrauchs- und Zerstörungsgesetzen, denen alle Sachen im kollektiven Eigentum unterworfen sind.

Aber müssen wir das schöne Idealbild, das wir von uns selbst, von unserer und anderer Menschen wünschenswerten Lebens- und Reisesituation im Kopfe haben, auf ein so zweckmäßig-rationales System wie den Nahverkehr überhaupt übertragen und von einem Niveauverlust sprechen, etwa mit dem Bild: das Reh im Schweinestall? (Pardon, Pitt hat das Bild schon in seinem Roman „Der Schwanenvater" benutzt).

„Eine Fahrt ist wie die andere. Es zählt einzig die Breite des Nebenmanns und wie viel Luft einem der zum Atmen lässt." Der Mensch im Gedränge ist der Mensch in Bedrängnis? Vielleicht empfindet er tatsächlich die doppelte Urangst des Eingesperrtseins auf engem Raum und in der physischen Distanzlosigkeit. In der Tat erzeugt das Gedränge in Bahnen und Bussen, das sich in Spitzenverkehrszeiten nicht immer vermeiden lässt, eine Treibhausluft, die Idiosynkrasien blühen lässt. Der Nahverkehr kann hier buchstäblich erlebt werden: der Nächste, den wir nach christlichem Gebot lieben sollen wie uns selbst, in allergrößter Nähe. In den überschaubaren deutschen Großstädten kommt es im Nahverkehr nicht zu den Exzessen an Dichtigkeit und Überfüllung wie in den Megacitys der Welt. Doch auch bei uns kann in Stoßzeiten ein aus Berührungsängsten, Geruchsbelästigungen, klaustrophobischen Attacken, erwarteten Zudringlichkeiten, hygienischen Besorgnissen gespeistes Bedrohungsszenario entstehen.

Auch die verbreitete Sorge der Pandemie-Jahre 20/21, der Nächste könnte uns als Virenträger zu nahe gekommen sein, ist unbegründet. Jedenfalls ist das Infektionsrisiko in den Zügen des Nahverkehrs nicht größer als im erlaubten familiären Nahverkehr gewesen. Das sagt die von elf Bundesländern finanzierte Studie des Forschungsinstituts Charité Research mit 700 Fahrgästen im Rhein-Main-Verkehrsverbund. Natürlich muss sich der Verband der Verkehrsunternehmen, der die Studie initiiert hat, Gedanken darüber machen, ob sich das Fahrverhalten der ÖPNV-Kunden durch den Schock der Pandemie langfristig verändert hat. Vorurteile gegenüber dem Reisen im Gedränge müssen in den Ballungsgebieten abgebaut werden, damit sie nicht an ihrem Verkehr ersticken.

Dass einer das Gedränge in der Straßenbahn auch lustvoll erleben kann, hat uns Günter Grass „beim Schälen der Zwiebel" erzählt. In Düsseldorf, in der autolosen Nachkriegszeit, fuhr er morgens mit der immer überfüllten Bahn vom Caritas-Heim zur Arbeit im Steinmetzbetrieb. Nie hatte er einen Sitzplatz, und „halb aus Absicht drängelnd und halb geschoben", stellte er sich zwischen junge Mädchen und „ausgewachsene" Frauen. Im Winter wegen der dicken Kleidung weniger, im Sommer wegen der dünnen stärker „kamen sich Stoff und Stoff, Fleisch und Fleisch unterm Stoff" näher mit jedem anruckenden Stoß der Bahn, und der „überdies leicht reizbare Penis" wurde zu einem reichlich genierlichen „sperrigen Ding". An dem keiner der Fahrgäste Anstoß nahm, und auch die weiblichen haben sich nicht empört. Unsere ZEIT-Autorin hätte sich in der Düsseldorfer Straßenbahn gewiss über mehr beschwert als nur über den Mangel an Atemluft. Sie hätte gesagt: „ÖPNV – was für eine Zumutung." Ja, in einen Intimverkehr darf sich der Nahverkehr nicht verwandeln, die Fahrgäste nicht in Grapscher.

ÖPNV ist gewiss kein einladender Begriff. Doch die Städte- und Verkehrsplaner benutzen ihn wohl, weil sie einen anderen, in unserer angeblich so individualistischen Zeit mit ihren immer neuen uniformen Differenzierungszwängen verpönten Begriff meiden wollen: den des Massenverkehrs. Es ist nie die verstopfte Autobahn oder der städtische Stau, in dem sich ein „Massenverkehr" abwickelt, nein, sein definitorischer Ort ist die Schiene. Wer möchte gern in einem Massenverkehrsmittel wie ein Massegut, wie Schüttgut in einem Kanalkahn, transportiert werden? Mag es noch so gute Gründe für diesen Massentransport geben, mag er die Klimakatastrophe aufhalten, kostengünstig sein, Tausende von Menschen am Leben erhalten, die Betonierung unserer Stadtlandschaften vermindern: die Liebhaber des Individualverkehrs, die vom Finanzamt belohnt werden, werden noch auf gelegentlichen Bahnfahrten mit dem Autoschlüssel klimpern, um zu zeigen, dass sie diese Transportart nicht nötig haben. Es sind keine Massen, es sind nur Mengen, die in den Metrosystemen der Welt unterwegs sind, also nicht die Massen, die uns Le Bon, Ortega y Gasset oder Canetti beschrieben haben, dieses dynamische, explosive, hin- und herschwappende Menschengebräu, sondern es sind viele Menschen, die in unvermeidbarer Häufung zusammenkommen, um in passiver Getragenheit zu einem Ziel zu gelangen, das kein gemeinsames ist.

Es geschieht selten in deutschen Ballungszentren, dass Menschen sich im Nahverkehr – sei es in Spitzenreisezeiten, sei es infolge einer Taktstörung, sei es aufgrund eines Massenevents wie einem Fußballspiel oder dem Hamburger Hafengeburtstag, an dem mit dem verhallenden zweistimmig-gewaltigen Tuten der „Queen Mary 2" die Völkerwanderung zu den Stationen Landungsbrücken und Baumwall einsetzt – in S- und U-Bahnwagen quetschen müssen wie in Tokio, wo robust schiebende Hände das Schließen der Türen ermöglichen. In solchen seltenen Augenblicken überlegt Pitt, ob der kluge Elias Canetti, der in seinem Buch „Masse und Macht" die Ursache jeder Massebildung in einem jähen „Umschlagen der Berührungsfurcht" sieht, seinen Hetzmassen, Fluchtmassen, Verbotsmassen und Festmassen eine moderne Kategorie hätte hinzufügen müssen: Quetschmassen. Doch wer hat es nicht erlebt? – die körperliche Distanzlosigkeit wird von den Fahrgästen nicht leidend, sondern lustig erlebt, denn ein Unbehagen wird überwogen durch das Erfolgserlebnis, möglichst schnell nach Hause zu kommen.

Als Canettis Masse-Buch auf den Markt kam, Anfang der sechziger Jahre, hatte sich Pitt manchmal als Fakultätsfremder in die Vorlesungen des Psychologen Peter R. Hofstätter, der wie Canetti in Wien studiert hatte, gemogelt. Der hält von der Massenpsychologie gar nichts – er nennt ausdrücklich Le Bon und Ortega y Gasset, die ihren nach Millionen zählenden Lesern das Gefühl vermitteln, nie und nimmer zur Masse zu gehören. Er hat seine „Gruppendynamik" als Kritik an der Massenpsychologie entwickelt. Homo sapiens hat eine gewaltige Kulturerfindung gemacht: die „flexible, zielorientierte Gruppe", die kluge Problemlöserin, die das Individuum nicht in kollektiv zerfließenden Grenzen aufhebt, sondern zu einem erkennbaren Leistungsträger oder Leistungsbeiträger in einer Gruppe mit eigenen Gesetzmäßigkeiten macht. Die flexible Gruppe ist eine Aktionsform, die sich am Erfolg ausweist. Wie kommen wir alle körperlich und mental unversehrt von A nach B? Manchmal bleibt einem der Inhalt eines Vortrages oder eines Buches in einem einzigen Satz im Gedächtnis, und bei Pitt stammt dieser – von Hofstätter zitierte – Satz aus einem Brief Schillers an seinen Freund Körner.

Schiller trägt seinem Freund im Jahre 1793 – das berühmte Buch des Freiherrn von Knigge „Über den Umgang mit Menschen" war schon vor fünf Jahren in Hannover erschienen – seine Gedanken über die Gesetze der „Schönheit des Umgangs mit Menschen" vor: „Das erste Gesetz des guten Tones ist: Schone fremde Freiheit. Das zweite: zeige selbst Freiheit". Das Ideal des „schönen Umgangs" sieht Schiller im Bild eines „gut getanzten und aus vielen verwickelten Touren komponierten" englischen Tanzes. Er sei das Sinnbild der „behaupteten eigenen Freiheit und der geschonten Freiheit des anderen".

Und das ist das Wunder des Nahverkehrs: der schonungsvolle Umgang der Menschen miteinander im Gedränge. Die Nah-Gruppe entwickelt spontan ein Regiment des Erträglichmachens von Enge, Gedränge, zu großer Nähe – eben der „verwickelten Touren". Du hörst kein Wort des Zorns über Zudringlichkeit, kein Wort der Empörung über körperliche Berührung, Köpfe, Gesichter, Schultern, Arme bewegen sich mit dem Ziel, die Bewegungsfreiheit und Sichtfreiheit des anderen möglichst zu erhalten. Gebrechlichen, behinderten Menschen wird eine Gasse zu den im Gedränge blockierten und okkupierten Behindertenplätzen gebahnt, um Kinder legt sich ein Kordon der Behutsamkeit, Fahrgäste treten hinaus auf den Bahnsteig, um anderen das Aussteigen zu ermöglichen, jeder achtet darauf, dass der andere einen Halt findet, jeder falsche Schritt wird wirklich als ein faux pas betrachtet und durch eine Entschuldigung ungeschehen gemacht. Die Achtung vor der Freiheit des anderen ist am größten, wo sie am stärksten bedroht ist.

Heute, an einem Sonntagmorgen, fährt Pitt mit der Buslinie 27 nach Wellingsbüttel, ins Torhaus am Alsterlauf, in dem eine Ausstellung der vergessenen Hamburger Maler eröffnet wird. An diesem Morgen findet der Wandsbeker Halbmarathon statt, und Tausende von Hechlern und Stöhnern laufen direkt an Pitts Haus vorbei, vor dem die Haltestelle ist, die nicht angefahren werden kann. Pitt muss sich zu einer nördlich liegenden Haltestelle bemühen, wo der Bus am Ende eines Verkehrsstents hält. Er ist leer auf allen Sitzen, außer dem des Fahrers, der seinen einzigen Fahrgast geradezu freudig begrüßt. Pitt geht zu den auf Stufen zu erklimmenden Sitzen im hinteren Busteil, und vor ihm liegt die Leere des Mercedes-Benz, und er fühlt sich wie in einer riesigen Kutsche, ein König des absoluten Individualverkehrs (der natürlich teuer ist für die Hochbahn). Doch plötzlich überfällt ihn ein horror vacui. Er hält Ausschau nach Mitreisenden. Er schaut aus dem Fenster, als wolle er die Fußgänger einladen, in seiner Kutsche mitzureisen, auch die Radfahrer: komm, lad dein Veloziped ein, unser Bus ist schneller und bequemer. Die Leere um uns kann Panik erzeugen.

Panik kann ein lebensbedrohliches, ja tödliches Gedränges auslösen? Panik muss nicht gleich zu den Todeskämpfen im Zugangstunnel zur Duisburger „Love Parade" des Jahres 2010 führen, deren Bild unvergessen ist. Panische Gefühle werden überall geweckt und verlangen die Besonnenheit einer Gruppe im rationalen Informations- und Argumentationsaustausch, damit sie nicht in unkontrollierte Bewegungen umschlagen.

Auf den hochstelzigen Brückengleisen vor dem Bahnhof Barmbek – gut, sie sind nicht mit der Rendsburger Kanalbrücke oder der Brücke am River Kwai zu vergleichen, haben aber doch etwas schwindelerregend Achterbahnhaftes – sind zwei U-Bahnzüge,

die hier Hochbahnzüge heißen müssen, nebeneinander zum Stehen gekommen. Ein unerhörter, nie erlebter Vorgang. Stromausfall? Oder Schlimmeres: ein Terroranschlag? Die ersten Fahrgäste erheben sich von ihren Sitzen und schauen ratlos-ängstlich in die Tiefe, in beiden Zügen. Einer hantiert schon an der Tür, als prüfe er, ob sie sich für einen Sprung auf die Gleise öffnen ließe. Einer hebt witternd die Nase, als spüre er Brandgeruch – oder Giftgas gar, wie einst in Japan? Ein Zug kann ja mal stehen für eine Weile, dafür gibt es Gründe, doch zwei Züge nebeneinander, an einem höchst ungewöhnlichen Streckenabschnitt, auf einer sich waghalsig türmenden Brückenkonstruktion, unheimlich.

Eine sonor beruhigende Stimme sagt laut: „Jetzt haben sie Krümmel abgeschaltet." Krümmel ist ein störanfälliger Atomreaktor an der Oberelbe vor Hamburg, und die Kanzlerin hat nach den Schreckensbildern aus Fukushima gerade verkündet, alle älteren Atommeiler stilllegen zu lassen und alle übrigen möglicherweise dazu. „Da haben wir's!", schreit eine helle Stimme, „Wind und Sonne, und heute kein Wind und nur Regen." Das sei doch Unsinn, meint ein junger Mann, Krümmel sei doch schon längst abgeschaltet, wegen Reparaturen. „Ich warte gern", sagt eine ältere Frau, „meinetwegen kann der Strom ruhig mal ausfallen, wenn wir nur aus der Atomwirtschaft aussteigen." Zwei junge Mädchen nesteln an ihren Phones: ob sie die Ursache des Stillstands ermitteln wollen? Fahren wir jetzt, fährt der andere Zug auf dem Nachbargleis? Ja, der Verkehr rollt wieder. Eine kleine Stockung, einige wenige Minuten, irgendein Signal hat Vorsicht oder anderen Zügen im Bahnhof Vorfahrt geboten, eine schwache Rhythmusstörung im Verkehrstakt der Tage, und doch hätten sie eine Panik auslösen können wie bei einer Herzattacke. Die Gruppe hat panische Gefühle kommunizierend unterdrückt und Unbedachtsamkeit in gemeinsamer Reflexion nicht aufkommen lassen.

Wenn die Menschen einer beliebigen Stadt an ihrem Hauptbahnhof morgens zwischen sechs und acht Uhr viele Züge gleichzeitig verlassen und aus den Tunneln und über die Treppen wie ein buntes schuppiges Flachtier ins Freie streben, zeigt sich, dass der soziologische Massenbegriff mit dem Nahverkehr nichts zu tun hat. Jetzt erst, in der Zerstreuung der Menge, wird das Dynamische sichtbar. Der Ruhezustand von Körper und Seele ist zentrifugaler Zielstrebigkeit und der ungeduldigen Bewegung Einzelner gewichen, und tausend individuelle Ziele und Strebungen zerstören das Bild der Masse: der Schneefall verwandelt sich in spontan tanzende Flocken zurück.

Der Autofahrer, der Verkehrsindividualist in seinem abschirmenden Gehäuse, dieser im Verkehrsgedränge dahinrollende Klausner, scheut den Schienenstrang wie eine Fessel und den Fahrplan wie die Zwangsjacke. Doch gerade er steckt in einer bewegten Masse, deren Elementarteilchen gezwungen sind, in einer immensen unaufhörlichen Aufmerksamkeit und vitalen Konzentration aufeinander zu reagieren. Der Inbegriff der zivilisatorischen Katastrophe ist für Pitt eine Massenkarambolage auf der Autobahn, die durch das panische Fehlverhalten vieler Verkehrsteilnehmer verursacht wird. Der Autofahrer im Leidezustand des Transports, er will aktiv, schaltend, steuernd, signalgebend sein Ziel erreichen, doch er bewegt sich in einem hochgeregelten System lebensrettender Konventionen in automatischen Reflexen. Unsere humane Souveränität wird durch den Fahrschein besser geschützt als durch den Führerschein. Wie viel Kraft geht in der Fixierung auf die Aggressivität der mobilen Umwelt verloren, wie viel intellektuelle Kapazität wird gebunden durch die Radaraktivität, die sich auf fremde kalkulierbare oder unberechenbare Entscheidungen richtet.

Trotz aller Idiosynkrasie sieht die im Nahverkehr rasende Reporterin im ÖPNV auch einen „Segen für die Menschen". Er fahre die Menschen dorthin, wo sie hinwollten: „Alle Menschen. Ohne Ansehen ihres Geschlechts, ihrer Rasse, ihrer Religion. Wie herrlich demokratisch. Wie sicher und bequem. Mobiler Luxus für die Massen. Privilegiert schon in den Anfangstagen derjenige, der von der Kutsche in die Eisenbahn umsteigen konnte." Schade, Goethe hat das nicht mehr erlebt (auch wenn ein berühmter ZEIT-Feuilletonist die-

 Nächstenliebe im Gedränge

se Möglichkeit einen unkonzentrierten Lidschlag lang für möglich gehalten und daraufhin von einer hämischen Öffentlichkeit, wohl nicht im ÖPNV, getadelt wurde).

Lasst uns das Privileg genießen trotz des Gedränges im Odeur von „Achselschweiß und feuchtem Polyester", lasst uns das System des Nahverkehrs preisen: Begegnungen im Unverhofften, Beobachten, Reden, Reisen in der Hängematte, Schauen, Lesen, Schlafen. Freie Fahrt für die souveräne Seele. Gefahrenwerden statt von Gefahr bedroht zu werden.

„Demokratisch" ist die Reisegesellschaft des Nahverkehrs gewiss nicht, denn die Gleichberechtigung hat mit der Form, in der sich eine Gesellschaft regiert, wenig zu tun. Mitzubestimmen, mitzuregieren, als Souverän über Linien, Stationen, Pläne, Tarife mitzuentscheiden – das ist den Fahrgästen von Bahnen und Bussen nicht gegeben. Wie sollte das auch möglich sein? Ein demokratisches Fahrgastregiment über den Nahverkehr wäre ein Unding wie der Volksentscheid über das Wetter.

Und dennoch: der Nahverkehr ist eine Vorschule der Demokratie. Im Unpolitisch-Alltäglichen lehrt er uns, uns zu ertragen mit allem, was an Missliebigem und Gefälligem, an Hilfreichem und Störendem an uns ist. Sie trainiert das Miteinander unter den erschwerten Bedingungen des engen Raums und des Gedränges, in dem wir uns abschleifen und wechselseitig einschmiegen müssen wie Kieselsteine am Strand. Diese konkrete Form des Sich-Ertragens ist schwieriger zu lernen als die abstrakt gepredigte Duldung. Sie führt zum Sich-Vertragen, dem Fundament eines Gesellschaftsvertrages der spontanen und doch dauerhaften Art.

Die Schule des Nahverkehrs lehrt uns, die Gefühle zu erkennen, die das Zusammenleben stören, ja zerstören können, und legt uns nahe, nicht empfindlich auf die Eigenheiten unserer Mitmenschen zu reagieren, weil wir selbst allen anderen gegenüber eigenartige Wesen sind, einladend zu Zorn und Entgegenkommen, zu Abneigung und Gefallen, zu Neugier und Kritik. Dies alles zusammen, im Negativen und im Positiven, ist Teilnahme am Menschlichen, Teilhabe an Gemeinschaft. Liebe ist nicht zu erwarten, doch ihre ahnungsvollen Vorformen sind im Nahverkehr erfahrbar: Aufmerksamkeit, Rücksichtnahme, Freundlichkeit, Respekt. Sind sie schon im Familien- und Freundeskreis nicht selbstverständlich, so haben sie gesellschaftlich einen kulturellen Rang. Silvia Bovenschen ruft sich in ihren trivial-natürlichen Missempfindungen zu humaner Selbstdisziplin auf: „Wer Idiosynkrasien aushält, der wird vor Vorurteilen einigermaßen sicher sein."

Das Vorurteil verurteilt uns zu politisch-sozialer Unreife: es hemmt uns, mit Menschen verkehren zu wollen.

Hat Pitt genügend Argumente für eine von Umwelt- und Verkehrspolitikern erträumte Verkehrswende geliefert, die dem Öffentlichen Personennahverkehr eine Verdoppelung der Fahrgastzahlen bis 2030 zutraut? Seitdem die allerhöchsten Richter den Menschen ein Grundrecht auf eine gesunde Umwelt zugesprochen haben, überbieten sich die Parteien in ihren Umweltzielen. In der Mitte des Jahrhunderts soll die Umwelt sauber sein, fünf Jahre früher oder später – geschenkt. Eine Säule dieser Erwartungen ist der Nahverkehr. Jeder Stammgast des ÖPNV soll eine andere Person an die Hand nehmen und sagen: komm mit mir, ich zeige dir den Weg des entspannten und ökologisch bedenkenlosen Reisens zu deinen nahen und vielleicht auch etwas ferneren Zielen. Auf seine Überredungskunst allein wird es dabei nicht ankommen, sondern auf die qualitativen Argumente: bessere Taktung, mehr Strecken, bessere Verknüpfung von Bahn, Bus, Rad und Automobil, höherer Komfort und Wohlgefühl, günstiger Fahrpreis, ein „Beförderungsentgelt", das die Kosten des individuellen Verkehrs mit seinen Steuern, Energiekosten, Parkgebühren, Abschreibungen, Kosten des Staufrusts als äußerst unattraktiv erscheinen lassen.

Und weil schon Thomas Mann in seinem schönen wilhelminischen Roman „Königliche Hoheit" vor dem ersten Weltkrieg wusste, dass die „Localbahn deficitär" ist, wird das Defizit des ÖPNV

Nächstenliebe im Gedränge

wahrscheinlich enorm wachsen. Die Verkehrsunternehmen rechnen damit, dass ein Konzept, das die Menschen ihr Auto stehen lassen wird, seine Kosten verdoppeln wird, während sich die Erlöse nur halb verdoppeln. Das Defizit könnte am Ende der Zieldekade bei 11 Milliarden liegen. Der Kostendeckungsgrad wird sich in regionalen Ballungsräumen mit bestehenden oder auszubauenden Netzen nicht wesentlich erhöhen lassen. Wir Nahverkehrsfans werden – leider – mit dem Gefühl reisen müssen, zu einem gewissen Grad Kostgänger unserer Gemeinden zu sein. Kein schönes Gefühl, aber ein zum Schutz der Umwelt und als Schirm gegen die Überhitzung des Klimas als notwendig zu ertragendes.

Weil nicht alle Investitionen in die Perfektion und den Komfort des ÖPNV sofort greifen werden, ist mit einer gewissen Zunahme des „Gedränges" zu rechnen. Wenn die Abneigung dagegen nicht als Bremsklotz auf dem Weg des Nahverkehrs in eine bessere ökologische Zukunft wirken soll, müssen wir uns in einer Fähigkeit trainieren, die von den Psychologen Resilienz genannt wird. Wir müssen das Gedränge akzeptieren, ja als Preis des humanen Fortschritts schätzen lernen. Im Nahverkehr gehen wir in eine neue Schule der klugen Empfindsamkeit, in der wir ein Reifezeugnis mit einer exzellenten Kopfnote für Verträglichkeit erwerben.